情话

林万华 ◎ 著

中国言实出版社

图书在版编目（CIP）数据

情话 / 林万华著 . -- 北京 : 中国言实出版社，
2024. 7. -- ISBN 978-7-5171-4873-9

Ⅰ . I267

中国国家版本馆 CIP 数据核字第 20241RD667 号

情话

责任编辑：王蕙子
责任校对：郭江妮

出版发行：中国言实出版社
　　　　地　址：北京市朝阳区北苑路180号加利大厦5号楼105室
　　　　邮　编：100101
　　　　编辑部：北京市海淀区花园北路35号院9号楼302室
　　　　邮　编：100083
　　　　电　话：010-64924853（总编室）　010-64924716（发行部）
　　　　网　址：www.zgyscbs.cn　电子邮箱：zgyscbs@263.net

经　　销：新华书店
印　　刷：北京铭传印刷有限公司
版　　次：2024年11月第1版　　2024年11月第1次印刷
规　　格：880毫米×1230毫米　1/32　8.375印张
字　　数：215千字

定　　价：52.80元
书　　号：ISBN 978-7-5171-4873-9

生动自然，乡愁扑面（代序）

——读林万华散文集笔记

许谋清

北京房山，是我走向社会的第一站，也是我写作起步的地方。

房山，山多。山多，是我走的地方多。那时，我是房山文化馆馆员。文化工作，经常下乡。房山下乡就是进山，我们从南北两条沟进山，北边是河北沟，南边是十渡沟。那两条沟和那边的朋友，在我的脑子里留下很多美好的记忆，河北沟的风柿子、朋友家的香椿、棒碴粥、河里捞的小红虾；十渡沟的红薯，朋友家的腊肉、烙饼。这是几十年前的记忆，而这些记忆是林万华的散文集给唤醒的。被唤醒的还有一条河，琉璃河，林万华写了一部长篇小说《柳河之子》，它便成为柳河，以及柳河边上的小村庄。

河，河里的水草，藏在水草里的鸟窝、鸟蛋、刚孵出来的小鸟。老槐树，饭碗里的槐花。春儿的那一窝鸡，灰子，大白，老蔫；为了讨好主人显出不一样的心计，竟然还有装下蛋的，但在和黄鼠狼搏斗中则表现出同仇敌忾来。《故乡青草香》写到沟渠里割草，发现鸟窝，小鸟刚孵出来，便留下一块草地，把鸟窝遮挡起来，可发现一窝鸟蛋，却把它们捡回来煮着吃，很香。一开始，我觉得别扭，想让他改，后来，我又不想动它，那样的年代，它是真实的。保护小鸟的意识是我们最近几十年才慢慢形成的。《酉鸡》，用带血的鸡毛做一把鸡毛掸子，一开始觉得碍眼，想一想，乡村感情，略显粗莽，无须粉饰。

我最喜欢的一篇文章题目是《没有家的故乡》，父母相继去世，几个孩子搬到城里，最后二哥也搬到县城。几十年过去，总还要回去看看，可是，老辈人所剩无几，儿童相见不相识。什么都没有了，老房子卖了，新主人已将老房子拆掉重建，现在只是一个遗址了。现实和记忆断裂了，"我家院子里种着杏树、枣树、石榴、月季、野菊、仙人掌……春至秋，小院里鸟语花香，绿荫成片。院外，隔着一条村道，是菜园。再远处，是粮田，宽阔平坦。春至秋，望过去，满眼碧绿，满眼金黄。"好在，村子改建后，有了城市化的倾向，每家每户还都有了门牌号。写的不是物是人非的愁怀，而是那片长期寂寞的故土依然焕发新的生机。

林万华在房山长大，我曾在房山工作。我们都热爱文学，文学创作都是在房山起步，林万华到我当年工作的房山文化馆找过我，我下乡也去过他们家，往事历历在目。近年，林万华又经常和我联系，对文学还那么执着，笔耕不辍，我们算是气味相投，只是这中间中断了几十年。他现在住在北京城里，偏偏这些年我是生活在两地，北京、福建晋江，来来回回，见一面也不容易。林万华的作品，我都是这两年才读到的，他主要写散文，《酉鸡》也可以说是散文化小说，写得放松自然，妙趣横生。相信林万华能再写出好作品。

2024年7月24日晋江

自序

《情话》书稿修订完毕时正是北京初春时节。

窗外，景色秀美，倚窗俯瞰园区，垂柳、玉兰、碧桃、海棠、丁香、连翘，棵棵树木新绿萌发、花朵含苞待放、生机盎然。低矮茂盛的大叶黄杨、紫叶小檗、挺拔的松柏、红果挂满枝头的金银花树，寒冬过后依然坚守着柔韧的碧绿和点点醒目的鲜红。经历漫长冬季风雪冰霜的洗礼，成片的冷型草依然郁郁葱葱、容颜不改。遍布园区的数十种植物，它们错落有致，随地势起伏延展，宛如广阔的小型森林。

春色映入眼帘，心中自然会联想到季节、联想到人生。一年有四季，那么人生的四季是否可以这样划分：未成年、青年、中年、老年。如此，我怔住了：岁月匆匆、仿佛瞬间，我已步入人生第四季。

读书。从小学至大学，从地方学校到部队院校，从故乡到异乡，从全日制在校学习到参加工作后业余学习；从航空机械到房地产开发管理；从工科到文科。还有许多记不清上了多少课时，多少期与工作、个人爱好相关的各类培训班、研修班。其结果是身边存放了一摞毕业证、职业资格证、结业证。

16岁半高中毕业，回乡务农一年。在公社农田水利组做水利工程管理工作一年，其间有半年时间在县里"五七大学"学习水利工程基础知识技能。后有16年的军旅生涯，20余年的公司管理工作。

我的父亲是一名兰新铁路建设和运营管理者，我出生在兰新铁路沿线的柳园铁路卫生所。柳园是个不知名的小镇，但它在我心目中，始终是个美妙的地方，名字美，红柳更美。

北京西南郊区一座小村庄，我在那里长大，离村庄不远处是一座古镇，大石河从太行山余脉一路向东沿古镇北侧蜿蜒而过。横跨河道通往镇中心的大石桥，如今已有470余年的历史，历尽沧桑、仍巍然屹立，成为故乡的地标。古镇东北方约4公里处，有将北京建城史上溯至3000多年前的西周燕都遗址，古镇因此而驰名华夏。

18岁半到东北某航校当兵，两年后考入空军军校，军校距长江不远，在一座被誉为"鱼米之乡"的美丽之城里。

34岁转业回京，至今生活于此。

"工农兵学商"、"东西南北中"，经历过许多事，刻骨铭心，难以忘怀；到过许多地方，记忆犹新，感慨万千。

留住往事、记叙往事，唯有文学的样态最佳，散文便是其一。

年少时喜爱文学，却很少动笔创作，那是单纯的、流于口头的喜爱。30岁，身在军营，惦念故乡的人和事，写了短篇小说《杏儿，又酸又甜》，发表在长春市《春风》文学月刊，这是我的小说处女作。一年后，在同一期刊，再发短篇小说，而后辍笔。52岁，重新拾笔，写了小小说《桑榆之惑》、散文《石榴树》分别发表于南方某地文学期刊，直至今天，文学创作已持续十年有余。

《情话》说的多是"自我"、"小我"，说得真诚、真实，她感动、激励、浸润、滋养着我的身心，由此，我将努力走出"自我"、"小我"，奔赴更宽广高远的世界。

窗外春色盎然，室内《情话》绵延……

《情话》——记录生命的瞬间，献给未来的回忆！

是为序。

2024年3月16日，作者于华腾园

目 录

第一辑　故乡情

没有家的故乡　　　　　　　　　/ 3

行走的故乡，行走的人生　　　　/ 6

故乡槐　　　　　　　　　　　　/ 15

红皮鸡蛋　　　　　　　　　　　/ 21

半瓢花生米　　　　　　　　　　/ 25

霞云岭与《翻山路》　　　　　　/ 28

来自家乡的感动　　　　　　　　/ 31

酉鸡　　　　　　　　　　　　　/ 33

我是北京兵　　　　　　　　　　/ 45

"背井离乡"及其他 　　　/ 49

故乡青草香 　　　/ 54

军博，点燃梦想的地方 　　　/ 60

冬雪 　　　/ 63

天桥·火车·远方 　　　/ 68

我与长安街的距离 　　　/ 74

第一个结业证书 　　　/ 78

第二辑　亲情

希望 　　　/ 87

石榴树 　　　/ 89

花书包 　　　/ 94

驶入心灵的火车 　　　/ 100

母亲的葫芦灯 　　　/ 103

穿越时空的手表 　　　/ 107

我叔 　　　/ 110

梦中相遇母亲 　　　/ 115

一张合影的秘密 　　　/ 119

珍藏在衣柜里的家风 　　　/ 124

琴 　　　/ 127

母亲的缝纫机 　　　/ 132

父亲的心愿 　　　/ 138

凝聚在地图上的年味　　　/ 145

拜年　　　/ 150

第三辑　人间情

记住她，源于真诚　　　/ 157

情动库车　　　/ 160

对面　　　/ 164

鸟祸，人祸　　　/ 168

军校生活七题　　　/ 171

美丽的右手　　　/ 182

守望　　　/ 185

闲话"自扫门前雪"　　　/ 189

别让父亲失落　　　/ 191

误读　　　/ 194

仰望天空，愿鸟儿自由飞翔　　　/ 197

乘车记　　　/ 201

我与赵日升老师　　　/ 204

我身边的图书馆　　　/ 208

攥在手里的幸福生活　　　/ 211

我与赵大年老师　　　/ 214

珍藏在手机里的新华书店　　　/ 217

爱在金秋　　　/ 220

一部陪伴我四十余年的

　　经典小说　　　　　　　　/ 226

我的入党故事　　　　　　　/ 230

我与党旗合影的故事　　　　/ 232

五彩饺子　　　　　　　　　/ 236

军人情怀与《首都公共文化》/ 239

园子　　　　　　　　　　　/ 243

四十年与四千里　　　　　　/ 248

我与长篇小说《柳河之子》　/ 252

后记　　　　　　　　　　/ 256

第一辑

故乡情

故乡，每年还是要回的，清明节或年三十。故乡的黄土地，有我祖辈、父辈的土坟。为祭奠、为再看一眼小院和老屋。

没有家的故乡

十八岁离开故乡，至今三十二年，无论远近，心里始终装着故乡。每年回去一至两次，来去匆匆，犹如过客。

童年、少年时，故乡是家。院子不大，正房三间，南北配房各两间，砖木结构。老屋是祖辈、父辈留下的，三间正房已过百年，四间配房也已七八十载。

我在老屋土炕上睡了十七年。在院里院外玩了十七年。至今仍清晰地记得，老屋屋檐下，燕窝小巧精致，巧燕飞进飞出。我们那儿，把燕子叫巧燕，许是与它们飞翔轻盈迅速、姿态灵巧、筑巢精美巧妙有关。巧燕春来秋去，大半年的时光，它们舒展身姿，在老屋顶上、在院里院外的蓝天中飞翔、盘旋、追逐嬉戏，啾啾叫着，飞远了，又飞近了，舍不得屋檐下的窝。

我家院里种着杏树、枣树、石榴树、月季、野菊、仙人掌……从春至秋，小院里鸟语花香，绿荫成片。院外，隔一条村道是菜园。再远处是粮田，宽阔平坦。春至秋，望过去，满眼碧绿，满眼金黄。

我曾头顶夏日骄阳，兴致勃勃地在菜园里捕蝴蝶、捉蚂蚱。在水流潺潺的土渠里摸青蛙。嘴馋时，钻进玉米地里撅甜秸秆、溜进瓜地摘香瓜。我的身影和笑脸，留在蓝天、艳阳、拂面的微风里。留在小院、老屋、菜园和粮田里。我的耳畔，每天回荡着长腿大公鸡悠扬的报晓声，马车轱辘吱吱呀呀的转动声，马脖子上叮叮当当的铁铃声。还有热闹的蝉鸣，雨后彩虹下唱响的蛙声。

我留恋这如歌如画的故乡。

二十世纪五六十年代，父辈的兄弟姐妹陆续离开故乡，进城读书、工作。七十年代，祖父母及父亲先后辞世，故乡留下母亲和我们姐弟五人。八十年代初，母亲病逝。在那前后几年，我们姐弟五人，有四人离开了故乡，留守故乡的只有二哥一家人。九十年代末，二哥一家迁至县城。故乡，就剩下小院和老屋。

那些年，故乡家家拆旧屋盖新房，一排排高大宽敞，一色红砖砌成。院墙也气派、挺拔，把庭院围挡得严严实实。每家院门有门牌，标明街区号。蜿蜒的乡村土道，挑直拓宽，铺成柏油路。故乡，犹如规划后的城市新区。

我家的小院、老屋，被周围新房包围着，尤显低矮陈旧。老屋多年失修，已成危房。离开故乡的我们，有心无力，不能像以前那样修缮维护她，即使一砖一瓦、一门一窗。我们不愿她在风雨中突然坍塌，变成一座废墟。老屋和小院，前几年，被卖掉了。

从那一刻起，我心头多了一份忧伤与失落。岁月流逝，愈加凝重。失去小院、老屋，似乎失去了故乡！

故乡，每年还是要回的，清明节或年三十。故乡的黄土地，有我祖辈、父辈的土坟。为祭奠、为再看一眼小院和老屋。

五十岁回故乡，老屋已被拆除。新主人盖了新房子，垒起新院墙。尽管如此，我还是绕道来到小院外，欠着脚，朝里面观望。虽不见老屋，但这块土地，曾几十年、上百年地承载过老屋，她强烈地唤起我对小院和老屋的怀念。

五十岁回故乡，我感受着她的陌生。面貌陌生了，她们不会说话，不知会不会还把我当成故乡人。故乡的人，也多了几分温和与客气。长辈，熟悉的仅存一二，已到暮年，认不出我了。当年的伙伴，沧桑几十年，走过人生寻常之路：娶妻、生儿育女、攒钱盖房、为长辈养老送终。儿女大了，娶儿媳，嫁闺女。如今的他们，身后跟着隔代人，多数已三四岁，个个健康可爱。相遇时，他们眨着一双大眼睛，神情怯怯地盯住我，盯住一位陌生的外乡人。伙伴让他们叫我"爷爷"，我似乎瞬间变老了。不是吗？三十余年，故乡养育了两代人，我们彼此是陌生的，这样的陌生人将会越来越多。

陌生人，还不止他们。当年的伙伴，老屋在时，我回故乡，他们会说：住两天再走？晚上来串门吧，一块儿喝两口儿。我觉得我是故乡人，离他们很近。老屋不在了，回故乡，他们说：这就走？要不，到家里坐坐？谁的家？故乡没有我的家，哪怕一砖一瓦、一草一木。我敷衍着：下次吧。我与他们、与故乡渐行渐远。

也许，在故乡人眼里，没有家，就不是你的故乡了。

很多人与我一样，远离故乡，几十年，一辈子。有故乡却没有家。

能回故乡是幸福的，故乡有家，有亲人是莫大的幸福！

我远离故乡，而心中，小院、老屋，依然清晰、温馨、可亲可爱。没有家的故乡，仍是我永远的故乡。

行走的故乡，行走的人生

五月某日，是我的生日。

我们姐弟几家人聚会，这样的机会不多。弟弟带来母亲生前保存的我的出生证明书：一张长12.5厘米、宽9厘米，薄薄的、柔软的、捧在手上透亮的白纸片。这么一张已保存了五十余年的小纸片，始终对折存放着，我小心翼翼地将它打开，纸片正中依然保留着一道清晰的折痕，将纸片一分两半，左侧偏上方写有我的姓名和出生地——柳园。蓝色钢笔字，字迹清晰，透着几分秀气，但落笔略显仓促，却不难看。"园"字被"元"代替，别字，出生证明书右下方助产士一栏，一枚红色方章：张萍。十分醒目，使这张陈旧的出生证明书增添了一份亮色与灵性。这显然是一位女士的名字，那被写错的"园"字，我想一定是她匆忙中的笔误。助产士一栏的右侧，一枚医疗单位圆形印章上字迹依然清晰可见：铁道部乌鲁木齐铁路局兰新铁路卫生所。"兰新铁路卫生所"七个字呈圆弧形，下方是两行稍小的维吾尔语，语义与上面的汉字相同。

一张小小的出生证明书，五十余年后，作为生日礼物，完好无损，重新出现在我的面前，令我既惊又喜。

柳园——甘肃省酒泉市柳园镇，是兰新铁路上的一座三等火车站，二十世纪五十年代末六十年代初，父亲作为一名铁路职工在此修建兰新铁路。柳园是父亲工作、我们一家人短暂居住过的地方，因此，我不仅十分喜欢这个地名，也一直留恋这个地方，只可惜一岁半时，母亲带着我和姐姐、哥哥，回归故里北京西南郊区琉璃河古镇，故乡人习惯称她为"琉河"。那时，弟弟还没出生。柳园虽是我的出生地，但与我是陌生的，对其并没有太多的认知，只是童年少年时，每当家里人提起柳园，我的脑海中便会充满遐想：那里一定有一片片一行行高大的、翠绿的垂柳，枝条随风摇曳，婀娜多姿，美丽无比。当我渐渐长大，柳园，这个美丽而充满诗意的名字，竟越来越频繁地在我脑海里闪现，我心中对这个陌生却与我密切相关的西北小镇，日益向往。

我曾不止一次问过母亲，柳园——我出生的地方，是什么样子？母亲搜寻着她的记忆，断断续续地向我描述：柳园，传说是古代的一座驿站，那里有成片的红柳，当地人都叫它红柳园。1958 年，红柳园建火车站、通火车，取名柳园；柳园汉民多，也有回、藏、蒙等少数民族老乡，他们做生意，搞货运，那里是热闹的集镇、有名的"旱码头"。柳园缺水，我们那时喝的水，是用闷罐车从三百多里外的疏勒河运来的；柳园冬天比老家冷，风刮得猛，裹着沙粒……这些遥远、零碎的记忆，充满了新奇，也充满了艰辛与苦难，更增加了我对柳园的向往。带着好奇心，我问母亲："当年为我接生的那位助产士，长得什么样，结婚了没有，有孩子吗？"母亲对此记忆犹新，她说："接生的阿姨，叫张萍，年纪三十出头，人长得挺漂亮，结婚后，一直未生育。"母亲还说："生你的时候，是在下半夜，来得突然，你爸爸用平板车把我推到卫生所，值班的是一个男医生，年轻轻的，他看我要生了，急忙跑去找张阿姨，张阿姨家离卫生所不远，她摸黑跑来时，还敞着怀，衣服扣子都没顾得系。你出生后，张阿姨抱着你，半天舍不得放下，她是抱过你的第一个人。那天，张阿姨一直忙活到天亮，早饭也没顾上吃，就连着上白班了。月子里，她来过两次，买的鸡蛋、红糖，那时副食品供应紧张，这可都是稀罕物，她就喜欢孩子。"后来我想，分娩子女，是每一位母亲一生难忘的时刻，当初的一切，都会牢记于心。我追问母亲："她如今还在柳园吗？"母亲说："在，一定在，你爸后来还见过她。"

关于柳园，除去母亲讲述的这些记忆的碎片，最让我惦念的就是张阿姨，我对她心存感激和敬仰，期盼有一天能见到她。

八十年代末，我去敦煌旅游，坐火车，柳园是必经之地，我终于重返出生地，站在阔别二十余年的土地上，脑海里回味着当年母亲关于柳园的描述，经过时间长河的洗礼，柳园已今非昔比，但它与我心中想象的还相差甚远。由于行程短暂，我只在柳园逗留了半天时间，我来不及去寻找心仪已久的红柳，也不能从容地在小镇上漫步观赏，我一心只想寻找一个人，寻找当年为我接生的张阿姨。由居住在此地的父亲的老同事带领，我在铁路职工家属区找到了张阿姨，她已年过六旬，头发花白，面庞褐红，眼角与额头布满皱纹，年轻时的秀美已被无情的岁月吞噬。时至中秋，她却穿着厚厚的棉衣，她单薄的身躯，已经受不住戈壁寒风的侵袭。此前，她听说我要来，激动得一宿睡不着觉，但见到我时，依然既惊又喜，她攥住我的手，我感觉到她的双手在微微颤抖。她仰起头，眯着眼，盯着我的脸看了许久，仿佛是在搜寻我婴儿时的模样。她笑了，笑得那么开心，脸上的皱纹都撑开了。她声音颤抖地说："一晃，成大男人了，像你爸年轻时的模样。"她顿了顿，又说："我做了一辈子助产士，接生的婴儿，记不清有多少个，来看我的人，你是头一个。"说着，她眼角溢出泪珠。瞬间，我的双眼也模糊了。我想，人这辈子，不能忘记的是父母。再有，就是像张阿姨那样为他（她）接生的医生和助产士，因为她是迎接我们来到这个世界上的第一人。

在与张阿姨的交谈中，我得知她没有生育子女，因其不孕，二十多年前丈夫与她离婚，她一直过着单身生活，这是我不曾想到的。两间老旧的平房，这么多年她一人居住，寂寞与孤独可想而知。张阿姨喜欢孩子，一辈子接生许多婴儿，自己却没有一儿半女，悲哀涌上我的心头，感叹人生如此无奈。

柳园一行，了却了我二十多年间内心期盼的重游出生地、拜见张阿姨的心愿，与此同时，心中也增添了一份凝重：为迎接无数个新生命的降生、为无数个家庭带来欢乐，至今却孤身一人的张阿姨，我能为她做什么？我只能心存感恩，默默地祝福她健康平安。

我们一家人从柳园回归故里——北京西南郊区琉璃河古镇外的一个小村庄，此后近20年间，姐姐到乌鲁木齐铁路局，哥哥到县里一家工厂工作，他们都当了工人。我18岁当兵，除两年上军校去了河南信阳，一直在吉林省长春市。16年的军旅生涯磨炼了我，成就了我。弟弟最后一个离开老家，到区里的医疗卫生部门工作，那时父母已先后离世，弟弟整理母亲的遗物时，看到我的出生证明书，便保存至今。

上个世纪九十年代中期，我从部队转业回北京工作，那时老家已无血亲，只有几间陈旧的老屋。北京城距离老家不过百里路，我心里觉得很远，我感到孤独，我开始思念那个一直被叫作"琉河"的故乡。我查阅《现代汉语词典》，故乡：出生或长期居住过的地方（家乡，老家）。我恍惚，我的故乡在哪里？

柳园，我的出生地，我短暂居住过的地方，我至今无法准确地描绘它的容颜，只记得它美丽的名字，还有内心对它无限的遐想。它是我的故乡吗？

北京，西南郊区那个古镇外的小村庄，我的祖籍，该是堂堂正正的故乡。那片黄土地，养育了我和我的父辈、祖辈。我的童年、少年在那里度过，我在那里上学，在那里长大成人，我从那里去当兵。我曾离它很远很远，又离它很近很近。而北京城，是我中青年乃至老年的所在，北京，是不是我的故乡？

故乡北京，许多往事记忆犹新。

1970年，春天依然美丽，一个风清月明的夜晚，我突然被母亲悲痛的哭声惊醒，睁开蒙眬的睡眼，在我家那两间低矮的老北屋里，坐着四五个人：本家大爷、表叔、老婶，还有……他们都低垂着头，神情像铁板一样沉重。这是怎么了？母亲伤心欲绝的哭声，使我感到家里出了大事，我睁大疑惑的双眼，不知所措地望着她。母亲双眼通红，她一把搂过我，哭声更加凄惨，她边哭边说："你爸爸没了。"我当时并没有意识到父亲没了，对我、对我们这个家意味着什么。只觉得很恐怖，很悲伤，便也随着母亲一同哭泣。

我的父亲，正值壮年，在他工作了二十多年的大西北，在乌鲁木齐铁路局一个中层领导岗位上，竟突然去世了，那年我还不满十岁。

母亲与哥哥去西北料理父亲的后世，路途遥远，他们一去就是二十多天。我和姐姐、弟弟在家留守，我们感受到从未有过的凄凉与孤独。

两个提包，母亲和哥哥带回了父亲所有的遗物，在家整理时，母亲双手提起一件父亲贴身穿过的棉布白背心，看着上面许多大小不一的窟窿，母亲伤心地痛哭起来，我们也跟着母亲默默地落泪。父亲一生勤俭，吃苦耐劳，工作兢兢业业，这样一个质朴的人，竟突然永远地离开了我们，至今令我不堪回首。

父亲的去世，不但使我们经济上陷入困境，精神上同样受到打击，谁会感受到，一个没有了父亲的孩子，他们的身心会遭受到多么大的伤害。母亲的身体也越来越差，她靠种一块自留地、一手缝制衣服的好手艺，换来粮食和零用钱，拉扯我们姐弟五人长大，供我们上学，她认一个理，读书日后才会有出息。

我至今还记得，夏日的骄阳下，母亲头戴草帽、脖子上系着一条白毛巾，手握锄头，在齐腰高的玉米地里除草时的情景。被汗水湿透的衬衫，贴在她的后背上，映衬出一道凸起的脊骨。冬日寒风敲窗的夜晚，母亲坐在炕头上，就着昏黄的灯光，手捏钢针，一针一线为老乡亲缝制衣服，换些油盐酱醋钱。母亲不知是累了，还是眼花了，她手一哆嗦，钢针刺破手指，殷红的鲜血冒出来，她一声不响，将淌血的手指放入口中，轻轻吸吮几下，又埋头忙活起来。

1978年前后，姐姐、哥哥有机会当上了工人，我们家的生活开始好转，但几年后，母亲便病逝了，她与父亲一样，含辛茹苦一辈子，却没享一天福。

1978 年底，我离开老家，去东北当兵，十几年间，娶妻生子，后来转业到京城。

北京正向国际化的大都市迈进，我身在其中，感受着她的繁荣、进步、时尚、文明。而我心中，童年、少年时老家清澈的蓝天、绿油油的麦田、幽静的乡间小路、朴实高大的槐树、夜晚闪烁的群星、夏日午后的蝉声、冬日的炊烟、黎明时的鸡鸣、憨厚淳朴的乡音，时常在我眼前闪现、在我脑海里回荡。北京郊区宁静的小村庄、北京城热闹的大社区，曾给予我欢乐与幸福、痛苦与悲伤，我爱恋并感激这片厚土，她是我心中永远的故乡！

吉林省长春市，是不是我的故乡？我在那里穿上新军装，成为一名解放军空军战士。那片黑土地，十多年，印下我无数青春的足迹。

长春的冬天来得早，十月，就已雪花飘落了。长春的雪，比母亲描述的柳园，比北京我见到的雪下得大。我刚到那里时，正值 12 月下旬，天寒地冻，郊野一片洁白，印象中的黑土地，一点也没看到，面对茫茫雪原，我心里好爽啊。

新兵训练，在雪地中进行，摸爬滚打，衣服上沾满冰冻的雪花。休息时，我和战友们在厚厚的雪地上玩耍：堆雪人，打雪仗，滑雪……白雪是我亲密的伙伴。

然而，多年以后，使我不能忘记的关于雪的记忆，竟是一片被鲜血染红的雪。

新兵训练结束前，我们进行实弹考核。训练场，白雪皑皑，周边插着红旗，作为警戒标志。考核科目之一：投掷手榴弹，每人三颗，35 米及格。我个子不算矮，但长得瘦，臂力不足，平时练习投弹，发挥得好，还能及格。实弹考核，团首长都来观看，众目睽睽，我心里开始紧张，担心考核不及格。三颗手榴弹，并排摆在我身旁，班长叮嘱我，记住动作要领，不要慌。我拿起第一颗手榴弹，死死地攥住，眼睛盯住前方，助跑，挥臂，用力投掷。没想到，我紧张得手心冒汗，手榴弹瞬间从手中滑脱，飞出不到 10 米远，便落在雪地上。老班长此刻从我身后冲过来，张开双臂，跃身将我扑倒在地。手榴弹轰的一声炸响，弹片飞来，从老班长的左肩滑过，鲜血瞬间渗透棉衣，滴落下来，染红了我身旁的一片白雪。

老班长用身体保护了我，他负伤了，庆幸是轻微伤，没有落下残疾。老班长是黑龙江人，第二年他服役期满复员回乡了，那些年，我们一直保持通信联系，却始终没有机会再见面，后来，通讯因故中断，不知他现在还好吗？

长春宽敞笔直、繁华热闹的斯大林大街（1996 年已更名为人民大街），幽静美丽的南湖公园，名扬中外的汽车制造厂，神秘的电影城……这些都曾给我留下美好的记忆，而随着时间的流逝，如今已模糊了，唯有冬日遍野的白雪，训练场上那片被鲜血染红的雪，老班长的身姿，还深深地印在我的脑海中，永远难忘。

长春为我留下血色的记忆，她是不是我的故乡？

河南信阳，鱼米之乡。上世纪 80 年代初，我在那里上军校，从士兵到军官，那是我人生的转折地、理想的腾飞地。虽然只有两年时间。而人生也不过几十个两年，它绝不短暂。

信阳被称为"鱼米之乡"，听军校的老教员讲，信阳土壤肥沃，水源充沛，水稻种植广泛，生产出的大米鲜亮饱满，煮熟的米饭，吃到嘴里香喷喷的。信阳的鱼，肉质松软鲜嫩，品种多，价格也便宜。"鱼米之乡"当之无愧。

考入军校，是我当兵后梦寐以求的事，我是"改革开放"后第一批考入军校的学员之一。

进入军校前三个月，是考察期，德智体哪一方面不合格，便无条件退学。学员心里都绷紧了一根弦，感觉压力极大。台湾歌手邓丽君的歌，当时内地刚刚传唱，而在军校，则被当成靡靡之音遭禁。我有一个蓝色塑料皮的小笔记本，我喜欢邓丽君的歌，那里面有我在部队时抄写的几首邓丽君的歌词，笔记本我一直带在身边，到军校后，我把它压在枕头下，始终没时间看。和我一起入伍、一起考入军校的老乡吴强，也喜欢邓丽君的歌，他看过那个小笔记本。吴强是副班长，每天负责检查班里卫生，最后一个离开宿舍。早晨时间紧，起床出操后回到宿舍，洗漱、上厕所、整理内务，短短十五分钟，学员们忙得手脚不着闲。我压在枕头下的小笔记本，那天在整理内务时，掉到床铺下，我没有察觉，便匆忙下楼，排队上课去了。吴强也没有发现。第二天早晨，学员队教导员把吴强叫到队部，他手里拿着那个小笔记本，说队长检查内务卫生时，从吴强的床铺下捡到的，问是不是他的。我和吴强的床铺，中间只隔着一人宽的过道。吴强认出笔记本是我的，他以为就是一次物品收藏不当，影响内务卫生的问题，自己是副班长，负责班里的卫生工作，出了问题应该负责，就承认那个笔记本是他的。笔记本里有邓丽君的歌词，教导员认为吴强思想不健康，把事情报到校训练部，经训练部批准，吴强被退学，送回原部队，当时我们都不知道原委。离开军校前，吴强悄悄告诉我，他拿走了我的小笔记本，还说给我保存着，以后一定还。我知道他喜欢邓丽君的歌，就说：送你了，当个纪念吧。

两年后学员毕业。入学时学员队有学员一百一十名，毕业时是一百零九名，就少一名，就少吴强。那时，邓丽君的歌已在大陆流行，学员们都会唱几首，在毕业前的联欢晚会上，我们尽情地唱着邓丽君的歌曲，连教导员也跟着哼唱起来。告别军校时，教导员把吴强被退学的原因告诉了我，他心存愧疚，让我代他向吴强致歉。我内心百感交集，吴强因我而被退学，我对不起他。同时，我还得知，那个小笔记本，当时被教导员没收了，吴强根本没有带走。

我毕业回到部队，不久，吴强复员回乡。后来他娶妻生子，在家乡的一座水泥厂打工，生活并不富裕，后来积劳成疾，住过医院，再后来因病早逝。期间，我每年探家都去看望他，给他的孩子买吃穿用的东西，我在弥补内心的愧疚，而吴强对过往的事从无怨言，这使我更加痛苦。

一个时代残留的阴霾，改变了一个年轻人的命运，最终导致一个年轻生命的终结。而幸运的我，曾被那片阴霾笼罩，内心难以安宁。

河南信阳，这是一座改变我命运的城市，她是不是我的故乡？

四座城镇，四个人，四段故事。由此我获得了人生宝贵的财富：苦难与幸福、恩情与感怀。

打开中国地图，柳园、北京、长春、信阳。这四座与我人生密切相关的城镇，用一条线连接起来，呈现出一个大大的"丫"字。它像一棵树，枝杈伸展于华夏大地。这棵树的每个端点，都是我心中的故乡，也是我生命不断成长的地方。故乡富饶的土地，滋养了这棵树，也成就了我的人生。

如今，越来越多的人离开故乡：跨越地区、国界，打工、求学、追求人生梦想……他们走进一片陌生的土地，走进一个属于自己的故乡。

我与他们，犹如一棵行走的树，走到哪里，就在哪里扎根、生长。行走的树，行走的故乡，行走的人生。于是，故乡不再唯一，人生谱写新意。

故乡槐

今春，姗姗来迟。四月中旬，窗外绿化地满眼新绿，却不见春花一朵。唯有玉兰树，枝杈上花蕾绽放：洁白、纯净、淡雅、清香。玉兰花娇艳夺目，引人驻足观望、心生惊喜。

寒冬过后谁不喜春？玉兰花是春的绽放。沐浴春光，眺望玉兰花，我仿佛置身于故乡的春色中：槐吐新绿，槐花盛开，一串串、一片片，染白了小村庄。

童年，北京西南的那座小村庄，房前屋后、院里院外，村边道旁，不同年龄、身材的洋槐树随处可见。故乡人喜欢种槐，并精心呵护它，如同喜欢自家的孩子、呵护自家的孩子。村里不管哪块地冒出一棵槐树苗，开春，便会有村民给它浇水、剪枝、灭虫。生怕它们长歪了、长"疯"了、被害虫侵害，成不了材。

故乡的洋槐生长缓慢，木质坚硬。早先，村民建房，头年初秋，选好成材的槐树，请来木匠，先将槐树剃头瘦身（人爬上槐树，用利斧砍掉顶部的枝杈），并在树干顶端拴牢绳索，绳索长约六七丈。而后两个木匠，席地而坐，手握钢锯木柄，你推我拉，从树干根部开锯，锯至其三分之二处，槐树已稍稍倾斜，拉锯人持锯闪开，至绳索远端，拾起绳索，双手握牢，顺着槐树倾斜的方向，用力拉拽，槐树颤悠几下，随后轰然倒地。木匠截取丈余长、尺余粗直溜溜的主干，用扁斧剔除灰黑色的树皮，露出光滑乳黄坚实的躯干，再将其抬至通风朝阳处，身下垫上砖石,一秋一冬,风吹日晒,树干干透,开春建房,举架做梁,扛起千斤重负。稍细的槐木,可作檩条。再细些的,还可当椽子,可谓各尽其才。槐木晾干后,还可用钢锯锯出薄厚不等的板材,刨光,制作橱柜桌椅等家具,刷两遍红漆、罩一层清油,结实光亮润泽。年轻人定亲、嫁娶,槐木家具是不可或缺的彩礼,更是新房里的主要家什。来喝喜酒的乡亲,脸上荡漾着喜气,心里充满羡慕,嘴里自然就多了些夸奖的话:"瞧,新娘子模样多俊、身材也好、说话做事更是妥帖,将来一准是持家过日子的好媳妇。哎呀,瞅瞅,这屋里的桌椅板凳、炕柜条案……新家具,一水儿槐木制成的,件件精致。"说着禁不住伸手摸摸、拍拍,说是沾沾喜气。

家有老人,预制百年后的寿棺,用材也多为槐木。寿棺预备好了,存放在院里背静通风的木棚中,没有人忌讳。老人们聚一块,聊起身后事,总会去木棚,绕寿棺走一圈,看寿棺是否庄重、大气;看板材薄厚,看面漆光泽。神情中透着踏实与欣慰。

砍下的槐树枝杈,以及被剔除的树皮,归拢成垛,晾晒干,烧水做饭,是难得的好柴。成年的槐树,树墩粗壮坚韧,刨出后,制成圆形、方形菜墩,实惠经用,是家家灶房必备的厨具。余下的根须,晾干后,同样可当柴烧。

槐树花,纯净洁白,温馨淡雅,柔嫩香甜,营养丰富,好看,也好吃。将采摘洗净的槐花,撒上细盐、香油,搅拌均匀,便是一盘口感清爽、细嫩香甜的凉拌菜;槐花汤、槐花粥、槐花蒸饭……均幽香可口。最好吃的槐花蒸糕,制作时颇有讲究:用柴锅、旺火、竹编笼屉,再将精选的槐树花、玉米面、去核的红枣、细盐,洒上凉开水在搪瓷盆里搅拌均匀,干湿以用手抓起能攥成团为宜。搅拌好的食料,双手捧起,均匀地洒在笼屉里,薄厚以食料多少、蒸锅口径大小或个人喜好为准,一般厚度与手握成拳头的高度相仿。蒸熟的槐花糕,暄腾、柔软、色泽黄润,持刀横竖几个来回,蒸糕成网格状,刀身摆平,贴着屉布,铲起一块，方方正正，托在手上，闻一闻，香气扑鼻，咬一口，香甜可口。

故乡的春日，新房架构的木料、木匠手下飞落的刨花、灶房蒸锅里徐徐升腾的水雾，处处萦绕着槐木、槐花清香的气息。小孩子攥过槐花的手，也沾满淡淡的槐花香。

资料记载：槐树抗烟尘，净化二氧化硫、氯气、氯化氢等有害气体。槐花凉血止血、常食有清肝明目之功效。

故乡的槐树通身是宝，造福乡民，也陪伴我度过了童年与少年。

故乡宅院里，靠院墙那棵老槐树，爷爷说是我曾祖父年轻时栽种的。我小时候，老槐树已根深叶茂，高大粗壮，用爷爷的话说，它是"水缸腰、铁塔身、云彩头"。

春天，正是青黄不接的季节，母亲做饭，每天都要弯下腰，胳膊伸进粮缸，将要见底的粮缸，舀不满一瓢粮食。播种完春玉米，家里大人们，终于不用再起早摸黑下地干活了。忙吃干、闲喝稀，家里早晚的饭桌上，玉米面的窝头、贴饼子已不见踪影，替代它们的是一锅热气腾腾的棒子渣粥。喝稀粥饿得快，尤其是夜里，春夜漫长，躺在炕上，肚子里咕咕叫。大人们能忍，我却在被窝里嚷嚷着要吃东西，最终还是带着奢望，迷迷糊糊睡着了。第二天天刚亮，我被饿醒了，跑进灶房找吃的，锅碗瓢盆被母亲洗刷得干干净净、里面空空如也，我沮丧地走出灶房，见爷爷肩披黑布衫，默默地站在老槐树下，双手握住一节粗铁丝，用力将其搋成钩，再用麻绳绑在一根长竹竿上，随后，他举起长竹竿，用铁钩钩住一枝长满槐树花的树枝，转动手里的竹竿，树枝嘎吱一声折断，坠落下来。我兴奋地跑过去，捡起树枝，摘下一串槐树花，顾不上用清水冲洗，就放进嘴里嚼开了。槐树花盛开的日子，我和爷爷天天摘一盆鲜嫩的槐树花，妈妈用它给我们熬槐花粥、贴玉米面的槐花饼子。粥稠了，玉米面却节省了。一树盛开的槐花，伴随我们一家人度过了那些缺粮的春天。

夏天，老槐树用它茂密的身躯，搭起一座绿色天棚，晌午，烈日的光焰，竟难以将其穿越，我家的老宅院，终日凉爽宜人。夜晚，席地铺一张苇席，或坐或卧，仰望老槐树随风摇摆的枝叶，我缠着爷爷讲故事。爷爷手握旱烟杆，不紧不慢地抽着烟，烟锅里的火光一明一暗，酷似远天闪烁的星光。老槐树像一本厚重的书，承载着许多动人的故事。爷爷年轻时，在镇街开过几年杂货铺，八路军游击队员在西山一带打鬼子，常装扮成生意人下山，到爷爷的杂货铺采购生活必需品。那年春天的一个傍晚，一个扮成农夫的八路军，要买食盐，杂货铺的食盐卖完了，天黑后，爷爷悄悄带着他回家取盐，镇上一个叫马三的日本汉奸，带着两个人，突然来到爷爷家，院门被砰砰砸响，马三在门外不停地喊叫着。爷爷将装进口袋里的食盐埋入粮缸，可屋里实在没有隐蔽的地方，急中生智，爷爷跑出屋，指着院里的老槐树，让那个八路军爬上去。老槐树枝叶繁茂，天黑，人伏在高高的树干上，没人看得见。马三带着人，在屋里屋外搜了一遍，没见生人，就骂骂咧咧地离开了。虽说有惊无险，爷爷还是冒了一身冷汗，直到深夜，他才将那个身背食盐的八路军送走。

新中国成立后，那位年轻的八路军当了镇长，后来，升任副县长，下乡时，他骑着自行车来看望爷爷。"文革"初，他被打成反革命，下放农场劳动改造。爷爷因救过他，县里工作队的人曾多次来家里找他调查情况，也许我家出身贫农，爷爷年事已高，才没有被进一步追究。但工作队的人，扛着斧头，闯入我家，要砍倒老槐树。爷爷扔掉拐杖，踉跄着扑过去，张开双臂，死死抱住老槐树，他声音颤抖着吼道：要砍就把我这老头子一起砍死吧！

老槐树保住了，但此后不久，爷爷就病逝了。他没有用槐木做寿棺，他舍不得砍倒老槐树。

1978年底，我参军到长春，此后十多年，回故乡的机会越来越少，在东北军营里见不到老槐树，更看不到槐花开。在此前后，父母先后离世，兄弟们也举家迁入县城，故乡的老宅院，人去屋空，只有老槐树还孤独地坚守着她。

1994 年春，我转业回北京工作，离故乡近了，故乡却无血亲，但老槐树还在。

春回故乡，我站在离别近二十年、百岁开外的老槐树下，仰望它沧桑的容颜，感慨它真的老了：枝杈弯曲、躯干黪黑、根茎隆起裸露、身躯凝结着几团黏稠焦黄的汁液，那一定是老槐树孤独悲泣所凝聚的泪水吧。

穿行于故乡村庄之中，不见一棵挺拔的国槐、一串盛开的槐花，更闻不到槐花的清香，故乡的村庄已不再槐树环绕。

一幢幢、一排排新房，高大宽敞，院墙高耸，铁门紧闭。严实了、安全了，乡邻间的交融却困难了；水泥、沥青硬化的乡道，宽敞平坦干净了，脚踏泥土的质感与温馨却感触不到了。

临街的院门旁，怀抱婴儿的妇女席地而坐，敞开衣襟，给孩子喂奶。我向她询问儿时伙伴家的住处，她扫了我一眼，用手往前一指，便侧过身去，脸上掠过一丝羞怯。我敲响了伙伴家虚掩的院门，闻声狂吠的黄狗，阻止了我推门而入的勇气，随后拉开院门的主人，目光疑惑地望着我。我自报家门，他惊诧、连连说道：变了，变得认不出了。

我心头不由得涌起一丝淡淡的忧伤。

伙伴家院内地面，厚厚地罩着一层水泥，洁净无尘，人与泥土隔离了。两棵修剪过的龙爪槐，枝杈盘曲，像一把撑开的绿伞，突兀于院门两侧，我想起乡道两旁，也栽种了龙爪槐，它是槐的变种，姿态奇美，只是空间转换，与其生长在城镇公园广场、山野古寺间的同类相比，逊色不少。

说到故乡槐，伙伴一脸淡然。谁家还制作家具，城里的家居城应有尽有，如今乡下木匠难寻；盖房用钢筋水泥构建，塑钢门窗，木料极少派上用场；国槐生长缓慢，其貌不扬，收益低，苗木场如今也很少栽种。

伙伴的话我懂。而内心的失落，则挥之不去。我已无心谈论故乡槐的话题，便匆匆辞别。

故乡，唯有我家院里的老槐树，虽苍老孤寂，却顽强地活着！

告别故乡，那一夜，我梦见了故乡槐，它长满村庄每个角落，枝叶茂密，槐花盛开，清香四溢，纯净洁白。我惊喜地叫着，睁开双眼，天已放亮，走近窗前，眺望绿化地，玉兰花开得正艳，我却分不清那是玉兰花，还是故乡的槐树花。

此后每年春回故乡，我仰望老槐树，祈盼它再生新枝，开满槐花。我相信，故乡槐不会消失，如同城里的玉兰花。

红皮鸡蛋

　　上世纪七十年代初，我在北京西南郊区一所铁路职工子弟学校读书，学校位于火车站旁，西墙外是京广铁路。

　　我们班有一半同学家住几十公里外，他们每天早晚像跑通勤的铁路职工那样，兜里揣一张月票，乘坐绿皮火车，往返于学校与住地之间。

　　我上小学五年级时，班里来了一名女同学，名叫佟燕，她人长得漂亮，爱说爱笑，学习成绩也挺好，家不住本地，但妈妈在火车站上班，她每天上学下学都跟着妈妈坐绿皮火车，这些都让我心里羡慕不已。

　　我家住在离学校不远的一个村子里，当年，家里养了十多只母鸡，每天收获五六枚红皮鸡蛋，但母亲舍不得让家里人吃，攒够十多个，她就拿到车站前街去卖，那里是个小集市，街边摆满了地摊，来往的人很多，整天热热闹闹。农忙时，母亲分不开身，便让我下午放学去车站前街卖鸡蛋，这是我最不情愿做的事。车站前街紧挨着我们学校，我怕遇见同学和老师。但卖鸡蛋赚的钱，可以买油盐酱醋、针头线脑以及我上学用的笔和本，我不能不去。

　　有一次，我蹲在车站前街路旁，盯着面前柳条篮子里的鸡蛋，心里盼着赶快卖出去，好早点离开，免得碰上熟人。可越怕什么，就越来什么，就在我无意间向街西头张望时，忽然发现佟燕正朝我这边走来。我虽然羡慕她，但有一点我不喜欢：她嘴里存不住话，什么事到她那里都会传出去，像学校的大喇叭，瞬间同学们就全知道了。我慌忙站起身，正要提起篮子离开时，见佟燕已走到我跟前，我只好重新蹲下身，低着头，装作没看见她。我心想，千万别让她认出来，不然，明天一上学，同学们就会知道我卖鸡蛋的事，一个大男生，卖鸡蛋，多丢人啊。正想呢，眼前出现了一双干净漂亮的胶底黑绒面布鞋，是佟燕，她平时最爱穿这双布鞋了。我感觉脸唰的一下红了，红得像熟透了的西红柿。我不得已慢慢抬起头，见她惊讶地望着我，话也随口而出："2号，你还卖鸡蛋呀？"班里每一名同学都有一个学号，书本封面上除了写上姓名，还要写学号。同学之间私下里经常互称学号：简单、亲切，并透着一点调皮。学号是在开学那天同学们集合排队时按个子高矮确定的，我排在倒数第二名，学号就被定为2号。佟燕排在我后面，是3号。我盯着佟燕，故作镇静地说："3号，你逛街呀？"她笑而不答，蹲下身，伸手从柳条篮子里拿起一个鸡蛋，盯着看了一会，随后说："你家鸡蛋个儿真大，还都是红皮的，为啥不留着自家吃？"我愣怔一会儿，顺嘴说出一句事后仍心跳脸红的谎话："我家鸡蛋多，吃不完。""骗人呢，看你脸红的，是舍不得吃吧！"她"咯咯"笑着，我感觉脸上一阵阵发烫。她忽然止住笑，沉默着，像是在想什么心事，而后又微笑着说道："我让我妈来买你家的鸡蛋，这样，你就不用在这儿候着了，省下这时间可以多复习会儿功课。"我心里一阵慌乱，不知该感谢她，还是该谢绝她。我说："平时是我妈来，你妈又不认识我妈。"她说："我告诉我妈，买鸡蛋时先问是不是2号家的，你妈知道你的学号就成。"说完，她放下手里的鸡蛋，笑着离去。

佟燕走后，我等了一会儿，鸡蛋仍没有卖出去，我怕再遇到同学，便不想卖了，正要拎起柳条篮子往回走，突然，听到身后有人喊："2号。"我扭头一瞧，又是佟燕，便惊讶地问："你没走啊？"她咯咯一笑，指着身旁一位身穿铁路蓝制服的年轻妇女说："这是我妈，下班来买鸡蛋。"没想到佟燕这么快就把她妈叫来了，我心里既惊又喜，连忙叫了声："阿姨。"脸腾的一下又红了。佟燕的母亲望着我说："这孩子真懂事，知道帮着家里做事了。"随后，她指着柳条篮子里的鸡蛋问我："这些多少钱？"我说："十五个，一块钱。"她蹲下身，伸手捡起一个鸡蛋，边看边笑着对我说："你家的鸡蛋又大又新鲜，真好。"说着，她从兜里掏出一块钱塞到我手里，随后，便和佟燕小心翼翼地将鸡蛋从柳条篮子里一个一个捡起放入挎包中。临走前，她对我说："下次我还来买。"

我手里攥着一块钱，高高兴兴地往家走，想着佟燕那张欢快的笑脸，觉得她是真心喜欢我家那些又圆又大的红皮鸡蛋，这会儿，她一定是抱着装鸡蛋的挎包，跟她妈妈坐着绿皮火车往家赶着，今晚，她妈妈会不会给她做鸡蛋饼吃？一定会的，鸡蛋饼可香啦。这么想着，我便情不自禁地笑了，明天，我得悄悄问问她。

第二天上午，做完课间操，佟燕突然把我叫到一旁，低声对我说："你家再卖鸡蛋，就让你妈直接去车站客运室找我妈，你家的鸡蛋我妈说她全包了。"我疑惑着问道："你们家吃得了那么多鸡蛋吗？"佟燕说："当然吃不了，我妈是帮邻居和同事代买，我出的主意。"我一听高兴坏了，嘴里一个劲地说："谢谢、谢谢！"那天放学一进家门，我就把这事儿告诉了母亲，母亲说："你那个同学真是热心肠。"

此后，母亲把家里攒下的鸡蛋定期送到佟燕母亲那里，母亲和我再也不用蹲在车站前街叫卖了，我心里别提多高兴了。更让我高兴的是，平时存不住话的佟燕，竟然严守秘密，始终没有将我卖鸡蛋的事当新闻说给同学们听，这极大地满足了我的白尊心。为此，找对佟燕始终心存感激。

初中毕业离开母校，我去镇里上高中，毕业后参军，而后考入军校，在部队工作了十多年，这期间一直未见到佟燕，她离开母校后去了哪里，至今不得而知。

如今，母校早已停办，校舍已被拆除，往返于京郊的绿皮火车也已停运，站前街随之沉寂，不见摆摊卖货的人。但母校与同学，却始终装在我心里，尤其是佟燕，她帮我卖红皮鸡蛋的那份情谊，这么多年来，一直感动并温暖着我的心：人生中那些难以忘怀的关爱，往往就在偶然的一瞬间，就在一颗纯洁的童心之中。

半瓢花生米

天已黑透，母亲去照看生娃的舅妈仍未回家，大姐熬了一锅玉米碴子粥，碱面没放，味道有些涩。可我还是连喝两碗，灶台上的铁锅已见底，我的肚子仍在"咕咕"叫。北方的仲春，夜晚依旧阴冷，西北风从门窗的缝隙涌入，灶膛微弱的火苗一哆嗦便矮了半截，我也跟着一哆嗦，觉得肚子里空得难受。

大姐似乎并不觉得冷和饿，她把目光不时投向窗外，盼着母亲早点回来。这些天，正是栽种花生的日子，大姐是生产队库房的保管员，负责筛选、分配种子，忙得昼夜不分。她说，清明前后，种瓜点豆，错过节气，就会影响秋天的收成。我盯着大姐黑红的脸庞，心里生着闷气：大姐心中，生产队的事比什么都重要，母亲不在家，也很少关心我的温饱。我肚子里"咕咕"叫得越来越响，盼着母亲早点回家，或许她能带回点好吃的。但窗外漆黑，有风声，却没有母亲的脚步声。大姐早已坐不住了，她在屋地上走来走去，突然对我说："强子，你先睡吧，我得去库房选花生种子了，明天一早还等着用呢。"说着，大姐拿起一件蓝布夹袄，转身就往外走。我一下子慌了，带着哭腔说："妈不在家，我一个人黑夜害怕。"话随口而出，其实，我一点也不害怕，以前，春种秋收时节，母亲和大姐都在田里忙到半夜，我一个人在家，困了，倒头就睡，从来不知道啥叫害怕。我心里想的是跟大姐去库房，那里有花生吃，可香啦。大姐仿佛被什么东西钉住了，一动不动地望着我低声说：

"以前你敢一个人在家，现在大了怎么倒害怕了？"我哭着说："屋外的大风呜呜叫，吓死人了。"大姐不再说话，把刚披在身上的蓝夹袄取下来穿在我身上，而后转身朝外走去。大姐的步伐坚定有力，我穿着将要拖地的蓝夹袄，连跑带颠儿地跟在她身后，想到很快就能吃到花生米了，尽管冷风吹在脸上，也不觉得凉。

走进库房，大姐点亮马灯，挂在房梁上垂下的铁丝钩上，而后忙着解开麻袋，舀出一葫芦瓢花生米，倒进一个宽大的簸箕里，随后，端起簸箕有节奏地晃动起来。其间，她将浮在上面个头又大又饱满的花生米捧出，放进一个空麻袋中。大姐弓腰展臂，重复做着同样的动作，不一会额头上就冒出了汗珠。我只看了一会儿，目光便转向麻袋里的花生米，便上前一步，抓起一把，正要往嘴里放，突然，耳边响起大姐的吼声："放下！"我浑身一颤，手指不由得张开了，花生米瞬间撒落一地，我惊恐地站在大姐面前，低头盯着仍在滚动的花生米，感到肚子里"咕咕"叫得更厉害了。以前，大姐从未对我这么严厉，我忍不住"哇"的一声大哭起来。

"这是种子，你怎么能随便吃！"大姐仍在愤怒地冲我大吼。

我咧着嘴边哭边说："就一把，为啥不能吃？"

"你吃一粒花生米，地里就少一棵苗，秋天就少收一捧花生。"

"我饿！"我瞪着大姐。大姐愣怔着不再说话，随后蹲下身，睁大双眼，在黑黢黢的地面上一颗颗捡拾撒落的花生米，我看到大姐的手在微微颤抖，但我依然觉得委屈，便转身哭着往家跑，到家一头扑倒在土炕上，之后，不知不觉就睡着了。

醒来时，天已大亮，我发现我的枕头旁，放着一只葫芦瓢，里面装了半瓢花生米，我既惊又喜，更疑惑不解。

母亲从里屋走出来。

"妈，啥时回来的？"

"一早。"母亲说着，见我仍在发愣，便嗔怒道："你也不小了，还让你大姐为难。"母亲的话，我似懂非懂，可想起昨晚的事，便说："就一把花生米，大姐她……"母亲的脸瞬间沉下来，后面的话我没敢说。

母亲盯住我说："你大姐，为这一瓢花生米，一夜没睡好，她不是不疼你，可那是队里的种子啊。再说，她当了好几年保管员，过手的粮呀物呀，从来都没让家里人吃过拿过，这次为了你，她破例了。"

我心里咯噔一下，头不由得低了下去。

年底，队里公布劳动力出勤天数及分值，大姐满勤，却少一天工钱。母亲不知何故，以为是会计算错了账，便去问，会计说，是我大姐要求扣掉一天工钱的，说春天筛选花生种子，剩下半瓢蔫瘪的，她带回家给弟弟吃了。

大姐比我大十岁，后来她远嫁外地，我们见面的机会少了，每当想到她，我就会想起当年那"半瓢花生米"的故事，禁不住潸然泪下：在大姐耿直、严厉、淳朴、无私的背后，我深深感受到了她给予我的温暖与关爱。

霞云岭与《翻山路》

上世纪七十年代中期，一个 17 岁的农村大男孩，偶然读到《房山文艺》刊载的一篇小说《翻山路》，记住了这篇小说，记住了作者张静，还记住了一个他未曾去过的地方"霞云岭"。自此，他收获了一颗文学的种子，几十年珍藏心间。如今他已年过半百，在异乡漂泊 40 年。

那个大男孩就是我。

霞云岭，充满诗意的名字，她是京郊房山区的一座山乡，山峦层叠，连绵起伏，草木茂盛，景色秀美。因山峦常现岚光霞影，故得此美名。

1978 年春，一个春光明媚的日子，我骑着一辆半旧的自行车，赶了 30 里路，头中午终于来到县文化馆，我想见见小说《翻山路》的作者张静，我想他（她）一定是县文化馆的老师。推车走进文化馆大院时，迎面遇到一个姑娘，正匆匆往外走，像是急着赶路，我抬眼一瞥，眼前映出一张红扑扑的面庞。县文化馆小说组的许谋清老师热情地接待了我，得知我的来意，他笑道："你已经见过她了。"我把疑惑的目光投向他。他说："刚才走出大院的那个姑娘就是张静，她是霞云岭乡的一名小学代课老师。"我惊讶、遗憾，与她相识的机会消失在瞬间。那天回到家，我将小说《翻山路》又一口气连读三遍。在文学作品与食品同样匮乏的乡村，能读到一篇自己喜欢的小说，就像吃了一顿肉馅饺子，解馋解饿。

依稀记得，小说《翻山路》，描写了一名代课老师和她的学生们携手行走翻山路的故事。那个小学地处深山，代课老师和她的学生，每天背着书包，往返于学校与家之间，十几里山路，途中要翻越数道山岭。翻山路狭窄凹凸、曲折蜿蜒，像缠绕在山腰上的一条巨蛇，时刻都在威胁着行人的生命，但他们毫不畏惧，常常携手前行。那位年轻的代课老师，在高中毕业后放弃了招工进城、嫁到山外的机会，为家乡的孩子，默默坚守着作为一名乡村教室的职责。我被小说中"她"的故事深深地感染，同时也惊叹于文学的力量——由此我便深深爱上了文学。

那年年底我参军了，两年后考入军校，毕业后在连队摸爬滚打十几年，转业回京后，一切重新打鼓另开张：学专业、考职称、带孩子、忙工作，一晃又是十几年。蹉跎岁月，文学在我的生活中沉寂了，尽管心有不甘。

52岁那年初夏，我随朋友驱车来到霞云岭，这里早已是京郊著名的旅游地。我心深处曾装着她，虽是头一次来，感觉却不陌生。仰望连绵的山峦，翻山路已不见踪迹，而我脑海里却清晰地浮现出《翻山路》中的情景——那个中等身材、面庞红扑扑的山村小学的代课老师，与她的学生手拉手行进在崎岖的翻山路上。路旁，山花烂漫，青草绿树，郁郁葱葱；远处，岚光霞影，环抱山峦。置身如此美丽的霞云岭，触景生情，沉睡心底三十多年的文学梦，瞬间被唤醒了：我要重新拾笔，跋涉文学这条翻山路，虽已年至半百，尽管路途艰辛，但岚光霞影依旧，我心依旧。

不久，一位远道而来的战友，听说我要搞文学创作，便感慨地说："50多岁的人了，从未学过文学专业，也未接受过写作培训，竟敢做文学梦，我只能祝福你'梦想成真'。"

朋友的话，寓意深长，令我难忘，如同难忘《翻山路》。权当再获激励，相信梦想不嫌人老！人生之路，几十年、百余年，何尝不是在走一条翻山路呢。

　　如今，我已坚持写作 5 年多了，起初，投给报刊的习作，大多杳无音信。我困惑、彷徨、内心纠结，兴许咱还真不是写作的料，文学殿堂富丽堂皇，充满诱惑，却不知哪扇门为我敞开。我挑灯读书，每逢休息日去劳动人民文化宫职工文学研修班学习，去东城区图书馆听讲座，与老师、文友交流创作体会，努力终于初见成果。近年来，我创作的小说、散文、诗歌等作品陆续被多家报刊发表、转载。尽管文学创作起步晚，但每篇作品在我眼里都似当年翻山路旁的鲜花，灿烂、温馨，她们微笑着望着我、陪伴我，鼓励我为梦想努力前行。

　　哦，霞云岭，放飞梦想的起点；翻山路，奔向岚光霞影的阶梯。

来自家乡的感动

——有感《京西文学》推介散文《酉鸡》

  《酉鸡》是我两年前发表在《厦门文学》非虚构栏目上的一篇作品，9月初，在第二十七届"东丽杯"孙犁散文全国评选中获奖，14日，我将获奖消息发在手机微信朋友圈中，很快，便收到《京西文学》主编、作家方言先生发来的微信，其一，对我获得"东丽杯"孙犁散文奖表示祝贺；其二，希望我将《酉鸡》原文电子版发至他邮箱，以便在次日的《京西文学》上编发推介。时隔约一小时，《京西文学》副主编、诗人江湖剑客先生（笔名）也发来微信，几乎是同样的内容：祝贺获奖，希望发来《酉鸡》原文电子版，准备发表。我随即分别回复，大意是万分感谢，原文随后发去。

  此刻，我内心已被《京西文学》两位编者的言行深深打动，一篇散文习作、一篇两年前的旧作，获奖不过是鼓励，却被他们在第一时间关注到，并不约而同、不谋而合地给我发来准备编发推介的通知。

  《京西文学》是源自房山区、源自我家乡的纯文学公众号，主编方言先生，我只是在今年夏天由北京作协组织的北京作家赴河北省沧州市采风时与其见过一面，有过简短的交流，算是一面之交吧。副主编江湖剑客先生，我们彼此在房山诗歌微信群中"相识"，是纯粹的"微信朋友"，至今尚未见过一面。他们二位与我，是陌生的也是熟识的，陌生是因为相见极少或不曾相见，熟识是因为我们有共同的家乡，一方水土养一方人，自然而然便已心意相通。再有是因为文学：文学为媒、为载体、为桥梁、为我们共同所爱，如我们共同所爱的家乡——房山。瞬间，我内心便不由得涌出一句话：还是家乡人亲啊！

《京西文学》已编发了60期，质与量均可谓上佳，其间，编辑团队所付出的艰辛不言自明。就拿编发我这篇散文《酉鸡》来说，9月14日中午编者得知我获奖的消息，随后向我索要原文，下午我将电子版原文发给编者，他们下班后，利用业余时间审阅编发推介，于15日上午8:30准时在《京西文学》推出。当我早晨起床后，分别看到方言、江湖剑客发来的第60期《京西文学》电子版时，还看到了方言主编在15日凌晨3:28分给我发来的微信截图，当时我已入睡。截图内容是他对《酉鸡》一文中一段关于孵化小鸡用时问题的理解，而且还把依据讲给我，比如农谚所言："鸡孵鸡二十一（天），鸭孵鸭二十八（天）。"问我是否准确。他的理解当然是准确的，我十八岁已离开家乡，后来听到的农谚或者关注这方面的知识就很少了，方言让我有了新知。对文中一个细节如此认真研判、分析、核准，足可证实其主编、其编辑团队对待编发工作务实认真的态度。在我回复方言所关注的问题之后，一再嘱咐他不要熬夜，注意休息，哪怕迟发、少发一期《京西文学》，也不能如此这般，久之会损伤身体。其实，道理谁不懂呢，但作为一名真正热爱生活、热爱文学，对文学有自己的标准和追求的作家、编辑，面对文学，休息似乎理所当然被排在了第二位，不夸张地说，这是一种忘我的境界。

方言是这样、江湖剑客是这样，我身边许多作家、文学爱好者，他们面对文学，同样都怀有一颗虔诚之心。

感谢《京西文学》、感谢其编辑团队、感谢我的家乡——房山。

匆忙中于2018年9月15日午时

酉鸡

农历鸡年，阳春三月，春儿出生了。他天生能吃，每次叼住母亲的乳头，便不停地吸吮，母亲的双乳，像两条被掏空的皮口袋，很快，便松软地垂下来，春儿嘬不出奶水，就哭闹不止。

村里的冯奶奶，对春儿妈说："去镇街买两只母鸡，文火炖汤，一早一晚喝两勺，下奶。"

春儿妈买回两只母鸡，一胖一瘦，放入厢房，那只胖的先杀，瘦的养几天，汤要喝鲜的。

晌午，春儿爸杀了那只胖母鸡。

春儿妈将胖母鸡放入柴锅，文火炖上，又去厢房看那只瘦母鸡。瘦母鸡见了人，"咕咕"叫着，躲到屋角去了。出乎意料，屋地上，除了几摊鸡屎，还多了一枚红皮鸡蛋。春儿妈弯腰拾起，惊喜地笑了。

冯奶奶的话，果真灵验。一只母鸡汤没喝完，春儿妈的乳房已鼓胀起来。春儿有奶吃，也不再哭闹。瘦母鸡争气，隔一天生一蛋。春儿妈奖赏它，玉米面儿拌菜叶儿，一天两顿。一段日子过后，瘦母鸡毛色鲜亮，鸡冠火红，身体壮实，生的蛋比从前胖一圈，春儿妈决定把它留下。

鸡散养，自己找食，一天喂不了多少粮。初夏，春儿妈又买了十几只小鸡雏。

春儿三岁已长得虎头虎脑，结结实实。他爱自己玩，爱看大公鸡飞到院墙上打鸣。看两只鸡伸着脖子、跳着脚掐架。看一群鸡突然从四处冲刺般跑到老槐树下，抢啄掉下来的一只毛毛虫。还爱看母鸡下了蛋，"咯咯哒、咯咯哒"地叫。

春儿六岁时，他家养的鸡换过两三茬。

春儿妈每天早晚喂鸡，旧铁盆里，装半盆碎菜叶子、两勺玉米面、两勺水，用一根木棍搅拌均匀，从屋里走出，用木棍敲打铁盆："当当当。"鸡闻声而动，咕咕叫着，从四处飞奔而来，围住春儿妈。春儿妈刚把鸡食盆放到地上，一群鸡便伸着脖子，相互冲撞着，抢食起来。

春儿妈喂鸡，春儿跟在身旁看。这时，鸡聚齐了。春儿伸出小手指，一遍一遍地数，一共十三只。

十三只鸡，其中有两只公鸡。

一只公鸡正值壮年，身高体壮，矫健威猛。毛色乌黑亮泽，腿脚轻盈，来去之间，一闪而过。春儿叫它"影子"。

另一只，身材略显单薄，鸡冠赤焰，毛色纯白，年轻英俊，灵气十足。春儿叫它"白鸟"。

那十一只母鸡，也都各有其名。

"芦花"，身披三色羽毛，枣红间点缀着黑白两色，花哨抢眼。尾巴上的羽毛，往上翘着，柔顺亮滑，舒展飘逸。芦花体态姣美，两只腿，修长笔直，筋是筋，骨是骨，肉皮儿金黄。头上的冠，红润艳丽。两只眼睛，骨碌骨碌不停地转，妩媚而又轻佻。

"灰子"，一身浅灰羽毛，尾巴不长，腿也不长，敦敦实实，怎么看也不算漂亮。它的优势，在于爪子和嘴巴，均尖而细且往里勾着。

"黄老蔫儿"，毛色土黄，走路慢慢腾腾，一摇一摆，憨态可掬。不好动，不爱叫，跟谁都和和气气，一副与世无争的模样。

……

入春，春儿妈整天鼓捣院前那块菜地。松土、打埂、撒肥、种菜苗，菜园新绿一片。菜园的篱笆扎紧了，鸡被挡在外面。

春儿妈忙起来，有时竟忘了喂鸡。春天四野都干净，一群鸡院里院外跑，竟找不到多少食。没到喂鸡的时辰，就咕咕叫着召唤主人喂。

春儿妈说："春儿，妈这阵子忙，往后，喂鸡的活儿你干。"

春儿当然高兴，他从厢房里抱出两棵年前的大白菜，表层的叶子已褪尽绿色。他把大白菜戳到地上，一只手扶住它，一只手转圈扒掉两层。动作娴熟，与春儿妈不相上下。菜叶子剁碎，放进鸡食盆里，再舀两勺玉米面、两勺水，用小木棍搅拌均匀，端出屋，没等用木棍敲打鸡食盆，院子里的鸡早已瞄上，从四处飞奔而来，鸡食盆一落地，十几只鸡就伸长脖子，你冲我撞，抢着啄食。

公鸡影子，身高体壮，它一下子冲过来，身边的两只母鸡被撞个趔趄，躲到一旁去了。它占据一大块地方，自顾地啄食，没有哪只鸡敢贴近它。白鸟离它稍近了，它便扭过头，啄住白鸟的脖梗子，白鸟惊叫着，"噌"地窜到一边去，影子嘴里多了几根白色羽毛。白鸟梗着脖子，盯着影子，心有不服，也心有余悸。过一会儿，白鸟又跑回来继续啄食，这回它不敢挨着影子了。

芦花，身姿姣美，体态轻盈，力气自然小，在鸡群里，只一会儿，就被挤出来。盆里的鸡食，少了一半，芦花心里急，站在一群鸡身后，转来转去，寻找机会。哪只鸡身边出现一点空当，它便伸着脖子往里钻，身子刚进去一半，又被挤出来。试了几次，均未成功。它无奈地咕咕叫。影子正吃得带劲，忽然听到芦花祈求般的叫声，便仰起头，冲芦花温存地呼唤："咕咕咕、咕咕咕。"芦花闻声，精神一振，毫不迟疑，径直朝影子奔去，一头扎进影子颈下，用身体贴紧它，娇柔地扭动，温情地低吟。有影子呵护，芦花不紧不慢地啄食，时而抬起头，向旁边的母鸡们扫一眼，炫耀得意之态。

此时的影子，站在芦花身旁，边吃边监视周围的一群鸡。偶然有一只母鸡，稍不留神，蹭到芦花的身体，芦花没有提防，摇晃一下，夸张地叫两声。影子闻声而动，迅速扭过头，冲那只母鸡，扇开翅膀，咕咕大叫，似要冲过去，那架势够横。那只母鸡退缩着离开了。有影子在，芦花吃个肚饱。

灰子不喜欢嘈杂的场面，它同样被挤到后面，却不着急往回钻。它在一群鸡身后，来回踱步，眼睛瞄着地面。它那两只细长带钩的爪子，充分发挥着作用，遗撒在地上的鸡食，被它用爪子捯过来，迅速啄进嘴里，它常常吃个八分饱。

黄老蔫儿可惨了，它改不了走路慢腾腾、一摇一摆的习惯，自然是靠不上前，只能在一群鸡的屁股后面，刨捡些掉在地上被踩到土里的碎食。赶上好的时候，不知哪只鸡，踩翻了鸡食盆，鸡食撒一地，一群鸡散开，有了空当，它才能一连吃上几口。鸡食盆空了，一群鸡四下走开，黄老蔫儿却不走，它啄食粘在盆沿上的碎食，鸡食盆被它啄得晃来晃去，发出"咚咚咚"的闷响。

春儿看不上黄老蔫儿，觉得它窝囊。

春儿觉得，灰子客气，不愿抢食吃。好在它会寻找机会，也善于在外面找食，饿不着。

春儿喜欢影子，它说一不二，敢恨敢爱，够爷们儿。

白鸟不愁抢不到食吃，可它仍显出一副若有所失、郁郁寡欢的神情。白鸟喜欢芦花，每每想和它亲热，影子便冲刺般奔过来，把白鸟赶跑。白鸟曾为拥有芦花而与影子掐架，厮杀几个回合，白鸟遍体鳞伤，赤焰的冠，渗出一抹殷红的血，冠不再鲜艳。颈及翅膀上的羽毛，被一撮一撮啄下来，横竖撒落在地上，白鸟惨败。它没有足够的实力与影子抗争，只得孤独地站在远处，恋恋不舍地望着芦花。

芦花对白鸟也有几分爱慕，却忌惮影子的威严，不敢表露。有影子，它就能吃饱，更不会受谁的欺负，它仰仗影子而获得满足。

春儿精心饲养着他家的十三只鸡。

晚上，鸡钻入屋后鸡舍，春儿及时用石板挡严门，窗户也用木板封住，防着黄鼠狼。早晨，春儿从土炕上爬起，头一件事就是开鸡舍门。圈了一宿的鸡，冲出鸡舍，撒着欢，咕咕叫着，朝院里跑去。

这会儿，春儿忙着给鸡做食，他坐在屋门槛上，一边用木棍搅拌盆里的鸡食，一边望着院里的鸡。

公鸡影子一跑进院里，就夽开翅膀，斜棱着身体，踩着碎步，走出一条不算长的弧线，咕咕叫着，冲向身旁的芦花。芦花见状，应声蹲下，影子抬脚踩到芦花背上，身体顺势跨上去，低下头，嘴轻柔地啄芦花的冠，尾部下压，与芦花上翘的尾部撞一下，再撞一下……而后便从芦花背上跳下来，挺胸抬头，眼睛朝院里扫视着。芦花抖抖身子，冲影子咕咕叫两声，便轻盈地走开了。影子又朝别的母鸡奔去……

影子每天都和芦花做那件事，它们好像不期而遇，心有灵犀。影子总能最先找到芦花，芦花也能最先靠近影子。

白鸟也做那件事，却从未和芦花做成，芦花被影子包了。

春儿妈在屋里做饭，春儿说："妈，你瞧那两只公鸡，怎么一撒出来，就欺负母鸡，还骑到母鸡身上去？"

春儿妈说："它们亲热呢。"

"亲热就踩到背上去，伤着了怎么办？"

春儿妈笑了："伤不着，公鸡'踩蛋'呢。"

"踩蛋做什么？"

"公鸡不踩蛋，母鸡下的蛋，就孵不出小鸡，会变成'臭蛋'。"

春儿仍迷惑，又问："那，影子怎么每天都先踩芦花的蛋？"

春儿妈说："影子喜欢谁，就先踩谁的蛋，它横不是？"

"那白鸟要踩芦花的蛋，影子为什么不让？"

春儿妈说："禽畜都那样，霸着自己的。"

春儿到底没闹明白，他端起鸡食盆，喂鸡去了。

北方春短。

入夏，十三只鸡，在春儿的照料下，毛色鲜亮，鸡冠火红，壮实了不少。

春儿妈带着春儿，把两个柳条篮子，在厢房外的窗台上拴结实，里面垫上干麦秸，外面苫上麻袋片儿，留出口儿，两个下蛋的鸡窝，一会就搭好了。

一天晌午，厢房那边传来"咯咯哒、咯咯哒"的叫声。春儿妈在屋里高兴地喊："春儿，灰子下蛋了。"

春儿说："妈，你怎么知道是灰子？你又没看见。"

春儿妈说："灰子叫声低，我听得出。"

春儿将信将疑，心里却高兴，他跑出屋，直奔鸡窝前。这时，灰子刚从厢房窗台上跳下来，春儿欠着脚，望见里面果真有一枚鸡蛋。他伸手把鸡蛋拾起，转身往回跑，嘴里不停地喊着："妈，是灰子下的蛋。红皮，又圆又大。"

春儿妈说："快收起来，等攒多了，拿到镇街去卖。"

春儿小心地将鸡蛋放进盆子里，想了想，说："妈，今年灰子头一个下蛋，该奖励它。"说着就从缸里抓了两把棒子粒，转身跑出屋。

灰子正在院里找食吃，春儿走到它跟前，轻声地叫着："灰子、灰子。"灰子抬起头，瞧见春儿手里有吃的，就跑过来。春儿撒下一些棒子粒，灰子尖而带勾的嘴，快速地啄食着。站在院墙下的影子，这会儿咕咕叫着，飞快地冲过来，边啄食边用身体挤撞灰子。灰子躲闪着，啄食的速度慢下来。院里的其他几只母鸡也飞奔而来，地上的棒子粒转眼就被抢食光了。春儿生气了："你们又没下蛋，凭什么吃！"他走到影子跟前，影子并不躲闪。他抬腿踢了影子一脚，影子没提防，吓得掉头就跑。其他几只母鸡也跟着往后退，但都没走远，仍惦记着他手里的棒子粒。春儿赶不走这些鸡，就又冲灰子叫："灰子、灰子，过来，过来。"这会儿，他蹲下身，伸出手，几乎够到灰子了。春儿这才撒出四五个棒子粒，就在灰子眼皮底下，没等影子和那几只母鸡冲过来，灰子已将地上的棒子粒啄进嘴里。影子咕咕叫着，一点办法也没有。反复几次，灰子终于吃饱了。春儿冲灰子说："明天下蛋，还喂你。"

灰子一连两三天，天天都下蛋，偶尔隔一天，又是一连两三天，一天一个又圆又大的红皮蛋，春儿和春儿妈乐坏了。春儿也不食言，灰子下蛋，他就赏它一把棒子粒。

黄老莺儿前两天也下蛋了，个儿还不小，白里透红。其他几只母鸡也陆续下蛋了，唯有芦花不下蛋。

春儿每次喂鸡，芦花有影子护着，都能吃饱。房前屋后，院里院外，道旁树下，犄角旮旯，有虫啊果啊的地方不少，芦花懒得刨捡。它就爱溜达，不是在院外的村道上，就是跑进别人家的院里。人家喂鸡，它就混入其中，不管不顾地吃。被人家主人发现，拎起立在院墙下的笤帚，朝它抡过去，嘴里骂着："野鸡，又来偷食。"芦花仓皇而逃。但它记吃不记打，主人回屋后，它又溜回来。

芦花偷吃人家的鸡食，也有让人家高兴的时候。它钻进人家院里的鸡窝，约莫半个时辰，竟"咯咯哒、咯咯哒"站在窝边叫。人家主人走到鸡窝旁，发现里面有鸡蛋，拾起来，乐呵呵地往回走，边走边磨叨："这鸡蛋小了点。"芦花还在"咯咯哒、咯咯哒"地叫，它在邀功。主人从屋里抓一小把棒子粒撒在地上，一边看着芦花吃一边说："别叫了，小心你家主人打折你的腿。"有吃的，芦花的嘴被堵住了。很快，地上的棒子粒被吃光，主人往外轰它，它一边往自家院里跑，一边又"咯咯哒、咯咯哒"地叫起来。春儿妈在屋里听得清楚，隔着窗户往外瞧，见芦花跑进院，心里明白了八九分，她对春儿说："芦花丢蛋了。"

春儿没听懂："什么叫丢蛋了？"

春儿妈说："芦花把蛋下到别人家了。"

春儿半信半疑，跑出屋，见芦花站在院里，还不停地叫。它鸡冠赤红，一看就知道是刚下过蛋。

春儿妈说："明天，把芦花圈在鸡舍里。"

芦花被关"禁闭"，它溜达惯了，哪里呆得住，挨着小窗户来回地走，不时扯开嗓门咕咕叫。影子早上见不到芦花，像丢了魂似的，在院里闷闷不乐地来回踱步，听到芦花的叫声，便循声跑到鸡舍前，冲着芦花咕咕叫。芦花见到影子，像见到救星，在鸡舍里叫着蹦着，急得团团转。

芦花被释放后，仍往外跑，春儿就留心看着它。

后来发生的两件事，把春儿气坏了。

头一件，是那天春儿吃完午饭，在院里老槐树下看画儿书。正入神时，被"咯咯哒、咯咯哒"的鸡叫声吵得心烦。他听着像芦花的声音，它这段日子偶尔也下个蛋，只是个儿不大，皮儿有些脆。春儿放下画书，想看个究竟，便朝厢房走去。芦花看到春儿，叫得更欢了，还不时朝窝里探一下头。春儿走到鸡窝前，芦花从窗台上跳下去，边叫边往院里跑。春儿把手伸进鸡窝，摸了摸，没碰到鸡蛋。他往前移了移，侧着身，朝窝里看，窝里空空如也。春儿被戏弄了一把，心头蹿起一股火，他骂着："该死的，学会蒙人了。"春儿跑回院里，却不见芦花的身影。他追到院外，见芦花和影子正在村道上嬉戏，便捡起地上一个石块，向芦花投去，芦花和影子被吓得惊慌而逃。

还有一回，春儿看到，芦花和黄老蔫儿站在鸡窝旁的窗台上掐架，黄老蔫儿叫着从窗台上被啄下来。芦花也叫着，却钻进窝里。春儿说："下蛋也扎堆。"很快，芦花又从窝里钻出来，扯开嗓门，"咯咯哒、咯咯哒"一连声地高叫。"这回芦花准下蛋了。"春儿走到窝边，芦花跳下窗台，这回它没跑，站在春儿身后，仍不停地叫。春儿伸手在窝里摸，果然有一个蛋。春儿高兴地冲芦花说："这回没蒙人。"春儿往回走，芦花跟在后面，等着奖赏。

春儿握着鸡蛋进屋让妈看，春儿妈说："这鸡蛋，个头大，白里透红，壳也硬，不是芦花下的。"

春儿愣了，疑惑地说："我看见芦花叫着从窝里出来，怎么不是它下的？"

春儿妈说："不信，这两天你留神看着。"

照春儿妈说的，春儿一边在院子里玩，一边盯着芦花。隔了一天，灰子钻进鸡窝，约莫半个时辰，叫着从窝里出来。芦花听到叫声，就跳上窗台，同灰子站在一起，它比灰子叫得欢。见灰子还不走，芦花就啄灰子的冠，灰子被掐跑了，芦花钻进窝里。春儿这回明白了八九分，他还想再确定一下，便装作若无其事，仍在院里玩。不一会儿，芦花就从窝里钻出来，又扯开嗓门叫。春儿仍不理它，芦花见没人来，便跳下窗台，朝院里走去，见春儿不给棒子粒吃，就悻悻地朝院外跑去。这时，春儿跑到鸡窝前，伸手摸出一个蛋，又红又大，沉甸甸的，春儿认得，是灰子下的。春儿这回特佩服妈妈，要不又被芦花骗了。春儿狠狠地骂："这个鸡贼！"

这两天，春儿打开鸡舍门，放出鸡，喂完鸡食，就见黄老蔫儿一摇一摆地朝厢房那边走去，它跳上窗台，钻进窝里，一卧就是一天，不吃、不喝、也不叫。春儿说它病了，把它抱出来，喂水、喂鸡食。它吃完喝完，回到窝里继续卧着。

春儿妈说："它'抱窝'了。"

春儿问："它干吗天天抱那个窝？"

春儿妈找来一个篮子，让春儿抱来干麦秸，铺在篮子里。又从存放鸡蛋的盆子中，挑出十几只又圆又大的，放入篮子里，这才对春儿说："把黄老蔫儿抱来，它要孵小鸡了。"

春儿一下明白过来，一蹦一跳地跑出屋，很快，就把黄老蔫儿抱进来。它数着篮子里的蛋，十五个。

黄老蔫儿在春儿妈和春儿的照料下，不到二十天，窝里就有小鸡破壳而出。春儿觉得黄老蔫儿真神，像变戏法儿的，把一只只啾啾叫着的小鸡从怀里、翅膀下变出来。春儿惊喜得合不拢嘴，轻轻捧起这只看看，又捧起那只瞧瞧，十三只小鸡雏，都在他手里过了一遍。两只臭蛋，让春儿妈拣出来扔了。

黄老蔫儿终于神气起来，它身后天天簇拥着一群活泼可爱的小鸡仔。它走到哪里，小鸡仔就跟到哪里，还不停地欢唱着：啾啾啾、啾啾啾……

小鸡不愁长。初秋，都能飞上窗台了。

中秋，菜园子里，菜和瓜果已收过几茬。土埂、水井和窄窄的水渠旁，草高且密，仍绿着。篱笆上爬满了牵牛花，粉红的花和墨绿的叶，把篱笆装饰成一道彩色的墙。篱笆门早就敞开了，鸡自由进出，在草丛间、菜架下穿梭捕啄它们的美食：蚂蚱、蛐蛐、漂亮的瓢虫，以及那些根本叫不出名字的虫子。

秋天，乡村到处都丰盛。

这时的灰子，尖而带钩的嘴和爪子，充分发挥了作用。刨捡啄叨，它天天吃个肚饱，身体更壮实，蛋也下得更多了。

春儿也常常在草丛中捉住几只胖乎乎的蚂蚱，用一根细长的毛毛草穿起来，留着奖赏那几只还在下蛋的母鸡。

一夏一秋过后，白鸟长得又高又壮，它不再惧怕影子。春儿喂鸡时，白鸟和影子并排站在一起。影子看着它，只是咕咕叫两声，犹豫着，却不敢再去啄它。白鸟时常和芦花亲热，影子见到，还想把白鸟掐跑，却力不从心。它试过，没有掐过白鸟，自己先败下阵来，它只能在一旁盯着芦花。芦花现在主动奔向白鸟，咕咕叫着与白鸟撒娇，比跟影子在一起时还温顺。影子一副失落的模样，掉头怏怏而去。

每天清晨，白鸟都在窝里报晓，比影子勤快，声音盖过影子。从窝里出来，便抖动翅膀，飞到院墙上，冲着初升的太阳，又一曲曲地唱响："咯咯咯——咯咯咯——"声音高亢嘹亮、清澈悠扬。

入冬后，下过雪，还时常刮起凛冽的西北风。地被冻结实了，四野一片洁白。天还没黑，鸡都钻进窝里，缩着身子，挤在一起。

春儿把鸡舍窗户用木板堵上，门用石板挡住。天黑下来了，冬夜，寂寞漫长，晚饭后，春儿就睡觉了。

"嘎——嘎——嘎——"屋后传来惨烈的鸡叫声。春儿被惊醒，屋里亮着灯，春儿爸、妈，正匆忙穿衣下地，两个人高一声底一声地吼着，像是在轰赶什么。春儿也爬起来，穿上衣服，跟着爸妈跑到鸡舍前。鸡这会停止了惊叫。春儿爸查看鸡舍。春儿把窗户上的木板取下，借着月光，他看到鸡舍里，芦花、影子，还有几只母鸡，头挨着头，身子贴着身子，扎成一团，瑟瑟颤抖。黄老蔫儿参开翅膀，护着它那群半大的鸡仔。灰子和白鸟不知是被挤出来的，还是一直就站在那儿，都紧贴住门口。春儿爸说："你们瞧，鸡窝门没挡严。"果然，鸡舍门下方露出一道缝。春儿妈把石板搬开，春儿看到灰子顺势倒在门口，脖子上的毛掉了好几撮，殷红的血已凝固。白鸟的两只脚被咬伤，也沾满了血。春儿把灰子抱起来，搂在怀里，一只手轻轻抚摸它的羽毛。春儿懊恼、愧疚、伤心地望着灰子，忍不住哭出声来。春儿妈说："要不是白鸟叫得急，还不知咬死几只鸡呢！灰子勇敢，它准是挡着门口，才先被咬死的。白鸟胆大，它那两只爪子，一定是和黄鼠狼撕扯时被咬伤的。"

第二天清晨，春儿打开鸡舍门，白鸟第一个冲出来，它飞到院墙上，冲着太阳，引颈高歌。春儿望着白鸟，感动得直落泪。他觉得白鸟越来越可爱，他不喜欢影子了。黄老蔫儿引领着它那一群小鸡仔，欢快地跑出来，院子里顿时热闹了。春儿心里倍感欣慰，明年这些小鸡就长大了，他希望它们都像它妈妈，或者像灰子。公鸡，就像白鸟吧。

春儿把灰子抱出屋，走进菜园。他两眼含泪，在菜地里挖出一个坑，将灰子放进去，用手捋顺灰子身上的羽毛，随后，捧起落满白雪的黄土，轻轻撒在灰子身上。

　　快过年时，春儿妈对春儿说："过了年，咱家再多养几只鸡。"

　　春儿拍着手说："好啊！好啊！"

　　春儿妈说："明天，咱俩去镇街，把芦花卖了，顺便再捎回些年货。"

　　春儿说："早该卖了它！"

　　初春，村里的冯奶奶来到春儿家，和春儿妈商量，想买她家一只大公鸡。

　　春儿妈知道，这节气家家都熄了炉火，冯爷爷是老寒腿，年年都抓几味草药、杀一只公鸡一锅炖了，偏方治病也灵验。

　　春儿妈没收冯奶奶的买鸡钱，她请冯爷爷把影子的羽毛扎成一把掸子。

　　掸子闪着血光。春儿拿着它，掸落犄角旮旯甚至整个屋子的灰尘。屋里到处都干净，仿佛整个世界也干净了。

我是北京兵

我的故乡，在北京西南琉璃河古镇，18岁，我从那里应征入伍。

接到入伍通知书的第二天，我乘坐绿皮火车，前往北京城，在天安门前拍了一张二寸黑白照片，照片的右下角白底黑字写着两行小字：天安门留念，1978年12月。这张照片，我端端正正地贴在我的小相册里，将它带到了部队。

部队在吉林，是空军航校，我之所以忙着去天安门前留影，是想到当兵满四年才能探家，才能再回北京，再看到天安门。天安门是祖国的象征、故乡北京的象征，当兵前与她合影留念，多有意义啊。

以前，我曾不止一次在天安门前留影，上小学时，每年清明节扫墓，学校老师都带着我们到天安门广场，瞻仰人民英雄纪念碑，向人民英雄敬献鲜花，而后，再到天安门前，全班师生合影留念。

我在天安门前单独留影，是在6岁那年的春节前，父亲从新疆哈密探家，带回一部幸福牌135照相机，外壳灰黑色。照相机装在一个棕红色的皮套里，皮套两端，固定着一条同样是棕红色的细长吊带，照相时，父亲将吊带套在脖子上，再从皮套里取出照相机，双手托捧至眼前，调试拍照。棕红色的皮套垂在胸前，这时的父亲显得神气十足。我也曾模仿父亲将照相机挂在胸前，心里感觉美滋滋的。

父亲为我在天安门前照的那张相片，一直保存在我家的相册里，我参军前把它取下来，粘贴在我自己的那个小相册里，和我挑选的其他相片，一同带到了部队。这张相片虽然年头已久，褪色模糊了，但我依然十分喜爱，这是我第一张单独与天安门的合影，于1966年。

我参军那年是12月，东北天寒地冻，尤其雪后初晴时，机场周边，大片开阔地，白雪皑皑，阳光照耀下，银光闪烁，景象壮观。我喜爱雪，东北的雪，下得疯狂、气派，雪花漫天翻滚，瞬间，天地一色，银装素裹，积雪厚达二十多厘米，直到次年四月份才渐渐融化，洁白的世界，洁白的美。新兵连集训三个月，正是春节前后。年三十，新兵照常训练，那天下起了雪，北风一直刮着，雪花打在脸上，钻进脖子里，身体不由自主地打着冷颤。虽然我们穿的都是皮靴棉服，戴的都是皮帽皮手套，但在室外站久了，再加上北风不停地吹，手脚依然冻得生疼麻木。傍晚，去餐厅包饺子，手指头一时都回不了弯，捏不牢饺子皮，那天的饺子煮熟后，破了不少。

回到宿舍，天已大黑，班里十位新兵，一位老兵班长，坐在床头聊天，聊着聊着，聊到家乡，聊到过年，话越来越少，声音越来越低，最后都不吱声了。新兵爱想家，过年更想家，我也毫不例外，坐在那里，满脑子都是在家过年时的情景：贴对联、挂灯笼、包饺子、放烟花爆竹，走亲会友，整天热热闹闹的闲不住。想到家里的亲人，想到故乡北京，便从床下抽屉里取出我的小相册，打开，一张一张地翻看相片：父亲、母亲、哥哥、姐姐，我们全家人仿佛都来到了我的面前，当看到我在天安门前的那些相片时，泪水不由得涌满双眼。我正看得入神呢，班长不知何时已走到我身旁，他惊喜得连声说："天安门、天安门。"随后，便拿起我的相册，双眼久久凝视，目光充满期待和羡慕。战友们听班长这么一说，呼啦一下围拢过来，争着抢着翻看相册，看到我与天安门的合影，各个赞不绝口。有一位战友竟饱含深情地哼唱道："雄伟的天安门，壮丽的广场，各族人民衷心敬仰的地方。"我一听，忍不住笑了，这不是那首家喻户晓、名为《雄伟的天安门》的歌曲吗？而更多的战友却说："长这么大，还没去过北京呢，什么时候我要到了北京，一定要去天安门广场，要在天安门前留个影。"说到这，他们的目光同样充满期待和羡慕。瞬间，我竟不再想家了，内心充满自豪与骄傲。

经历了大年三十晚上那一刻，我突然觉得身上的责任重了，因为我是北京兵，我和天安门合过影，我决不能给北京丢脸。此后，在部队训练及日常生活中，我处处争先，当兵两年，两次受到部队嘉奖。

1981年春天，我考入军校，军校在南方。这时我入伍已两年零三个月，其间，没有探过家，与故乡和亲人分别了这么久，这还是我人生中的第一次。去军校报到，途经北京，团参谋长特批了我三天假，让我中途回家探望亲人，那是我第一次穿着军装回家，觉得特神气，心里别提多高兴了。那天上午火车到达北京站，回郊区的家，要转乘下午四点多由永定门火车站开出的慢车，因为时间尚早，我坐上20路公共汽车到前门下车，步入天安门广场，请在广场为游人拍照的师傅，为我拍了一张身穿军装与天安门的合影。

这张相片，我依然将它粘贴在我的相册里，带到了军校。在军校，每周六下午两小时，是党团员活动时间，那次我们班的团小组活动，主题是"我与故乡的故事"，班里学员来自不同部队，也来自不同的家乡，每个人都有不同的故事，我讲的是"我与天安门合影的故事"，我把从6岁时父亲为我在天安门前照的第一张相片，到我来军校报到途中，在天安门前照的相片，都拿出来给他们看，并详细描述了当时拍照的情景，他们认真听，仔细端详相片，目光中透出惊喜与期待，惊的是，他们没想到，我有这么多张与天安门的合影。喜的是，他们一饱眼福，看到拍摄于不同年月的天安门。期待的是，以后到北京，一定要在天安门前留个影。那次团员活动，我由衷地感到骄傲，我骄傲，我是北京兵。

两年后，我们军校毕业，离校前一天，我万万没有想到，同班学员刘钢，来自新疆哈密某部，他把我叫到宿舍外，悄悄对我说："咱们明天就要分别，再见面不知哪年了，我想向你要一件纪念品，不知行不行。"我一听，就笑了："看你神神秘秘的，我以为是啥要紧的事呢，就这？你说，只要我有，一定行。""真的？"我回答："真的。"他说："你把来军校报到时，在天安门前穿军装照的那张相片送给我吧，我想经常看到天安门，也想看到你。"他这么一说，我愣住了，就为一张相片？说实话，那张相片我只有一张，送给他，确实有点舍不得，但我已答应他了，不能改口。再说，我们俩，在军校学员中最要好，源自我们俩另有一份特殊关系。他是新疆人，部队在哈密，而我的父亲曾在哈密工作多年，参军前，我曾数次到过哈密并在那里短暂生活过，因此，我们俩就多了一份亲切感。更主要的是，他那么喜爱天安门，又远在新疆，去一次北京不容易。于是，我在相片背面写上"军校毕业留念"几个字之后便送给了他。

十多年后，我转业回到北京，但与老航校及军校的战友们仍保持通讯联系。前些年，又分别建立了老航校和军校战友微信群。如今，战友们遍布祖国各地，日子越过越好，尤其是现今交通快速便捷、四通八达，大大缩短了祖国各地与北京的距离，那些老战友，早已先后来过北京，也没忘记在朋友圈里"晒"他们在天安门前的留影，他们当兵时的心愿实现了，我为他们骄傲，也为自己骄傲。每当这时，我便情不自禁、一遍又一遍地唱响那首小时候就会唱的歌曲《雄伟的天安门》：

> 雄伟的天安门
> 壮丽的广场
> 各族人民衷心敬仰的地方
> ……

歌声在耳畔久久回荡，我眼里噙满泪花。

"背井离乡"及其他
——兼致房山区小于同学

2020年4月13日上午，我在朋友圈中读到房山区作协副主席、诗歌学会会长陈玉泉老师，房山区诗歌学会秘书长、诗人于久东老师分别转发的一篇文章，"读《新诗百年与房山新诗发展历程》之一"。文章由房山区小作家协会主办的文学艺术微信公众号推出，是小作家辅导班会员的读后感。其中，房山区某小学五年级学生于某某写道："房山这片肥沃的土地，孕育了许多诗歌界的'参天大树'，在这些作品中，我最喜欢的三首诗分别是《为祖国而歌》，作者是陈辉，原名吴盛辉，是一位爱国诗人、抗日战争中牺牲的烈士，这首诗作于1942年，表达的是一种爱国之情；《我是中年》是顾梦红在上个世纪八十年代创作的，这首诗表达了一种昂扬向上的人生态度；《感谢乡愁》是林万华在上世纪九十年代创作的（应为2014年6月，笔者注）。这首诗通过对乡愁的描写，表现出背井离乡的作者对故乡深深的眷恋……"

读到这里，我先是会心一笑，而后心头一酸。因为，小于同学使用的成语"背井离乡"，令我心头瞬间便有了上述感受。实事求是地讲，一名小学五年级的学生，能写出这样发自内心、有真实感受，并总结归纳出三首诗歌所表达的思想内涵的文章，真可谓难能可贵。尽管某些文字表述得还不够精准，比如：对我创作的诗歌《感谢乡愁》的读后感中使用的成语"背井离乡"。但小于同学在文中没有诗歌创作背景介绍的情况下，能准确写出阅读诗歌的直接感受，很不容易。作为一名小学生，往往会单纯地从字面上或是他认知的生活环境下，抑或是他的知识储备中去寻找答案，解读诗歌的创作背景，无疑，这是可以理解的。同时，也恰恰反映出一个十一二岁的小学生的率真与可爱。使我对小于同学印象更深刻的是，小小年纪的他能关注到"留住乡愁 / 就留住了良心 / 留住乡愁 / 就留住了生活的希望"这样的诗句，并与中国人无论走到哪里也不忘故乡、不忘本的特性联系到一起，可见他是用心阅读了，也是一个情感细腻的孩子。小于同学我不认识，更没有见过面，但我相信，他（也或许为她）一定是一个爱学习、爱读书、爱文学的好学生。

"背井离乡"一般情况下解释为：离开家乡去外地，多指不得已而离开故乡。或者说"被迫"离乡。而《感谢乡愁》的作者——我，年轻时离乡，是在中国改革开放之初，是响应国家号召应征入伍，成为一名光荣的人民解放军空军战士，是一件于国、于家、于个人都是极好的事情，是当年年轻人都积极主动争取的"离乡"。所以，不是"背井离乡"。当然，单从诗歌本身以及文章中是看不出这一点的，小于同学自然也就不会知道，因此，这不怪他（她）。相反，却加深了我对小于同学的认知和印象，他（她）写到的"背井离乡"也深深地触动了我的心田，我多么希望，那种不得已、被迫的"离乡"少些再少些，让热爱故乡的人都幸福快乐地生活在自己美丽的故乡吧。

写到此，我想再写以下两点：

其一，《新诗百年与房山新诗发展历程》一文，是陈玉泉老师去年完成的文稿，洋洋洒洒万言之多。我拜读了，并与陈老师有过交流，希望他在此基础上，再挖掘、充实相关内容，把房山新诗发展历程的闪光点尽显其中。当然，房山区文联、作协、诗歌学会的作家、诗人都提出过很多宝贵的意见、建议，我为此感到十分高兴。在此，我只想为陈老师再加把劲儿，争取早日完成补充修订工作，为房山区的文学事业做出新的贡献。

其二，我喜爱文学，练习写作是从小说、散文开始的，写诗于我，一直是陌生的，感觉诗歌在各种文学体裁中最难把握，所以，一直不敢尝试，但我喜欢读诗，喜欢诗歌的语言，它精练、准确，有韵律感、跳跃感，有极强的张力，等等，总之很美。我觉得写小说、散文也应该向诗歌学习语言，让其自身的文字也"美"起来。前些年，我也尝试写诗歌，多是短诗。有朋友说，不能既写小说，又写散文，还写诗歌，这样很不专业，也没有那么多精力，最终，什么都写不好，什么也没学会。对此，我认真思考过一番，费了不少脑筋，也犹豫徘徊过，但我还是认为，这是因人而异的事，是特殊与一般的关系问题。有的人，就喜欢或者就擅长写小说、写散文，那就尽情地写吧。有的人喜欢写诗歌，那就坚持写吧，这很好。也有的人，能写小说时就写小说、想写散文就写散文，诗性来了就写诗，顺其自然，顺其心性，我倒觉得如果有这个能力，那不妨就实践吧，不必顾虑，这没什么不好。中外有很多人既是小说家，又是散文家，还是诗人，并且都留下了不少名诗佳作。只要你对生活有深刻的感受，有足够的热爱，心里有想说的话、有一吐为快的欲望，您就把它写下来，不管它是小说、散文、诗歌，抑或是其他体裁，尽管写吧，也许，就在不知不觉之中，亮光出现了。当然，如果能有所着重，强化自己的优势及特点，那就更完美了。总之，文学艺术虽有不同门类、不同点，但也有其相近、相通、相同之处，可以相互借鉴、融会贯通，所以，尝试一下不同体裁的文学创作，也是一件很有益处的事，对小作家们更是如此。

房山文联、作协、诗歌学会，一直重视对本区小作家协会的建设工作，重视对小会员的培养，衷心希望房山区的同学们、小作家们，在区作家、诗人、学校老师的引领下不断进步、茁壮成长。希望小于同学心中埋下的那颗诗歌的种子、文学的种子，在不久的将来长成一棵"参天大树"。

2020年4月13日于朝阳区劲松华腾园

附：诗歌《感谢乡愁》

挥舞年轻的手臂
我与故乡告别
从此
乡愁像村边老槐树的年轮
日夜在我心头缠绕

乡愁是故乡的大石河
她咆哮的时候
我身心颤抖
泪珠成行
她温柔的时候
我跃入她的怀抱
她用绵软的大手
抚慰我赤裸的身躯

乡愁是故乡的大石桥
四百余年
仍连接着大石河两岸的土地
也连接着我与故乡的情思

乡愁是故乡洼地的粮田
养育了
小麦玉米黄豆高粱
我和我的父老乡亲

乡愁

是月下母亲讲不完的故事

是民风抒写的淳朴诗篇

是乡亲世代传承的精神文明

乡愁凝聚成我的心结

我咂摸它的味道

如故乡老屋

那经年摆放的瓦缸

四季添满腌制的酱菜

日子越久

味道越浓

感谢乡愁

她让我没忘故乡

感谢乡愁

她教我活出真实

留住乡愁

就留住了良心

留住乡愁

就留住了生活的希望

我要大声地说

感谢乡愁

故乡青草香

入夏，居室阳台上昼夜敞开着一扇玻璃窗。

这天上午，微风习习，暖阳悬挂半空，我步入阳台，倚窗向外张望，楼下不远处的草坪上，一位头戴遮阳帽的中年男人，手扶割草机，缓步前行，机器轰鸣，嫩绿的青草在割草机身后一排排倒下，被拦腰割断的青草。低矮、坚挺、壮实，平整如毯，铺展开一片新绿，草坪上空弥漫着青草湿润清香的气味，令我精神为之一振，思绪随之飘向远方。

远方有故乡，故乡在北京西南古镇琉璃河，古镇因河而得名。

琉璃河自西沿古镇北侧，穿过已有四百六十余年的大石桥，蜿蜒东去。河南岸，长堤外，千顷粮田，向东南方铺展开，被故乡人称作——东大洼。洼，指地势低的地方，但它宽阔平坦，土壤肥沃，沟渠纵横，因距离河道近，旱季可引河水浇灌，雨季可向河道排水，因此，东大洼，旱季不旱，雨季不涝。春天，麦苗碧绿如毯，拔节抽穗，生机盎然；入夏，麦穗饱满，随风摇曳，金波荡漾；中秋，玉米、谷子、大豆、高粱，果实累累，遍地金黄火红。寒冬，看似萧条，待一场降雪过后，茫茫千顷粮田，积雪覆盖，一片洁白，景象壮观。直至来年三月初，积雪才逐渐融化，雪水养墒，这片沃土，常年被雨水、河水、雪水滋养，庄稼常年稳产丰产，故乡人又自豪地称它为——东大洼粮仓。

东大洼庄稼长得旺盛，田间地头、沟渠道旁、河堤沿线，那些不种庄稼的地界儿，同样因为地势低洼、土壤肥沃、潮湿，各种青草长势旺盛，尤其是稗子草更适宜这种地理环境，年年自生自长，比其他青草数量多且茂密。

稗子草4月初返青出苗，一场春雨过后，幼苗迅速生长，绿油油细长的茎叶，不声不响地与大田里正拔节抽穗的麦苗比赛，看谁长得既快又高。

稗子草生命力极强，与大田里的农作物争夺土壤中的肥水，是农作物的"天敌"。因此，早些年，每年开春，生产队的社员们，起早连晚用锄头铲除大田里的杂草，上世纪八十年代初，使用了除草剂，稗子草已极少了。而那些不种庄稼的地界儿，稗子草则茁壮茂盛。5月份，稗子草身高没膝，6—7月，可长到半人多高。稗子草鲜嫩、清脆，营养丰富，是大牲畜牛、马、毛驴的天然饲料。早些年，每到夏季，生产队的饲养员要兼职负责收购这种青草，村里无论男女老少，一有空闲，或背着柳条筐，或推着平板独轮车，带上一把磨得亮闪闪、刀刃锋利的镰刀，来到东大洼，寻找到一片稗子草长势茂盛的地方，个把小时就能割倒一大片，随后，收拢到一起，打成捆，那些年轻力壮的男人割下的稗子草，能堆成一座小山。而后装筐、装车，再用绳子捆绑牢固，或背或推，运到生产队饲养房，经饲养员过秤计数，年底，凭借累计数量的多少来折算工分，再按工分价值核算成现金，成为村民的年收入之一，这收入也可直接抵扣生产队分配的口粮、蔬菜等费用。

我小时候，自小满至中秋前，其间，每到周日及麦收假期，一大早，趁着天气凉爽，背着柳条筐，手持镰刀，或与此前约好的同学结伴，或独自来到东大洼，寻找到一片生长茂密的稗子草，猫腰，挥镰割草。因为年少，力量和技巧不足，割草的速度和数量与大人们相差甚远，但一两个小时的劳作，仍可割下满满一大筐稗子草，兑换几个工分。如此积少成多，一个夏天过后，也能赚到一二百分，虽然累，内心却收获了自豪和喜悦，毕竟，是为家和生产队出了一份力。

在东大洼割草，常会有惊喜，茂盛的草丛间，突然"嗖"的一声，飞出一两只鸟，背部羽毛为棕褐色、腹部淡白色、体型比麻雀稍大，"喳——喳——"尖叫着，箭一般飞向远处，由于境况来得突然，丝毫没有准备，我被惊出一身鸡皮疙瘩。那飞向远处的鸟儿，当地人叫它"苇扎子"，学名"大苇莺"。早先，我们村西南有一大片水塘，水塘里长满一人多高的芦苇，每年端午节前，我都跟着母亲到水塘边去掰芦苇叶，用来包粽子，常看到"苇扎子"从芦苇塘中飞出，有时还会看到芦苇深处，由细长的干草枝搭建在芦苇秆上的"苇扎子"窝，小巧、密实而又精致。"苇扎子"喜欢生长在芦苇塘及湿洼地带，东大洼的草丛中出现"苇扎子"便不足为奇了。

瞬间的惊惧后，我则兴奋地三步并做两步跨上前去，在"苇扎子"飞起的地方，扒开稗子草，寻找它的窝。很快，在那片高大茂盛的稗子草的茎秆上，我便惊喜地发现了鸟窝，它小巧坚固，与草丛浑然一体，人即便站在不远处，不仔细辨认也很难发现。春末夏初，是"苇扎子"产卵孵化时节，我喜获三五枚鸟蛋，或是几只小鸟，鸟蛋带回家，放进小铁锅里，加水后架到煤火炉上，不一会就煮熟了，我把煮熟的鸟蛋握在手里，看着、玩着、慢慢地剥皮，一点一点地品尝，那味道比鸡蛋香。幼鸟，很难养活，捧在手里看个新鲜，又小心翼翼地放回窝里，听到幼鸟尖细的叫声，我心里真有些心痛，随后，便甩开这片稗子草，给鸟窝留出隐蔽的空间，生怕被其他人或动物发现再伤害到它们。

东大洼内的沟渠，其位置、功能不同，宽窄深浅也各有不同，与河道相连的主沟渠，宽三米，深两米，与粮田相连用于浇灌或排涝的次沟渠，因其数量多、分布较密集，宽窄深浅大多只有几十厘米。春至秋，主沟渠内积水不断，深浅随季节变化而变化，通常不会少于二尺。雨季，可超过一米。主沟渠两边的斜坡上，稗子草长势最旺盛，因这里水源充足、无遮挡，日照好。稗子草被渠水淹没三分之一，割草时，我会脱掉上衣和长裤，光着膀子，身上只穿一条短裤，站到水里，一只手伸入水中，抓住草茎下半部分；另一只手握紧镰刀伸入水中割草。水中有鱼，是放河水浇灌大田时，顺着沟渠溜进来的。小鱼在草棵间游来游去，还时常感觉到它在我的脚面上、小腿上"亲吻"，痒痒的。也有约半尺长的鲫鱼、草鱼，受到惊吓，拼命逃跑，四处乱钻，一头扎进密实的草丛根部，卡住身体，进退不得，水面上翻起一片水花，我连忙跨前两步，伸手将其握住，拖出水面，抛向渠边，鱼突然离开水，头、尾一起一伏，身体也不停地用力跳动着，像拼命挣脱着什么，直到耗尽力气，才安静下来，只有嘴和鳃一张一合，吃力地喘息。我在路旁的柳树上折断一枝长长的柳条，从鱼的鳃部穿入，再从嘴里穿出，而后系个扣儿，将鱼拴牢，放入柳条筐中，上面压上几绺稗子草，再把筐沉入渠水中，这样鱼挣脱不掉也死不了。割完草，将鱼拎回家，依然是新鲜的，母亲做饭菜麻利，很快，鱼就收拾干净了，再切几段大葱、几片姜、剥几瓣大蒜一同放入锅中，撒上一些盐，大火炖上一刻钟，清香的味道便在老屋内弥漫开来，中午，一家人围桌而坐，边吃鱼边闲聊，当然，也少不了夸奖我一番。

秋末，沟渠里的稗子草已被割净，入冬后，沟渠内的积水会结成厚厚的一层冰，阳光照耀下，反射出耀眼的亮光。寒假，农闲，村里的孩子没有夏天那么多活要干，心里除了盼着过年，还想着去东大洼滑冰。我常约上三五个同学，带着自己做的冰车来到东大洼，找一条宽敞且冰面干净平滑的沟渠，前后排成一行，一声："冲啊"，冰车便箭一般向前滑去。开始时，同学们还能依次而行，但滑着滑着，速度快慢就区分开了，只见他或他的冰车"刷"的一声，从你身边滑过，伴随着这完美的超越，你耳边会响起开心的笑声或欢快的喊叫声。被超越的同学哪肯示弱，埋头躬身，双手用力向后撑钎，一下紧接着一下，频率比此前更高了，冰车像冰壶轻盈地向前冲去。其他同学被带动着，也不约而同加速向前追赶，常常因为彼此滑行速度接近，间距极小，也来不及躲闪，两三辆冰车瞬间撞到一起，人仰马翻后，车和人分别被甩出去，在冰面上滑行数米远，狭长的冰面，被我们的棉衣棉裤擦得锃光瓦亮，如一面巨大的镜子，映出高远蔚蓝的天和洁白的云朵。玩滑冰车，既锻炼身体，又开心快乐，几乎三天两头，我们几个同学就会相约而行，前往东大洼，痛痛快快地滑上半天，满头大汗、口干舌燥后，才恋恋不舍地往回走，东大洼是我们少年时的冰场，快乐的所在。

东大洼对于当年的成年人，那是生活的希望和寄托，是一家人的生命所系，是口粮、瓜果、蔬菜，是油盐酱醋，是每日的工分，是钱。

而对于那些上了年纪的人，他们心中还有着一份难忘的经历。我曾多次听村里祖辈人讲，抗日战争时期，驻扎在琉璃河的日本鬼子，为控制铁路运输，在琉璃河火车站附近和北边跨河的铁路大桥旁，分别修建了高大的红砖炮楼和厚重的水泥碉堡，整日有日本兵荷枪实弹把守。八路军西山抗日游击队，利用东大洼天然地理优势和茂密的庄稼、稗子草作掩护，夏秋季，白天，佯装农民侍弄庄稼，潜入大田；下半夜，人困马乏时，从庄稼地里悄然现身，沿着纵横交错的沟渠来到河堤前，再顺着河堤，爬到建在铁路大桥旁的碉堡下，确认鬼子猫在里面，两名年轻精干的游击队员，跃身冲进碉堡，没等两名鬼子反应过来，便一人挨了一刀，当场毙命。

水泥碉堡高将近两米，圆形，直径约四米，顶和四壁厚达四十厘米，坚固沉重，四个方向都留有长方形射击兼瞭望孔，因此易守难攻，且少量炸药根本不能摧毁它。但碉堡自身也有缺陷，容积小，一般只有两个守敌，瞭望孔窄，视野受到限制，两个人不能同时观望四个方向的情况。碉堡只有一个出入口，没有门和其他隔挡物，外面的人只要能接近碉堡，出其不意，里面的守敌很难有反抗机会。于是，游击队选择了深夜偷袭，不吭不响就消灭了碉堡里的鬼子，并将碉堡一侧的地基挖空，使碉堡倾斜翻倒，坠入高高的铁道路基下，再难复位。夜袭鬼子碉堡，大长了抗日军民的士气，使驻守在当地的日本鬼子整日提心吊胆、坐卧不安。由此，东大洼成为游击队袭击日本鬼子的战场，东大洼的玉米、高粱、稗子草为抗击日本鬼子的侵略做出了贡献，东大洼的庄稼和草木也浸染了抗日军民的汗水和鲜血，或许，这也是它们生长旺盛的原因吧。

如今，抗日战争胜利已七十余年，故乡古镇琉璃河火车站东南方不远处，仍完好地保留着一座当年被日本鬼子占据的红砖炮楼，它高八米多，直径约六米，炮楼耸立在一片空地中，由一堵高大的红砖墙围挡住。而水泥碉堡由于自身的坚固沉重，至今基本完好无损，作为日本帝国主义侵略中国的见证物，已被当地政府相关部门登记保护。

近几十年来，东大洼发生了巨大变化，上世纪九十年代初，京石（北京至河北省石家庄市）高速公路从东大洼腹地穿过，高速路两侧栽种乔木灌木，形成宽阔的绿化带，高速路缩短了往返故乡与北京城区乃至河北省诸多城市的时间，促进了故乡经济的快速发展，使故乡从单一的农业逐渐向商业、养殖业、服务业、林业、休闲旅游业等多种经济形态转化，东大洼越来越美、越来越富饶。

庚子牛年四月，我再次走进东大洼，行走在幽深的林荫道上，呼吸清新的空气，倾听微风吹动道路两旁高大的钻天杨的枝叶发出"哗哗哗"清脆的响声，观望那黑白相间的喜鹊从林间飞过，顿时，内心深处一种纯净、温馨、充实、安稳、美好的感觉油然而生。如今的东大洼，不仅有稳产高产的粮食作物，还培育了大叶杨等多种绿化树木，更令人喜悦的是，毗邻东大洼、以大石河流域和西周燕都遗址为核心规划建设的北京最大的湿地森林遗址公园，作为首都西南一道美丽的绿色屏障已基本建成。与东大洼相邻的还有远近闻名的琉璃河万亩梨园，每到春季，梨花绚烂、香气宜人，吸引了众多慕名而来的游客到此观赏。令我欣慰的还有，东大洼的青草，依然绿油油地生长在道路边、沟渠内、树林间，随风摇曳，仿佛在向我打着招呼，我不知这些青草，还有没有人来割，但我分明嗅到了一股清香，不由得感叹道：哦，故乡青草香！

军博，点燃梦想的地方

我生长在北京西南郊区，北京是我的故乡。

18岁，我参军离开故乡，整整十六年。身在异乡，我深刻地感受到，只有离开过故乡的人，才更懂得什么叫故乡，对故乡才会有更深的怀念之情，想到故乡，就会想到故乡的亲人、故乡的黄土地，就会想到故乡那些闻名于世的名胜古迹：天安门、故宫、天坛、颐和园……此外，在我内心深处，还有一个念念不忘的地方——中国人民革命军事博物馆。

1966年初春，父亲带着六岁的我，头一次来到军博，面对此前只在电影里见过的火炮、飞机、各种枪械，一个男孩子，怎能不被深深地吸引呢？尤其是当我看到停放在军博广场一侧的军用飞机时，两眼盯着它半天没有挪窝儿，心想，好神奇啊，那么一个大家伙，怎么会飞上天呢？

参观军博回家后的那天夜里，我做了一个梦，梦见自己驾驶着那架军用飞机在空中飞翔，像一只衔泥筑巢、在家乡小院上空轻盈地飞来飞去的春燕，那一刻，梦想在童心中生成：长大后我要当飞行员、开飞机，那该多神气啊！

18岁那年深秋，原沈阳军区空军在家乡征兵，我喜出望外，虽然不是招收飞行员，但我想，当一名空军战士，也能看到军用飞机，于是，我报名应征，结果如愿以偿。

　　离开北京前，我特意来到军博，再次观看童年时点燃我心中梦想的军用飞机，我想，到部队后我一定能看到很多很多我喜爱的飞机。

　　三个月的新兵训练结束后，我被分配到军区空军某航校某团机务大队，经过半年的专业学习，成为一名航空机械员。两年后，我考入空军军校，毕业后成为一名航空机械师，为航校学员飞行训练安全保驾护航。尽管我没有实现驾驶战机飞上蓝天的梦想，但我为培养人民军队的飞行员贡献了一份力量，每当我冒着酷暑严寒，迎着东方升起的第一缕曙光，或是在璀璨的夜空下目送自己亲手维护的战机，呼啸着滑出跑道、飞上天空的时候，那种喜悦与自豪，便情不自禁地涌上心头，如同自己驾驶战机飞上了蓝天。

　　更令我自豪和欣慰的是，我在航校精心维护的战机，连续十多年安全飞行无事故，机组曾多次荣立集体三等功，我也多次受到嘉奖，被评为先进个人。

　　我在空军航校工作了十多年，把青春献给了航校，一名又一名飞行学员曾驾驶过我维护的战机在空中飞行训练；一批又一批飞行学员从我所在的航校毕业，成为光荣的人民空军飞行员，担负起保卫祖国的重任。我曾自豪地想，哪天，仰望天空，看到一架战机在远天翱翔，也许，驾驶战机的飞行员就是从我们航校毕业、驾驶过我亲手维护的战机呢。

　　如今，我转业回到北京工作已二十余年，其间多次去军博，看展厅内不同年代、不同机型的战斗机，从中深刻地感受到，我们的祖国和人民空军在不断发展壮大，每去一次，都会重新点燃我童年时珍藏于心中的梦想，都会唤起我作为一名老兵的自豪感，都会激励我在工作、学习、生活中，克服种种困难，不断努力前行。

　　前几年的初夏，在军博一层大厅内，我意外地发现，一架机身前部两侧喷涂着五个鲜艳醒目的红色数字"67973"的银灰色战机，顿时，我眼前一亮，惊喜地喊道："79号机！"这是上世纪七十年代初期在我们航校服役、八十年代中期退役，我和战友们维护过多年，由米格-15改型而成的双座喷气式教练机，"79"是该机的编号。看到这架教练机，我由衷地感到它是那么亲切，我内心既激动又兴奋，驻足观望了许久，还请展厅内的工作人员，用手机为我在这架教练机前拍了几张照片。至今，这几张照片依然珍藏在我的相册里，空闲时，我便翻开相册，久久地凝视着它，往日，那些与战机朝夕相伴的峥嵘岁月，便再次涌入脑海，令我感慨万千。

北京、中国人民革命军博博物馆，点燃我心中梦想的地方。因为心怀梦想，使我成为一名军人；因为心怀梦想，使我的人生更加精彩。

冬雪

　　近些年，北京城的冬天，雪下得少了，一个冬季，也难见一两场像模像样的雪。而 2023 年 12 月 13 日，京城却喜降大雪。

　　上午，我站在窗前眺望，映入眼帘洁白如玉的六瓣雪花纷纷扬扬、打着滚从空中飘落，如一只只翩翩起舞的精灵，舞姿曼妙轻盈，它们转瞬即逝，又纷至沓来，浩浩荡荡气势磅礴，让这座城市悄然变成了洁白的雪世界。远看，雪花笼罩苍穹，大地处处染白；近看，园区的花园、广场已被厚厚的白雪覆盖，如同铺上了一层柔软的白色绒毯。园区内，人没有因为下雪而减少，相反，却明显地增加了：三五成群，身穿红色羽绒服的小姑娘捧起地上的雪，攥成团，相互追逐着，将雪团投向对方，引来一阵清脆的欢叫声；系红围脖儿的爷爷、奶奶，漫步、打拳、做操，或摆出各种"pose"（姿势），用手机相互拍照，各个神情愉悦，他们身上那一抹抹跳动的红，在漫天白雪的映衬下，格外耀眼，充满生命活力。

　　我一直以为，在北方，无雪的冬天不是冬天。

　　飘落在身边的冬雪，给我留下过许多难忘的记忆。

　　童年、少年，北京西南郊区，故乡的冬天，雪，总要下那么几场，有如鹅毛，漫天飞舞；有如米粒，飘飘洒洒。村庄外，千顷粮田东大洼，整个冬季，白雪覆盖，深度没过脚踝。记不清多少次，雪后初晴，我爬上村外东大洼旁那道高高的黄土岗，放眼眺望，东大洼宽广辽阔，白雪茫茫，一望无际，阳光照耀下，银光闪烁，景象壮观。天际间，白雪与蓝天交汇处，一两座黛色的村庄，朦胧中映入视野，她是那么遥远，而村庄后面，更遥远的地方是哪里，我不得而知。我站在那里，向那不知为何地的远方久久地眺望，心中便萌生一种期许，长大后我要去远方。如此简单、美好的憧憬，那一刻已在我心中扎根。

故乡的冬日，那些与白雪相关的往事，一定少不了和小伙伴们在雪地里堆雪人、滚雪球、打雪仗的快乐；少不了在白雪覆盖的冰面上溜冰、在雪地里滑雪的笑声。而最有趣的，是在院子里扫开一片雪，露出一块黄土地，撒上一把小米或是玉米碴儿，用一根小木棍支起箩筐，再将一条长长的细麻绳，一头绑在木棍上，一头攥在手中，而后，我远远地躲在院子的栅栏门后，等待着麻雀从树梢或是房檐上飞落下来，钻入箩筐下面尽情啄食时，猛然间，向怀里拉动细麻绳，远端，箩筐下方的小木棍被拽倒，箩筐随之扣在地上，来不及飞出的麻雀，有时一两只，有时三五只，被箩筐扣在里面，尽管它拼命飞也飞不出来了，我在被捕获的麻雀中，挑选一只个头大、蹦跳欢实的留下，其余的便唤来小伙伴，任由他们抓走。

我和小伙伴分别将一根线绳拴在被捕获的麻雀的一只腿上，线绳的另一头攥在手中，在场院里、村道上，踏着积雪，放飞手中的麻雀，看谁放飞的麻雀飞得高、飞得远，麻雀自以为自由了，奋力往高处、远处飞，可没飞一会儿，就被我们手中攥着的线绳拽了回来，坠落在雪地里，扑棱着翅膀、蹦跳着，试图再次挣脱束缚，远走高飞，结果依然以失败告终。

18岁那年冬天，我由故乡应征入伍，部队在长春，距故乡两千多里路，我终于实现了长大后去远方的心愿。

远方，让我重新认识了飘落在身边的雪。

那些年，长春的初雪，常在十月末就降临了，伴随着北风，指甲盖般大小的雪片，密集地从高空翻滚着坠落，仰头观望，只见飞雪不见天。每场雪，地面积雪厚度都超过十公分。雪后天晴，却常常伴随着寒风，寒风卷起地面上已被冻成冰碴儿的雪，打在人的脸上生疼，打在衣服上，便粘在上面，使劲拍打才能脱落。尽管天寒地冷，但在营区内，雪后，年轻的官兵们，手握自制的推雪板，几个人站成一排，喊着号子："一、二、三——"长约两米、高近一米的推雪板，在官兵们合力推动下，快速向前移动，地面上的雪也随之同步前行，被送至路边或是广场旁，如此反复，一会儿，就能清除一大片雪，官兵们头上冒着汗，身上也热乎乎的。在东北，无论是在军营还是在城乡，只要有人的地方，扫雪已成自觉，男女老少，雪就是命令，下雪了，人们纷纷拿起扫把、铁锹、推雪板，自觉自愿、有说有笑地走出家门、办公室、商店，扫雪、铲雪、推雪，无论下多大的雪，积雪有多厚，雪后的道路、广场、房前屋后都会被及时清扫干净，虽然都是自扫门前雪，当那一片片被清扫干净的地界连接起来，就是干干净净、不再湿滑的一条街、一片广场、一座城市，冬日全民扫雪的场景，用"壮观"二字形容毫不夸张。

部队的官兵、地方的百姓，扫雪时也会在自家院子里，在道路旁，堆几个雪人，与我在故乡冬日堆起的雪人不同的是，这里的雪人普遍身材高大魁梧，比东北小伙子还要壮实。就是滚雪球，也比我在故乡时滚出的雪球大，并且用时短，直径一米多的雪球，不一会就能滚出一个，两三个年轻人一起用力才能把它推到路边去。还有更大的雪球，五六个小伙子才能推动。兴许，习惯弄出这些高大的雪人和雪球，是和东北人豪放的气质、东北的雪下得量大有关系吧。

1981年春天，我考入河南信阳某军校。入冬时，学员队队长对我说："这里距长江只有一百多公里，通常讲，过了长江就是南方，其实这里和南方的气候基本相似，冬天阴冷，夏天湿热，北方兵初来乍到，一般都要经历四季转换后才能适应。"

我问："冬天能看到降雪吗？"

"那就要看你的运气了。"

我望着队长微笑的面庞，心里期待着今冬在军校能看到雪。

那年冬天无雪。直到次年冬天的一个周日，天有些阴沉，像是要下雨，第二天早晨起床，我看到窗外竟然飘起了小雪花，再趴在窗前向外观望，路边深绿色的草坪上，覆盖着薄薄的一层雪，而落在路面上的雪，即刻便融化浸湿了地面。两年没看到雪了，我惊喜地匆匆穿上军衣，便朝宿舍楼外的草坪跑去，站在草坪上，我仰望灰蒙蒙的天空，伸展双臂，张开双手，手心朝上，让雪花飘落在我的头上、脸上、手上，我就那么静静地、一动不动地站着，盯着雪花从天空飞落，渐渐地我仿佛变成了一个雪人，我没觉得冷，也没觉得时间在流失，我就那么仰面朝天站在草坪上，此刻，脑子里只有雪。突然，听到班长在喊我，声音越来越近，直到在我耳边炸响。我这才从迷蒙中惊醒，想到自己还未洗漱、内务卫生也没做，马山就要集合出操，时间怕是来不及了，我飞快地跑回宿舍楼，去洗漱间洗漱，再迅速整理内务，检查着装，随后便下楼集合出操。往常，做完这一切必须在二十分钟之内，否则，就赶不上集合出操，更达不到内务卫生合格的标准。

学员队每天早晨要检查宿舍内务卫生，评比出优秀班集体，颁发流动红旗，这是班集体的荣誉，每一名学员都十分珍视。那天早晨，我急得头上直冒汗，多亏了班长帮助，要不然那天出操我肯定会迟到，内务卫生也做不到位，后果可想而知。事后，班长对我说，早晨起床后，大家都忙着洗漱、整理内务卫生，他突然发现我不在宿舍，以为是去卫生间了，可将近十分钟，还是没见到我的人影，马上就要集合出操，他心里急，就去卫生间找我，没有，又跑到宿舍楼外，发现我伫立在草坪中看雪，他当时气得冲过来真想踹我两脚，但他看到我一身的雪花，像个雪人，心里既心疼又好笑。班长是黑龙江人，他也喜欢雪，闲聊时，说到家乡，总会说到雪，他讲关于冰雪的故事，绘声绘色，仿佛已置身于故乡飞雪的冬日，令我羡慕不已。

军校毕业重返原部队，此时，我已是一名军官，那年冬天，穿上新配发的军服：四个兜的绿上衣，天蓝色的裤子，黑皮靴，棉绒帽，像换了一个人似的，我喜欢这身新军装，尤其喜欢黑皮靴，每天穿上它之前，都会在皮靴上抹上鞋油，用鞋刷子仔仔细细地在鞋面上反复地刷，再用棉布一遍一遍地擦，直到皮靴锃光瓦亮，能照出人影才穿上。

我喜欢穿着黑皮靴在雪地里独行，喜欢听黑皮靴踩在厚厚的积雪上发出的"咔嚓咔嚓"清脆的响声，那一刻，我内心惬意、满足，自信满满；我更喜欢与连队的战友们列队前行，向着某一既定的方向和目标，几十名官兵，迈着整齐划一的步伐，喊着响亮的口号，或是唱着嘹亮的军歌，脚踏白雪覆盖的黑土地，这时，会有一种节奏分明、铿锵有力的脚步声，向前、向前，向很远、很远的远方传递；我还喜欢黑皮靴与白雪在动与静瞬间的碰撞中，黑白分明、雪花飞溅的视觉效果。

其实，我喜欢穿黑皮靴，是因为黑色更能衬托雪的纯净洁白。作为军人，对待黑与白，如同对待邪恶与正义、战争与和平、苦难与幸福，必须是非清晰、爱憎分明，这是军人素养的一部分。我喜爱雪，因为她天生具备纯净洁白、甘愿牺牲、献身大地、"我将无我"的品格，一如军人冰雪般纯洁的心。

如今，几十年过去了，我对冬雪的期盼与情怀丝毫未减，眼前这场雪，令我心旷神怡。走出家门，置身于漫天飞舞的雪花中，想着龙年新春即将到来，不禁感慨：京城飞雪，喜庆祥和。

天桥·火车·远方

　　小时候，离家二里外的火车站北边，有一座人行铁道桥，东西走向，主桥高 5 米多、宽 3 米，两个桥洞，跨度约 30 米。两头的引桥，西头与主桥直线连接，受区位限制，引桥较短，只有两个弧形拱，坡度陡；东头的引桥与主桥呈直角弯，经五个弧形拱，平缓向南延伸与桥下南北走向的水泥路相连。桥的主体结构由砖石砌筑，白石灰勾缝，整齐干净美观。桥面铺设钢筋水泥构件，两侧为一人多高的铁栏杆，栏杆上固定有钢丝网。这座桥，被当地人称为"天桥"，距今已有 60 余年。天桥以西，不到百米，是北京著名的大型建筑材料企业琉璃河水泥厂的正门。

　　上世纪五十年代末，人民大会堂、中国历史博物馆、中国革命博物馆、北京火车站等北京十大建筑，所用水泥大部分来自琉璃河水泥厂。当年，厂里有职工五千余人，厂区在铁道西，职工居住区在铁道东南，职工每天上下班，必经铁道路口，路口设值班房，火车经过前，路口亮起红灯，值班员放下栏杆，将人员及车辆拦截，待火车通过后方可放行。京广铁路是运输大动脉，每天来往的火车多，水泥厂的职工多数是"三班倒"，昼夜均有人从这个铁道口通过，昼夜都会在此道口被拦截，职工希望在此建一座天桥。当地百姓去镇街，去更远的县城，也要经过这个道口，也会被拦截，他们同样希望建一座天桥。1959 年 9 月，北京市委书记彭真到琉璃河水泥厂视察，得知这一情况后，做出修建天桥的指示，经北京市委与北京铁路局联系，天桥于 1960 年建成。

至今，这座天桥仍完好无损，后来，在天桥北边新扩建的公路和铁路交会处，修建了一段宽敞平坦的下沉式公路，公路在铁道路基下穿过，各种机动车、行人顺畅通行，自此，天桥的利用率降低了，但在当地人的心目中，天桥的地位始终未减。

童年、少年，我经常跑到天桥上看火车，有时赶巧了，刚跑上天桥，一列火车正从南方或北方拉响汽笛呼啸驶来，火车头上方，喷涌出浓重的烟雾，汹涌地向空中升腾扩散，如一朵在天空翻滚的白云。火车驶过天桥的瞬间，浓浓的烟雾将天桥笼罩，我置身桥上，眼前白茫茫一片，仿佛置身于云海之中，什么也看不清，只听到火车在天桥下快速行驶，车轮轧过钢轨发出"咣当咣当"的巨响，以及由地面传导上来的强烈震动，随着响声和震动渐渐减弱，烟雾散尽，再向火车远去的方向眺望，火车只剩下一个黑点，且越来越小，直至消失。

这种"赶巧"其实是极少的，多数情况是我跑上天桥时，并没有火车驶来，我要站在那里等，有时要等半个多小时，甚至更长的时间，可我乐此不疲，这样的次数多了，就有了经验，知道上午、下午，火车会在什么时间段经过，我可以适时跑上天桥看火车，不用再久等了。

当年，我常听大人们说，从天桥下穿过的铁路叫"京广铁路"，是国家的"铁路运输大动脉"。这条铁路很长，一头连着北京，一头奔向南方的一座大城市，直到我上学后，才逐渐弄懂了什么叫铁路运输大动脉，知道这条铁路向南，一直通向广州，两千多公里。知道这条铁路要经过许多地方，离我家乡近的有保定、石家庄，更近些的是永乐、高碑店。向北，火车驶过长辛店、丰台等站，驶向首都北京。广州、石家庄、保定、高碑店、永乐，从省会到地级市，再到乡镇。这些听起来熟悉实则陌生的地方，我不知它们究竟有什么本质区别，只知道向南驶去的火车，能到达那些地方。

经过我家乡的火车，向西偏北驶去的，黑皮货车多于绿皮客车。

西北边有石楼、周口店火车站。周口店有著名的北京猿人遗址，还有矿山。

我上学的铁路职工子弟学校，距离人行铁路天桥，只有二百多米，放学后跑上天桥看火车是常事。

许是上学后对事物观察得更仔细了，这时站在天桥上，看南来北往的客车、货车远远驶来，先是沿着铁轨延伸的方向，迎面看到一个黑点在迅速前移、渐渐变大，随后，火车头的正面轮廓清晰起来，车头上方冒出浓浓的白烟，倾斜着向空中升腾，转眼间，火车已穿过我所在的天桥，天桥离火车站约一百米距离，火车风驰电掣般驶过车站时，会郑重地拉响汽笛，向早已站在站台一侧、手握红黄绿三色旗，用注目礼迎接列车驶过的值班人员致意。若是绿皮客车驶过，最后一节车厢门口，会有同样手握红黄绿三色旗的车长，与站台上的值班员相互举旗示意，这些都让我感到神秘和兴奋。若是看到哪一列绿皮客车驶过天桥时，车速已明显减慢，这列客车一定是要停靠在站台一侧的，很快，就会有身穿蓝色铁路制服的列车员打开车厢门，放下脚踏板，从车厢内走出，站在车厢门口的一则，随后，有手提或肩背行李包裹、搀扶着老人或领着小孩的男女乘客从车厢门口鱼贯而出，他们从何处来，或从何处返回，我不得而知，但他们一定都是从远方而来。那一刻，望着绿皮火车，望着匆匆奔向出站口的乘客，远方在我心中便又多了一份神秘和向往。

从天桥下穿过的京广铁路运输大动脉，每天昼夜不停地有客、货运火车呼啸而过，或者渐渐减速，停靠在站台旁，进京、出京，停靠琉璃河火车站的绿皮客车有直快、快客、慢车，其中有一种慢车被当地人称作"市郊车"，被铁路职工或家属称作"通勤车"。它每日从永定门、北京，高碑店、周口店火车站相向始发而行。每天往返的市郊车（通勤车），既载有普通乘客，也载有在附近火车站及其他部门上班的铁路职工，以及在琉璃河铁路职工子弟学校上学的学生，他们上下班或是上下学，都要坐这每站必停的绿皮火车，所以他们叫它通勤车。通勤车向北途经永乐、琉璃河、窦店、良乡、长辛店、丰台，到达永定门或者北京火车站。向南，终点到河北省保定地区的高碑店，也有到北京西南周口店的。绿皮客车到达琉璃河火车站的时间分别为早晨、上午、下午、晚上。从上世纪五十年代初期到九十年代后期，京郊绿皮火车一直在运行。当年，居住在琉璃河的人去良乡、长辛店、北京城，去高碑店、周口店等地，都坐这种市郊车，早晨或上午去，下午或晚上回，最晚夜里11点前也能赶到家。市郊车车票便宜，从琉璃河到永定门，成人车票五角钱，一站地约一角钱，身高一米二以下的儿童半价。铁路职工及其子弟可凭铁路相关部门制作发放的年票、季票免费乘车。

市郊车每站必停，停车时间多在2—5分钟，记忆中，只有上午从周口店进京的那列市郊车，因为要等待一列特快客车通过，行驶到良乡站后，要停留20分钟左右，我眼巴巴地望着车窗外空旷的站台，嘴里不停地磨叨："咋还不开车呀！"那时年纪小，跟着母亲进京，感觉一切都新奇，只想着早点到。一路上，我目不转睛地盯着窗外，看那从窗外飞速退去的树木、房屋、车辆和行人；渐渐远去的村庄、菜地、果园、粮田。近一个半小时的行程，我几乎都是面朝窗户侧身而坐，窗外是我未知的世界，尽管距我的家乡均在百里之内。

上中学以后，外出的机会渐渐增多，独自乘坐市郊车的机会也多了，但靠窗而坐仍是首选。乘客习惯了从站台中部上车，对应的那两节车厢乘客就多，没有靠窗的座位，我宁愿在晃动的车厢内穿行，朝车尾或车头方向走，两头的车厢乘客少。起初我不知缘由，认为乘客在站台中部上车后便就近而坐，所以中部车厢内乘客就多。后来，随着乘车体验的增加，我才感知到，火车两头的车厢内乘客少，还源于车辆尾部的车厢，火车行进时，速度越快，摇摆得越明显，坐在那里不如坐在列车中部车厢内稳当、心里踏实；而列车前部的车厢，离车头近，行进中汽笛突然拉响，震耳欲聋、令人惊颤。因此，列车两端的车厢内乘客就少，靠窗的座位剩余的就多，我可以随意选择。有时，为了挑选一个既靠窗，附近又人少、干净的位置，我不顾列车颠簸摇晃，从第一节车厢走到最后一节车厢，查看比较，甚至往返一两次，才确定座位，坐下时，列车已开出半站地。但我并不觉得有什么不妥，我喜欢安静地坐在靠窗的位置凝视窗外，窗外的世界宽阔、高远，一望无际，一切都是陌生而又新奇的，使年少的我心绪飞扬，仿佛自己已身处远方，而远方是何处，自己也说不清，但这个意念，伴随列车的前行，不停地在脑海里跳动、闪现，我暗自许下心愿，将来一定要去远方。

1976 年，我 16 岁，上高一，个子只有一米六多一点，在班里年龄最小、个子最矮，人也瘦，属于不怎么起眼的学生之一。就是那年，大姐去父亲曾经工作的乌鲁木齐铁路局哈密分局工作，当年，家里只有我是放寒假的"闲人"，于是，我要送大姐去新疆。大西北、新疆、哈密，距离北京乘火车行驶里程 3600 余公里，这对于当年的我，是多么大的震撼与诱惑啊，我要去远方，我为此兴奋不已。虽然此前我曾去过大西北，并且我出生于甘肃柳园，我们一家人也曾在大西北的兰州、柳园、哈密等多地生活过，但那是在我幼年、童年时期，一切并未给我留下清晰的记忆，我一直想再去大西北，看看我出生的地方，看看父亲工作过几十年的地方，看看通向大西北的兰新铁路，那是当年父亲他们那一代铁路建设者，亲手修筑的中国第一条最长的铁路干线，那里曾是我心中的远方。

69 次直快列车从北京站始发，在琉璃河站停两分钟，我和大姐登上列车，随着汽笛一声长鸣，列车向南，途经保定、石家庄、郑州，转向西、偏北方向，经洛阳、三门峡，再向西至西安，而后，继续向西行进，到达兰州，再向西、向西……这一路，绿皮火车驶过广阔的平原、跨过奔腾的江河、穿过崇山峻岭、越过茫茫戈壁，走京广、跨陇海、奔兰新铁路，最终驶入新疆境内，到达哈密。这次纵横穿越近半个中国的远行，在我少年的心中，留下了至今难忘的印象。至于桥，跨越郑州、兰州黄河铁路大桥，还有多地大大小小、不知其名的桥，这些桥，每一座都连接着远方，它是我梦想翱翔的翅膀，是我人生旅程的接续。

然而，16岁的远行，所到之处，那是大姐的远方，我的远方在哪里？

18岁，我应征入伍。我在东北生活了十多年，白山黑水间，我见识了更多的桥：松花江大桥、鸭绿江大桥、辽河大桥；去南方出差或旅游，我见识了武汉、重庆的长江大桥、杭州的钱塘江大桥，还有许多记不清名字的大大小小的桥，每座桥，都曾伴我奔向远方。

每当我站在远方的土地上，向更远的远方眺望时，新的远方是哪里？在我的心目中，远方永远充满神秘、充满诱惑，远方永无止境。

如今，几十年过去了，国内、国外大大小小、各种各样的桥，我见识并跨越过无数座，但令我始终难忘的，仍是故乡那座小小的天桥，它是我最早登高眺望、梦想伴随火车奔向远方的桥，它一头连着我，一头连着无尽的远方。

我与长安街的距离

北京好大好大，方圆一百多公里，曾有城区、近郊区、远郊区之分，以往说北京，是说"东城西城宣武崇文"四个老城区，近郊区多指"朝海丰（朝阳区、海淀区、丰台区）"，远郊区包括房山、门头沟、延庆、平谷等县。说北京人，也是说户口在四个老城区的人。我祖籍是房山区琉璃河镇，上世纪六七十年代，童年、少年在那里度过。那时候去北京城，有人问我是哪里人，我不好意思说是北京人，便说："房山人。"有时后面再加上"北京远郊区"五个字。房山与北京城相距50余公里，我没底气说自己是北京人，怕混淆了概念。

小时候我家离北京城远，但我与北京、与长安街的关联，则比家乡的同龄人、抑或成年人都密切，这源于我叔叔、姑姑都在北京城里工作，家也在城里，小的时候，我每年都会跟着母亲、大哥到叔叔、姑姑家去几次，那时叫走亲戚。上初中后，逢年过节，我便独自进城看望他们。

我去二姑家的次数最多，她家住东城校尉胡同，我乘绿皮火车在永定门站下车，乘20路公交汽车，经天坛西、前门、到东长安街王府井下车，再步行一会儿就到了。还可以乘106路无轨电车，经东单路口，由南向北穿过东长安街，在米市大街下车。

无论是跟着母亲、大哥，还是独自去北京城，都会经过长安街，此前，我从未见过这么美丽壮观宽阔平坦漫长的大街，我被震住了，猛然间便想到流经家乡的大石河，长安街车水马龙，昼夜不停，犹如早先爷爷描述的在大石河中穿梭往来的船只。大石河是我童年、少年时对家乡最深刻的印记之一，而长安街犹如我童年时老家的大石河，自从我看到它的那一刻，便牢牢地镶嵌在我心间。如果说从老家到北京长安街，是由远至近，那么，随着我进北京城次数的增加，我与长安街的距离感便渐渐消失，北京城与北京郊区的概念也渐渐模糊了，我在心里说：我也是"北京人"。

1978 年底，我参军来到吉林长春空军某航校，战友问我是哪里人，我毫不犹豫地说："北京人。"自信，与北京、与北京长安街的距离有关，此时身处远方，便忽略了曾有的顾忌，很自然地说我是北京人。

在新兵连，老班长曾说："长春斯大林大街（现已更名为人民大街）南北贯穿城区，笔直宽阔，是东北三省城市中最长最漂亮的大街。"班长是黑龙江巴彦人，对我们这些非东北籍的新兵来说，长春可以看作是他的家乡，他讲起斯大林大街时眉飞色舞，让我感动了好一阵子，谁不说自己的家乡好呢，我理解老班长。

新兵下连队前那个周日，老班长带着我们去城里的照相馆，那是我第一次穿上戴有红领章、红帽徽的军装照相，为留念、为将照片寄给家人。随后，来到斯大林大街，我凝神眺望，它的确是一条宽阔笔直、美丽壮观的大街。但它在我心目中，无论如何也无法与北京长安街媲美。

和新兵连的战友聊天，我时常给他们讲雄伟的天安门、宽阔壮丽的广场；讲紫禁城高大厚重、红墙黄瓦的城墙；讲毗邻长安街的王府井、东单、西单商业街；讲长安街沿线的"十大建筑"。那一刻，我不仅自信，而且自豪地说："我是北京人。"当年，战友们没到过北京，不知道北京什么样儿、长安街什么样儿，只在画报上看到过。战友们听了我的讲述，都说将来一定要去北京，去天安门广场看看，在长安街上走走。

1981 年初，我考入军校，毕业后成为一名空军军官，结婚后家安在北京城里，起初在崇文门花市大街，后来搬到前门东大街，如今在朝阳区劲松。总之，离长安街都不远。

1994 年秋，我转业回到北京，这次是实实在在的由远至近，我工作在北京城、居住在北京城，可以说与北京、与长安街零距离。距离改变着我与北京的关系和情感，从那时开始，我便更加自信、无比自豪地说："我是北京人！"

由于工作原因，那些年，我有机会去外省市出差，休假时也会去外省市及国外旅游，走过的地方渐渐多了，看到城市中的大街也多了，但我始终认为北京长安街最棒！

当年部队的战友，如今大多数已至花甲之年，他们退休后来北京旅游，我陪他们游览天安门广场，在长安街旁的红墙下漫步，他们还记得当年我给他们讲北京、讲长安街的故事，如今亲眼所见，便笑着对我说："老林，你当年真没吹牛啊！"我说："现在的北京比那时候更美了。"

有几次去北京站接东北来的老战友，我指着北京火车站，骄傲地对他们说："这是建国十周年时，北京评选出的十大建筑之一，长安街沿线还有人民大会堂、中国革命历史博物馆、民族文化宫、民族饭店、中国人民革命军事博物馆等，这些建筑所用水泥，大部分都是产自我的家乡北京琉璃河水泥厂。"

前几年，我到军事博物馆参观，在一层展厅，竟意外地发现一架银灰色的战机，机身前部两侧喷涂着五个鲜红醒目的数字"67973"，我眼前一亮，惊喜地喊道："79 号机！"这架战机上世纪七十年代初在我们航校服役，八十年代中期退役，是由米格 -15 改型而成的双座喷气式教练机，我曾亲手维护过它。我驻足于战机前，久久地凝视，而后，又围着它边走边看，并请现场的工作人员用手机为我在战机前拍照留念。回到家，想起小时候跟着父亲到军博参观，看到停放在军博广场上的战斗机，心里便想，我将来要是能开战斗机该多神气啊，梦想自此在我心中放飞。多年后，我应征入伍，并成长为一名航空机械师，虽然没有当上飞行员，但令我欣慰的是，我精心维护的战机，连续十多年无飞行安全事故，为部队培养了一批又一批飞行员，也算间接地圆了我的梦想吧。后来，我以此为素材，写了一篇散文，名为《梦想起飞的地方》，并附上我与那架军机的合影，投稿《劳动午报》"情怀"版，不久散文和照片都发表了，我把这一消息发在老战友朋友圈中，不仅收获了许多点赞，他们还说以后来北京一定要去军博，看看在航校时维护过的那架战机。

近些年，我写小说、散文，给文学期刊投稿，并结识了一些文友，那年初秋的一天晚上，我陪一位南方来的文友去天安门广场看夜景，走到天安门东侧红墙下，长安街华灯璀璨，将高大厚重的红墙映照得更加鲜红明亮。中国是开放包容日益强盛的文明大国，这些年的飞速发展，让天安门广场及长安街增添了新的活力与内涵。

岁月如流，几十年匆匆而过，我与北京、与北京长安街的距离由远至近、由近至远，再由远至近、近在咫尺。远与近的转换，使我这个原本不自信的北京远郊区人，变成越来越自信、越来越自豪的北京人。

如今，每当我行走在长安街上，便心潮澎湃，我的心与北京长安街零距离，与天安门广场、与首都北京零距离。

第一个结业证书

我步入的第一所大学，是没有围墙的"五七大学"。我收获的第一个结业证书，是"五七大学"颁发的，距今已整整45年。

这是一个红色塑料皮、长宽比我张开的一只手稍大、正面上方居中印有金黄色楷体大字的"结业证书"。下方同样印有两行金黄色楷体字，字体稍小，第一行："北京市房山县"；第二行："五七大学"。小小的证书，红底黄字上下三行，十分醒目，且庄重漂亮。打开证书，第一页，白纸居中为两行宋体黑字："为人民服务，农业学大寨。"第二页，最上方仍是宋体黑字——结业证书。下方写有："学生林万华于一九七八年八月入本校水利专业（班）学习，于一九七八年十二月结业。"左上方贴有一张本人黑白一寸半身照片，并盖有学校的红印章。看到这张照片，我不禁哑然失笑，这是15岁的我上高中一年级时的照片：短发，前额上方的头发向右侧梳理得整整齐齐，表情严肃，却一脸稚气。上身穿一件深蓝色上衣，仔细看，上衣的纽扣是金黄色有凸起的铁路路徽，路徽图案是火车头与钢轨上下组合的剖面图。这种有铁路路徽的纽扣，被同学们称作"铜扣儿"。男同学都喜欢穿蓝色上衣，再缀上"铜扣儿"，风光、牛气，很有范儿，衣服穿在身上一学期都舍不得脱。脏了，要等到周日再洗。缀着铜扣儿的蓝色上衣是铁路职工的标志，铁路职工属于半军事化管理，年轻人，特别是青少年，多把将来当铁路职工当成他们追求的目标之一。

我也喜欢穿缀"铜扣儿"的蓝色上衣，在老家古镇，京广铁路从古镇东边穿过，古镇设三等火车站一座，铁路职工不多，只有他们穿的制服上的纽扣是"铜扣儿"，因此，能弄到"铜扣儿"的学生很少。我父亲虽然不在小站上工作，但他是新中国第一代铁路工人，曾参加建设中国第一条最长的铁路大动脉兰新铁路，我上衣缀的"铜扣儿"是从父亲工作服上取下来的，由纯黄铜制成，而非表面镀铜，这种材质的铜扣十分珍贵。

继续看结业证书，最下方是学校名称、发证日期及证号。

这是我人生中第一个结业证书。一个小小的结业证书，它与此后多年间获得的其他数本结业证、资格证等一同被我精心保存。那些学生时代以及我参军考入军校、后来转业回京，在市属职工大学、市委党校学习所获得的毕业证书，还有职业资格证书、职称证书、工作中的获奖证书、文学作品获奖证书看起来似乎更为重要，而这个来自房山县五七大学的结业证书，保存时间最长，至今仍完好无损。

为什么要保存这个结业证书，它的价值何在？今天，再次面对我的第一个结业证书，不由得勾起我对那段遥远生活经历的回忆。

18岁那年，我有幸进入房山县五七大学水利班学习，班里的学员来自县域多个乡镇公社，那几年，农村大力开展农田水利工程建设，我是回乡务农的高中毕业生，劳动之余喜欢写民歌，民歌短小精悍，读起来朗朗上口、易懂好记，村民们很喜欢，县里的报纸、公社印发的简报，经常能读到民歌，村里路边电线杆儿上架起的大喇叭，也时常播送民歌。前两年我写的民歌，给县文化馆主办的《房山文艺》投稿，被主编、著名诗人赵日升老师选中刊发。这件事公社和村里不少人都知道。公社水利组组长老张平时喜欢看小说，知道我喜欢文学，许是爱好相近吧，当水利组要在村里选调一名年轻人帮助工作时，我被他选中了，当年能去公社上班，那可是难得的好事，我心里十分感谢老张，但家里又没有能拿得出手的东西作为礼物送给老张表达谢意，我便在工作中努力表现，每天早来晚走，跟着老张下乡，奔走在农田、沟渠、堤坝、水塘中搞测绘，扛水平仪、经纬仪、塔尺、撒白灰线、背木桩、抡起铁锤钉木桩确定测量点位，所有脏活累活我都抢着干。水利组办公室有关于农田水利知识的书籍，我有空就翻阅，看不懂就向老张请教。水利工程建设维护少不了工程图纸，那是依据，绘图无疑是个技术活，老张戴着花镜，躬身在画图板前，眯着双眼，一手按住直尺、一手握住绘图笔，横一道儿竖一杠儿地画着，神情专注、一丝不苟，站或坐久了，便直直腰，活动一下手腕，我感觉到他的疲惫，他看着我，认真地说："我老了，农村水利工作将来得靠你们年轻人。"那年，老张50岁出头，头发花白。我不知说什么，以后，便更加用心学习理论知识、学习施工图的绘制，还在水利工程现场跟着老张学习使用水平仪、经纬仪，测量施工现场的高程、标高，计算需要挖掘或填充的土方量，测算沟渠、堤坝的坡度。当我对水利工程知识技能刚刚入门时，县五七大学开办水利工程建设培训班，历时5个月，各乡镇公社选派一名水利工作人员参加，机会难得，老张把机会给了我。

五七大学位于县城正东约4公里处，那地方叫"大石河"。校园宽阔，没有围墙，从主路拐下来，是一条约5米宽笔直的细砂石路，路两旁有粗壮高大的垂柳、挺拔的洋槐，往前走，路两侧出现一片果园，苹果树一排排整齐地排列着。8月初，比鸡蛋大一圈的苹果依然青涩，挂在粗壮的枝杈上，掩映在碧绿的叶片间，微风拂过枝叶，青苹果若隐若现。再往前走，是一行行由细铁丝和长竹竿横竖搭建起的葡萄架，葡萄的枝枝蔓蔓攀附在竹竿和铁丝上，尚未成熟的青绿色的葡萄一嘟噜一嘟噜地垂挂其间，晶莹剔透、生动饱满，谁见了都难免会勾起去采摘品尝的欲望，后来得知，这片果园是学校果树栽培教学试验园。过了果园，就是学校的教学区，五排坐北朝南的灰砖平房，每排六间教室，其他房间散落于周围。

培训班学员三十多人，年龄最大的四十岁出头、最小的十七岁，男生居多，女生只有六名。班里有两名男学员，一个来自窑上乡，一个来自坨里乡；我老家在琉璃河乡，两名学员一个家在琉璃河的西边，一个在东边；一个相距十多里，一个相距三十多里。窑上的那个学员名叫乐生，肤色白净，说话爱笑，模样英俊，长我一岁。另一个，我叫他唐哥，二十七岁，高个子，身体健壮，不苟言笑，表情中透出一种淡淡的忧郁。彼此熟悉后，得知他五岁那年母亲病逝，后来父亲再娶，继母生下一女，他渐渐被冷落，长此以往，他性格内向、沉默寡言，直到成年独立生活后，才从那个压抑的家庭中解脱出来，其忧郁的神态和沉默的性格却已形成，但他为人真挚、热情，重感情，我们三人中，无论是在学习或是生活上，他都处处像大哥一样关心我们俩，我们俩也把他当成了自家的亲大哥。

培训结束离校那天早晨，因为我们分散在各乡镇公社、离家远，每个人都有一堆行李和学习资料要带回去，顺利回家便成了难题。此前，离家近的学员通知亲戚朋友骑自行车来接；有的学员得知本村有人开着小型拖拉机来县城办事，便联系到司机，搭他的顺风车。我家离学校近三十里路，家里没人来接，也找不到可以顺路搭乘的拖拉机。乐生家离学校更远，也没人来接，他正琢磨着要清理掉一些不重要的物品，轻装赶乘一天只有一趟去他们乡的公共汽车回家，就在这时，唐哥把我和乐生招呼到身旁说，吃过早饭，他表兄开着农用拖拉机来接他，到时候先送我和乐生回家。我们俩一听，乐得合不拢嘴。乐生说："唐哥，一会我给你买烟去。"唐哥抽烟，一天半包。我说："早饭我请，馒头、米粥、酱豆腐。"这是学校食堂最好的早餐。

离开五七大学那天是上午9点，一小时后，伴随着农用拖拉机发动机"嘭嘭嘭"连续不断的响声，机头上青灰色细长的铁皮烟筒，喷着淡淡的蓝色烟雾，气派十足甚至有些招摇地驶入我居住的村庄，驶向我家院门口旁停住。拖拉机的响声引来街坊四邻家大人小孩，他们目光惊讶地望着我和唐哥、乐生从车斗里跳下来，我取下车上的行李物品，引领司机、唐哥和乐生说笑着朝院子里走去。跳下车的那一刻，我看到围观的乡亲们，目光中不仅透出惊讶、更多的却是羡慕。孩子们围着拖拉机看着、摸着、欢叫着，一脸的喜悦。母亲的脸上则挂满了笑容，她招呼着远道而来的客人进屋，而后让座、沏茶倒水、忙着准备饭菜，她心中的喜悦溢于言表。吃过午饭，唐哥说还要赶几十里路，得早点走。我舍不得他和乐生离开，知道这一别不知何时才能再见面。许多年后，我再次回忆起当时的情景，有两点感悟涌入心中。

一、我理解母亲为何那么高兴，那是她第一次感受到儿子长大了，学会为人处世了，能去五七大学学习，已给她争了光，回来时又有朋友开着拖拉机，赶几十里路把我送到家门口，多大的面子和交情啊，那个时候，农村拖拉机并不多，能一整天用上它可不是易事。

二、当时我并未在意唐哥家距我家还有三十多里路程，与乐生家相距更远，唐哥急着走，也是司机的意思，我有些不情愿、执意挽留，心情可以理解，但唐哥还要送乐生回家，而后再赶五十多里路回自己的家，他家在山区，回程有一半是盘山路，回去晚了、天黑了，会不会有危险？

后来想到这些，才深切地感受到唐哥和司机师傅有多不易啊。同时，这件事也让刚刚步入青年的我，真正感受到了什么是淳朴真挚的友情。

更让我感慨的是，此后不久，我听乐生说，他去县城，巧遇唐哥的表兄，开着农用拖拉机来县城为村里拉化肥，交谈中，乐生得知，那次从五七大学送我们回家后，唐哥和司机返回，拖拉机开进山道后，天色已暗，为赶时间，拖拉机比平时开得快，在一个拐弯处，为躲避迎面驶来的一辆运煤的大卡车，拖拉机撞到道旁的山石上，当时就趴窝了。那地方，距唐哥他们村还有十里路，无奈，唐哥步行回村，请村里的另一名司机，开着手扶拖拉机把那辆趴窝的拖拉机拖回村，到家时天已大黑。好在那天唐哥和司机没伤着，否则……而修车要花不少钱，唐哥一准要负担的，但这一切唐哥始终只字未提。

　　培训班里有一位女同学，姓余，许多年以后，她的身影仍时常出现在我的脑海里，且日益清晰。余同学大眼睛、面庞白皙，鼻梁两侧有几颗淡淡的黄雀斑，不难看，反而使她的面貌更生动活泼了，梳两条辫子，齐肩，辫梢上系红色毛线绳，漂亮扎眼。她平时话不多，爱笑，常常是话未出口，微笑已洋溢在脸上。教室外有乒乓球台，灰砖垒砌的底座，水泥台面，课后，最好的娱乐是打乒乓球，尤其男同学，无论球技如何，都喜欢打，都想打得时间长一点，于是，就按一盘 11 分计数，胜者继续、败者离开球台。我上初中时就喜欢打乒乓球，和许多男同学一样，书包里每天都装着球拍和球儿，课间及放学后径直跑向球台。当年，我们学校有个高年级学生，在全县中学生乒乓球比赛中拿过冠军，他看我打球不错，还主动指导过我，我的球技由此提高不少。按盘计分，我常常连胜，占据着一侧球台，同学们既羡慕、又抱怨，更多的是无奈，他们埋怨我打的时间太长，可又没人能打败我。每到那时，我内心便有几分得意。

　　班里的女同学多数不打球，不知是不会打，还是不喜欢，多数时间也不看男生打球，只有余同学例外，她会打球，也爱看我打球。偶尔打球的人少时，她也会拿起球拍，主动和我打一会儿，看她神态、动作那么认真，我便配合着她，尽量让球儿多来往几个回合，原本能扣杀的高球，我都推挡回去，她说你抽啊，我说怕抽不上。她盯我一眼，笑笑，不再言语。我知道她心里明白我在让着她。我打球的时候，她每次都站在我那边的侧面，眼睛盯着飞来飞去的球儿，很投入地观看。有时我扣杀对方一个球，她会拍手叫好，仿佛是情不自禁。有时对方打回来的球飞出球台，滚落到距球台很远的地上，她会主动跑过去捡起球递到我手里。有一次，我扭头下意识地看了她一眼，发现那一刻她正盯着我，目光碰撞的瞬间，我在她眼里发现一束光在喷射，温馨而又热烈，那束光仿佛穿透了我的心，我心头顿时一颤、一热、一惊！我不知道为什么会有这种感觉，许多年过后，回味起来，才意识到那或许就是隐约的朦胧的异性间青涩而又纯真的春心激荡吧，是青春之爱。

朦胧的爱往往有始无终，随着岁月的流逝，便成为往事，但它会藏于你的记忆深处，伴随你一生。

离开五七大学后，我应征入伍，成为一名军人，千里之外，我与老张、唐哥、乐生联系中断，那名余同学更是杳无音讯。

如今，四十多年过去了，再次捧起人生中的第一个结业证书，不禁感慨万千，我要将其永久珍藏在身边。

第二辑

亲情

雪夜寒风，母亲坐在土炕上，借着昏暗的灯光，一针一线为我缝制花书包，她瘦弱的身影，朦胧地投在老屋的墙壁上，凝固在我的心中……

希望

29 岁那年，我有了一个儿子。

妻怀孕时，我就琢磨着给将要出生的孩子起个有寓意的名字。而后的日子里，一有空，我便捧着《现代汉语词典》，一页一页地翻，一字一字地查，渐渐地，我的笔记本里就记下了几十个精心挑选出来的字。我自信，无论用哪个字，家里人都会满意，外人听了也会赞不绝口。

妻临产前，我从部队赶回家。儿子出生后，岳父、岳母来了，老两口轮流抱着白白胖胖的外孙子，喜得脸都泛红了。妻说："该给孩子起个名字了。"我把笔记本递给她："名字全在这里，任你挑。"我信心十足地等待她的夸奖。"凡、朴、博、默、实……"妻盯着笔记本，眉毛便一点一点地皱起来，我的心也随之一颤一颤地缩紧。妻撂下笔记本说："这些字听着发闷，念着也不响亮。"岳母从旁附和："是啊，叫着也不太爽口。"岳父沉思着没有开口，我现出几分尴尬。过了一会儿，岳父语气温和地说："就叫 bingbing 吧。"我望着岳父，不知他说的是哪个 bing 字，但我立即想到，岳父是一名老兵，抗日战争、解放战争、抗美援朝战争他曾出生入死，对党、对人民军队始终怀着一颗忠贞不渝、赤诚相爱之心，他说的"bing"字，一定是当兵的兵。我作为一名军人，虽然思亲怀乡之情时常萦绕于心，却时刻不忘肩负的使命。但在以往，当我听到有人以调侃或是轻蔑的口吻，称军人为"大兵"或"当兵的"，我心中就会涌起一股酸楚、无奈，甚至愤怒的情绪。此刻，突然听到这

个 "bing" 字，我竟冲动地说："叫什么也不叫'兵'！"全家人愕然、尴尬，随即沉默，起名字的事就暂时搁下了。

转眼，两个月过去了，我已结束休假，回到部队，某日，我接到妻的来信，信中说："爸爸要给咱们的儿子取名叫'冰冰'，问你是否同意。"我凝视着那个"冰"字，沉思许久，而后顿悟："冰"与"兵"谐音，既有爱兵之意，又有冰清玉洁——高尚纯洁之追求。岳父之举，令我感动，使我惭愧，并唤起我对往事的回忆：与妻结婚那天，岳父语重心长地说："我们不求高官厚禄，但求洁白无瑕。"这不仅是对我们的教诲，也是他一生的座右铭。我时常回味这句话，"洁白无瑕"绝非容易，但我要努力去做，将来还要教育后代，以此作为一种美好的人生追求。

我提笔给妻写回信，语气坚定地说：咱儿子的名字就叫"冰冰"！

如今，时光已过去了三十年，岳父、岳母早已离世，但他们寄托于我们晚辈的希望，我们仍牢记于心，并以此激励我们奋进新时代。

石榴树

　　母亲出嫁那年，姥爷在院里栽下一棵石榴树。十几年后，石榴树已枝粗叶茂，树梢没过了老屋顶。

　　石榴树，春天一树绿，夏天一树花，秋天一树果。冬天，也不寂寞，枝条迎风展臂，将漫天舞动的雪花揽入怀中。

　　少年时，每年八月十五前，母亲都要去镇街供销社买二斤月饼、一斤硬糖块儿，分三个纸包包好，装进布袋里。星期天起床头一件事，就是小心翼翼地把布袋绑在自行车后架上。于是，三十多里路，我骑上自行车，一路不停地往姥爷家赶，头晌午才赶到。

　　姥爷从地里干活回来，肩上扛着锄头。我和表妹站在石榴树下迎接。姥爷身着黑布衫，他身板健壮，皮肤粗糙，面庞赤褐。姥爷猜到我会来，舒心地笑着，一只粗拉拉的大手，抚摸着我的头顶。吃晌午饭，舅舅回来了，舅妈煮一大锅面条。表妹说好久没吃白面条了，她盛了满满一大碗，还说是沾了我的光。我拿出母亲买的月饼、糖块儿，老爷一包、舅妈一包、表妹一包。表妹爱吃糖，端起的碗又放下，剥一块糖填进嘴里，"嘎嘣、嘎嘣"嚼得脆响，露出一脸甜蜜。舅妈说又让她姑花钱了。姥爷一只大手按住小纸包，手指在上面轻轻地抚摸，沉默中，表情欣慰也忧郁。午后，姥爷下地干活，我不敢贪玩，得赶路呢。走前，姥爷从里屋捧出一个布袋子，扎着口，说里面装着石榴果。我摸摸，有三个，沉甸甸，捧在手上，如同捧着三个石头球。

　　中秋夜，我们一家人坐在院中小桌旁，吃完母亲烙的月饼（甜面饼），拿出姥爷给我的布袋子，解开线绳，小心翼翼地打开，望着三个被"青棒子"皮包裹得严严实实的石榴果，有几分迷惑几分惊奇。母亲读出我的心思，说"青棒子"皮密实、有水气，一层一层压紧、包好，初秋摘下的石榴果，存放一个月，皮不干，照样鲜灵。布袋子，松软、透气，裹在石榴果外面的"青棒子"皮就不会烂。我一层一层揭开，有四五层，终于露出石榴果。"哇！"好圆好大的石榴果，鹅黄中漾出片片鲜红。母亲说，姥爷家的石榴树，每年都挂一树果，坠得树杈直不起腰。初秋，一家人摘果，能摘两竹篮，谁都不舍得吃。姥爷推着独轮车，去集市上卖，早上去，头晌午回来，一个不剩。姥爷疼我，每年都给我留几个，舅妈曾对我说，为这，你表妹还生气呢，说姥爷偏着你。此刻，我真舍不得吃姥爷精心为我挑选、保存的石榴果。可我抵挡不住它的诱惑，清爽酸甜的滋味，一年没尝了。我迟疑着，最后决定就吃一个。我双手用力掰，一下、两下、三下，石榴果终于裂开一道缝，果粒一颗一颗蹦出来，在桌面上翻滚着撒开一片。再一用力，石榴果一分两瓣，再一分两瓣，极不规则。妈妈一瓣、姐姐一瓣、哥哥一瓣，我自己留下最大的那一瓣。

　　夜空如洗，繁星闪烁，明月如盘。我眼里映满了中秋夜景。晶莹剔透、鲜翠欲滴、美若珍珠的石榴籽，像挂在远天上的星星，被我用手指一颗一颗将它们捏下来，移入口中。石榴籽慢慢地融化，滋润着我的心田。

　　18岁，我参军到东北，军装穿了十几年。回故乡的机会少，去姥爷家的机会更少。书信记录着岁月的痕迹，读它，我为姥爷落泪，他享年85岁，那个年代叫长寿，可我却在想，姥爷辛劳一生，这是幸福还是苦难？读它，我还在落泪，舅舅、舅妈相继辞世，他们没有福气，操劳是他们一生的主题。再读它，表妹就嫁人了，送亲的娘家人不多。这次我不再落泪，也未因此增添喜气。再继续读，姥爷家大院换了主人，石榴树不知什么时候被刨掉了，我再也见不到姥爷亲手栽下的石榴树了！

在东北，十月末已寒气袭人，晶莹的雪花潇洒地飘落大地。直到来年四月，田野里，皑皑白雪才懒洋洋地融化，滋润着广袤千里的黑土地。我曾痴痴地遐想，这里若四季如春，我一定要在这片沃土上，亲手种下一棵石榴树。然而，石榴树你在哪里？

从东北回到故乡北京，繁华的大都市，车水马龙、高楼林立、霓虹闪烁……初秋时节，街边、胡同口，我看到商贩叫卖熟透的石榴果。石榴树在哪里？在郊野、在公园、在幽静的四合院……

我一直在寻找心中的石榴树。

机会终于来了，那年三月，我到一家建筑设计院工作，办公楼六层，每层朝阳的那面，安装整张大玻璃，保暖采光。四层靠大玻璃那侧，从西到东，长长的一座平台，高出地面一米，平台上摆几张玻璃桌、几把椅子，供设计师洽商方案。我说，这地方光秃秃，略显呆板。领导也有同感，拿出手机，点一串数字，电话叫来几名民工，平台上一字摆开，等间距挖三个坑，均一米见方。装饰完，抬三个大缸放入。置钢化玻璃板，中间预留半圆的孔，碗口粗，两块拼一起，铺上，成一块外方内圆与平台融为一体的地板。我猜，领导要种树，什么树能种楼里？种花草，用缸？不会是养鱼吧！过了几日，忽然有人开着货车运来三棵树，果然是树，两米多高。我跑下楼看，是石榴树，就是石榴树！我喜出望外："妙哉！妙哉！"想了三十余年，今天竟如愿而至了！

我帮着把石榴树种进楼里，之后，承担了一份兼职工作：每周为石榴树浇两遍水，适时给石榴树剪枝、喷药、加营养液。每天经过四层办公区，我会面向石榴树驻足观望，乐此不疲。五月的一天，我忽然发现，三棵石榴树上分别开出一朵又一朵鲜艳的红花，绿叶映衬下，分外妖娆。我惊喜地大叫："开花了！开花啦！"设计师们一愣，莫名其妙地看着我，随后，循着我的目光，将头转向石榴树。片刻，"叮叮咣咣"，椅子撞击地面，一群年轻美女站起身，拿出照相机，叽叽喳喳，挤到石榴树前，抢拍这突然而至的美景。

八月、九月，三棵石榴树上的石榴果渐渐成熟了，虽不如姥爷家石榴树那样硕果累累，却个个又圆又大，鹅黄中泛出片片红霞，与姥爷给我的石榴果相差无几。这足以让我惊喜，但这种喜悦并没有持续几天，我发现，石榴果一天一天在减少，只四五天，三棵石榴树上的石榴果已荡然无存。我一千个、一万个知道，是那些俊男靓女们干的。他们肯定是累了、饿了、馋了，想歇会，想吃东西，于是石榴果就成为他们小憩时的牺牲品。我为此心中忿忿不平，很长时间仍耿耿于怀。唉，今年这石榴树还会不会再结果，会不会再开花？尽管它依然枝叶舒展、青翠繁茂、沉静安详，尽管温暖和煦的阳光依旧每天都来轻柔地抚摸它，它还是那么鲜活、生机盎然。

又快到中秋了，心里早就筹划，去办公楼值班，过一个人的中秋节。多美的创意，却遭到老婆携手儿子的反对。"就为那棵石榴树？""对。"很坚决。"就为那棵石榴树！"因为坚决，我如愿以偿。

坐在办公楼四层平台的椅子上，窗外，晴空朗朗，月如镜如盘，明亮温柔。石榴树沐浴在月光中，沉静而又端庄。诗人李白的《静夜思》正和了我此时的心境。再想，何止是思念故乡，还有姥爷的音容笑貌，姥爷家的石榴树、石榴花、石榴果。念着想着，就坐在那儿睡着了。

一抹柔红隐约在眼前轻盈地跳跃，非要搅醒酣睡的我。揉揉惺忪的睡眼，朦胧中，那一抹柔红，仿佛鲜亮起来，由一抹红，成一点红，再成一片红，有些耀眼了。这回完全醒了，天已亮白，缕缕霞光从东方射出，穿透大玻璃，洒向我面前的石榴树，洒在我的脸上。那抹柔红仍在眼前跳跃，瞬间，我惊愕了，三棵石榴树，一夜间竟开出鲜亮的红花，一朵、两朵、三朵……在轻柔翠绿的枝叶映衬下，鲜红灿烂，耀眼夺目。哪还敢相信自己的眼睛，我上前一步，伸出手指轻轻地触摸，一下、又一下。石榴花就轻柔地晃动，一下、又一下。

中秋夜悄然绽放的石榴花，一朵一朵，如梦般，我找到了石榴树、石榴花、石榴果、石榴情！我仿佛又回到了青春少年。

我折断一根石榴枝，那上面盛开着一朵鲜艳的石榴花。我要去看姥爷，在他老人家坟前，献上我的石榴花……

花书包

我是男孩子，上学背花书包。小学、初中，整 8 年。

花书包是母亲缝制的，针脚密实，结实受看。母亲心灵手巧，学东西快。她在娘家做姑娘时，跟姥姥学针线活，看两遍就上手，不比姥姥做得差。

母亲嫁给父亲，生养了我们姐弟 5 人。我不知母亲何时开始做衣服的，只记得，小时候穿的衣裤，多是哥哥、姐姐穿着短了，由母亲重新拆改缝制，洗干净再给我穿。那时，家里不富裕，为了省钱，母亲才这样辛苦。母亲做的衣服，穿着合身、样式也好，村里人都来找她拆改、缝制衣服。母亲将裁剪下来的碎布料全都收存起来，装满一麻袋。我问母亲，留一麻袋碎布头干吗？母亲并不解释，依然当宝贝那样留着。

我 7 岁那年，快过年时，母亲说，过了年，你该上学了。之后，一连几个夜晚，母亲将麻袋里面的碎布头掏出来，摊在土炕上，用手翻检挑选着，大概是够用了，才将多余的碎布头重新装入麻袋。接着，她盘腿坐在土炕上，借着昏暗的灯光，一块儿一块儿，将就着碎布头的形状，尽可能利用它的最大面积，用铁剪子铰成小三角形。母亲两个手指捏住一根小号钢针，两个一块、两个一块，将三角形的布头一针一线缝在一起，拼成一个正方形，而后再将众多小正方形，用同样方法缝成一块布面。母亲整晚坐在土炕上，平静地做着繁杂的活计。房梁上垂下一盏灯，昏暗的光线将母亲单薄的身影朦胧地投在墙壁上。腊月的夜晚，寒风拍打门窗，屋外舞起雪花，顺着门缝悄然钻进来，屋门口的地面，变换出一片洁白。冷寂的雪夜，我突然听到母亲"哎哟"一声轻叹，随声望去，不知是光线太暗、母亲双眼模糊了，还是身体疲乏手抖了，细细的钢针将她的手指刺破，殷红的血淌出来，染红了手中的布料。母亲依然平静如初，将淌血的手指含进嘴里，吸吮几下，捏住钢针，接着缝制。

那个年代，布料多为棉布，少许好的，是的确良、条绒布。颜色无非是黑、灰、蓝、红、绿、白。白色布料绝不能用。余下的布料，颜色虽不鲜艳，拼凑在一起，却也眼花缭乱。做成的书包，足够花哨。那时，我不懂挑拣，好看与否并不上心，是新的就好。后来，我上二年级，我数过，母亲缝制的花书包，用了226块方形碎布头，如按三角形计算，是452块，书包高矮仅30公分。书包背带，用的是两条黑色条绒布，二指宽，倒U字形，缝在书包两个侧面上。

一年级，背着花书包，蹦蹦跳跳去上学，同学们羡慕，没见过这么漂亮花哨的书包，都围过来看。老师也夸奖，说当妈的手巧，我心里那个美。

四年级，我10岁，父亲突然在遥远的西北去世了。我家的日子，就像我背的花书包，陈旧、褪色、不堪重负。

五年级，街上流行"绿军挎"。

我的花书包，陪伴我，一年又一年，脏了破了，晚上，母亲为我缝补、洗刷，搭在火炉旁烤干，第二天上学，我重新背上肩。花书包多处打过补丁，越来越显花哨。我也慢慢长大，少年的自尊，像春芽在心头滋长。花书包，我打心眼里不喜欢它，更不想再背它。

五年级那年夏天，午后去上学，路上遇到两名男同学，他们背新买的"绿军挎"向我炫耀，还羞辱我，说丫头片子才背花书包。我的自尊受到极大伤害，压抑心头许久的屈辱、愤怒爆发了，我和他们扭打，被摔倒在地。我的花书包被扯开几道口子，龇牙咧嘴地趴在地上。路过的大人把我们拉开，我抱着花书包，落魄地跑回家。我用身体撞开屋门，将花书包重重地摔在土炕上，书和本散落一炕，我捡起两本上课用的书，攥在手里，冲着母亲吼道："我再也不背花书包了！"说完掉头往外跑。母亲从未见我如此暴怒，衣服上还沾满泥土，先是一愣，而后便猜到原委。母亲追出院子，冲着我的背影，连声喊我的小名，嗓音干哑。我迟疑着，回头望了她一眼。母亲碎步前行，离我渐渐近了，目光迷茫无助，眼里噙满泪花。我的心"嗵"地跳了一下，但我就是觉得委屈，还是由着性子，没理会母亲，抬腿朝学校跑去。

放学后，我去镇街商店，站在摆放"绿军挎"的货架前，凝视了许久。我向售货员询问卖价，还请她取下"绿军挎"，试着背在肩上，扭头欣赏了好一会儿。售货员猜出我的心思，她说，买一个吧，背上多神气，才两块钱。我哪有钱，我磨蹭着，还是将"绿军挎"从肩头摘下。那一刻，我眼里涌出泪水，转身跑出商店。回到家，我可怜巴巴祈求母亲说："妈，给我买一个'绿军挎'吧，两块钱。"母亲惊愕地望着我，她思量片刻，表情平静，但声音坚定、不容置疑地说："只要学习好，背什么样的书包都一样。"我无言以对，失望、郁闷、痛苦甚至怨恨，瞬间都涌上心头。打我懂事起，这是头一次让母亲买东西，而且是上学用的。我想，别人家的孩子能背"绿军挎"，我为什么不能？我明白，依母亲的脾气，她做出的决定，是不会轻易改变的。我猛地转身冲进里屋，砰地一下把门关上，并插上门闩，一头扑在土炕上，双手捂住脸，伤心地哭起来。吃晚饭时，母亲站在门外叫我，我不答应。她推门，却推不开。我和母亲赌气、抗争，不出来吃饭，黑着灯躺在土炕上，听着母亲在门外走来走去的脚步声，以及轻轻的叹气声，我甚至感觉到内心涌起一丝快意。后来，我不知不觉睡着了。夜里，被尿憋醒，睁开眼，听到外屋压抑着的哭泣声，是母亲。细听，母亲在和谁说话，断断续续、抽抽噎噎："我知道男孩子都喜欢'绿军挎'。两块钱，不是舍不得，可家里一个月的油盐酱醋钱……"我坐起身，心怦怦地跳。说话声停了，屋里寂静。片刻，母亲咳嗽起来，像是用手捂着嘴，声音憋闷。而后又是母亲悲切、抽噎的话音："要是他爸还活着，日子哪会这么难……""嫂子，别伤心，孩子们学习都用功，将来错不了。说话孩子就大了，日子会好过的。"是隔壁老婶的声音。老婶家的房子就在我家屋后，后窗对着后窗，一定是母亲深夜的哭声惊动了她。我身心紧张起来，我不想这件事传出去，让村里人笑话，特别是和我打架的那两个同学。更不想让母亲因我而悲伤。这些年，母亲身体不好，我担心母亲因此病倒。我心里开始后悔，可我还是没勇气，走出屋劝劝母亲，特别是当着老婶的面。那一夜，我没合眼，躺在漆黑的屋子里，听着隔壁的动静，想着母亲在做什么，我好害怕，害怕失去母亲。

第二天早晨，我起床，走出里屋，母亲已把早饭做好，放在堂屋地上的方桌上，早饭比平日好，有白面馒头、小米粥、咸菜。昨天撕扯坏的花书包，已缝补好了，书本全装在里面，鼓鼓囊囊静卧在母亲睡觉的土炕上。母亲在屋里做着家务活，我偷偷望了她一眼，母亲面容憔悴、两眼还红着。母亲说："吃饭吧。"我低着头，不敢看母亲，嘴唇动了两下："我上学去。"声音低得连自己都听不清，不知母亲听到没有。我背上花书包，顺手拿了一个馒头，走出屋。

经历了这件事，我再也不说买"绿军挎"了。我背着母亲缝制的花书包，念完了初中。但我在心里已暗暗下定决心，将来一定要背上"绿军挎"。

我的学习成绩在年级名列前茅，考上高中那年，爸爸原单位招工，姐姐去西北当了工人。大哥后来在县城，也当上了工人，家里生活开始好转。

我在镇里读高中，因为路远，住校。我把上课用的书本，都放在教室里，放学后想看的书，揣两本进兜里带回家，我终于不用再背花书包了。我把花书包扔到家里的土炕上，后来，就不见了。

16岁半，我高中毕业，两年后，部队征兵，我兴奋地对母亲说，我要当兵！母亲疼我，舍不得我离开。我说："一人当兵，全家光荣。"其实，我心里还想着："当兵，就能天天背上'绿军挎'。"

我终于如愿以偿，去东北长春当兵。新兵连，班长头一次带我们进城，我做的头一件事，就是在一家照相馆，照一张相，给母亲寄去。

后来，听哥哥说，母亲手捧着我身穿绿军装、肩背"绿军挎"的照片，看了好久，激动得直落泪，她自语道："这孩子，终于背上'绿军挎'了。"

此后，我由士兵考入军校，毕业提干。"绿军挎"天天陪伴着我。

岁月流逝，我上学时背的花书包，早已不知去向，也没顾上寻找。而"绿军挎"背久了，也习以为常，没了初时的兴奋与自豪。

我25岁那年春天，母亲病逝。哥哥发电报让我速归。我当时在离部队二百多公里处驻训，驻训地没有直达北京的火车，只能坐次日早上的慢车，到原驻地倒车。两千多里路，我到家时，母亲已去世四天。按习俗，母亲在这前一天，已下葬。我无法相信，如此美好的春天，对我们一家人竟这么残酷。

我在母亲的土坟前长跪不起，泪水打湿衣襟。这是我此生第一次下跪，一个军人的下跪。

18岁到25岁，7年间，我回家5次，两次路过小憩，三次探家，总计68天。7年和母亲生活68天。想到这些数字，我潸然泪下。

我没有与家人一起整理母亲的遗物，便匆匆赶回了部队。

后来，我结婚生子。再后来，转业回京。儿子6岁多，要上学了，妻说给他买一个新书包，80多元。他们娘俩儿早看好了样式：双肩背、天蓝色，还印着好看的卡通画。我说，太奢侈，哥家孩子不用的书包，八成新，挺好。儿子说："我才不背旧书包呢。"我回道："只要学习好，背什么样的书包都一样。"母亲的话，这么多年后，我竟脱口而出。妻笑道："孩子上学是喜事，学习好，书包也得好。"我无语。坐在屋里发呆，又想起上学时背的花书包。

花书包它在哪里？

我找到哥哥问，哥哥说记不清了。我给姐姐打长途电话，询问花书包的下落。姐姐说："当年整理母亲的遗物，母亲睡觉的土炕上，有一个红漆斑驳的旧木箱，那是母亲存放贵重物品的地方，平时母亲不让碰。我打开木箱，里面空着一大半儿，哪有什么贵重物品，几身缝补过的衣服、几张发黄的照片，还有就是你上学时背的花书包……它干干净净、平展展地铺在里面。我拿了一张全家福照片，装进花书包，带回新疆。"我惊喜地问："花书包还在吗？"姐姐说："我还留着呢，母亲的针线活做得真好。"我忙说："姐，你把它寄给我吧，我想看看花书包。"

一周之后，我收到姐姐寄来的花书包，我把它捧起，久久地凝望着：雪夜寒风，母亲坐在土炕上，借着昏暗的灯光，一针一线为我缝制花书包，她瘦弱的身影，朦胧地投在老屋的墙壁上，凝固在我的心中……

母亲没有留下任何值钱的物品，但母亲留给我的花书包，世上唯一，无价之宝，弥足珍贵，我心足矣！

驶入心灵的火车

母亲躺在病床上，一连几天，有话想说却说不出，她双唇不时地微微颤抖，我俯身、侧头，将耳朵贴近她的嘴边，仔细听她喉咙里发出的微弱而又含糊不清的声音，结果我什么也没听清，内心失望而又焦急。又过了两天，母亲突然张开嘴，使劲吸了一口气，吐气时带出两个字："拐——洞。"这回我听清楚了，却也懵懂了："拐洞"，啥叫"拐洞"？

母亲去世后，我沉浸在悲伤与疑惑之中。她临终前说的那两个字，成为我的心结。我仔细回忆母亲生前是否也说过同样的话，却怎么也想不起来。"拐洞"与母亲有何关联，她为啥念念不忘？

一日，朋友请我吃饭，劝我不要悲伤。我说："我心里始终有个结打不开，母亲的遗言，其中有两个字，我却不解其意，遗憾啊。"朋友问："哪两个字？"我说："拐——洞。"朋友更是一头雾水，目光茫然地望着我。

连日来，我一直被母亲的遗言所困惑，心情沮丧。一天中午，突然接到朋友的电话，他兴奋地说："我找到答案了！"这突如其来的消息，令我心头一震，忙问："什么答案？"朋友故弄玄虚，笑呵呵地说："和你父亲有关。"这可能吗？父亲早已去世，我将信将疑。朋友说："晚上，咱们见面细聊。"

终于盼到下班，我邀朋友来到镇街一家餐馆，要了两瓶啤酒，点了几盘小菜。未等我开口，朋友便问："你父亲生前在哪儿工作、什么职业？""在新疆，是铁路局的干部。""你父亲探亲回家，坐什么车？""这还用问，火车啊。"我有些急躁。朋友又问："你母亲去过新疆吧？"我说："去过，坐的也是火车。"朋友笑了，说："这就对了。"听到这，我心里好像理出了一点头绪。

我的老家在京西南一个小乡村，村西不远处，有京广铁路及车站，南北往来的火车，每天都从那里经过。母亲十九岁嫁给父亲，那时，父亲在西北当铁路工人，婚后二十多年，父母生活在两地，每年春节，父亲从新疆哈密坐绿皮火车，经过三天两夜，他的身影才会出现在车站站台上。而春节前那几天，母亲脸上整天透着喜气，早起做完家务，便换上一身洗净的衣服，匆忙赶往火车站，站在站台上，目光眺望着远方的铁道，等待那趟从新疆开来的绿皮火车。上世纪五六十年代，母亲去过父亲工作的地方，这可是件了不起的事，十里八乡好几百户人家中，她是唯一坐火车出过远门的妇女。此后许多年间，每当提及此事，母亲脸上都会露出自豪的笑容。

我十岁那年，父亲在新疆去世。此后，"绿皮火车"便很少再被母亲提起。而每天上午，母亲在院外菜地里干活，头晌午，听到西边传来火车汽笛声，她便停住脚、直起腰，转身面向西边的铁道眺望。绿皮火车，车头冒着白烟、拉响汽笛，从南向北驶来。母亲眼都不眨，一直盯着，直到火车从她的视线里消失。其间，母亲嘴里不停地念叨着什么。后来，母亲腿脚不灵便，不再下地干活了。可她每天头晌午，总会拎着一个小板凳，移动到院外，面朝西坐下，直到看见那趟绿皮火车开过去，才起身回屋。那年，村西铁道旁搭建了一排排蔬菜大棚，挡住了母亲的视线，母亲坐在院外，看不到绿皮火车，但她每天上午，仍会面朝西静静地坐在那里，当西边传来火车汽笛声，她脸上的皱纹便舒展开了。星期天，我休息，吃过早饭，母亲就催促我骑三轮车，驮着她赶往村西铁道旁。尽管她知道，以往的绿皮火车已不再行驶，取代它的是颜色与外观都更加漂亮的高速列车，这高速列车也不在小站停留了，但她仍坚持着要去看。火车开过来时，她仍像从前那样，牢牢地盯着，一直目送它在视线中消失，嘴里还不停地念叨着什么，我却从未用心听过。

此刻，我突然想到，母亲的遗言，会不会就是她当年嘴里总念叨的话？我后悔当初没有在意母亲嘴里念叨什么。

朋友继续说道："昨天我去邻居王大爷家，他是'老铁路'，他告诉我，当年铁路职工都把'7'念成'拐'，把'0'念作'洞'，'拐洞'就是'70'，'70'就是从新疆乌鲁木齐开往北京的 70 次直快列车。"

我恍然大悟。

"拐洞"。它千里迢迢，载着母亲的思念，驶入父亲的心灵。

母亲的葫芦灯

离开部队定居京城已二十余年。随工作地，曾租房而居，东南西北，数次搬家，许多物品陆续被淘汰，但母亲留给我的那盏葫芦灯，却始终保留在身旁，不离不弃。

京郊西南一村落，小院、老屋，是我故乡的家。老屋坐东朝西，沧桑数十载，尤显低矮陈旧，阳光无缘光顾。弯曲变形的木门窗，糊满发黄的窗户纸，更加重了老屋的昏暗潮湿。一只15瓦的灯泡，头上罩着圆形灯伞，由一根电线吊着，悬挂在老屋的木梁上。夜晚，幽幽的，散发出昏黄的光。这是老屋内仅有的一盏灯。自我记事起，母亲始终掌管着这盏灯的开关大权，一根细长的灯绳，从固定在老屋墙壁上方乌黑的电源盒中，一直延伸到土炕旁，未经母亲许可，谁也不能擅自碰那根灯绳。只有天大黑、屋内看不清人时，母亲才轻轻地拽一下它，随着"咔嚓"一声清脆的响声，顷刻，屋内像升起一轮明月，亮堂了许多。

灯光亮起的夜晚，是我和母亲忙碌的时刻。母亲烧一锅热水，洗刷完碗筷，拿出头一天未缝补完的衣服，坐在土炕上，埋头、眯起双眼，穿针走线。而我，则取出书和本，坐在木桌旁，或看书或写字。当我收起书本，爬上土炕躺下后，母亲便拽一下灯绳，随着电源盒内"咔嚓"一声脆响，老屋重新回归黑暗。

母亲并未和我一样上炕睡觉，她在黑暗的老屋内，继续着她的忙碌，蹑手蹑脚，却轻车熟路，似乎她眼里从来就没有黑夜。我不知母亲为啥总有那么多干不完的活,年幼无心,躺在土炕上,很快就不管不顾地睡着了。

第二天清晨,我被母亲叫醒,睁开惺忪的睡眼,见方桌上已摆好盛满玉米粥、装满咸菜丁的碗碟。抬眼瞧窗外,灰蒙蒙一片天,屋内更是灰暗,灯依然闭着眼睛。

起初,我不理解母亲为什么不开灯,后来,听母亲说:"一度电,一毛钱,一天节省一度半度的,一年就省二三十块,你一年的花费就有了。"

许是记住了母亲的话,此后,放学回家,我不再先跑出去和伙伴们玩,而是尽量赶在天黑前把作业和第二天的课程预习完,赶上作业多,或是要考试,学习时间长,屋里光线暗下来,我就搬着小木桌,坐在小院里的葫芦架下看书写字,不知不觉,天色渐黑,我看书时头就不由得低下去,再低下去,快碰到书本了。母亲见状,便招呼我进屋,她拽一下灯绳,屋内亮堂起来,我冲母亲笑,母亲冲我笑,她说:"学习是一辈子的大事,不能委屈了你,妈小时候家里穷,才落下个睁眼瞎。"母亲没上过学,新中国成立后乡里办扫盲班,她记性好、又用心,不久就认识了许多常用字。结婚后,她给远在新疆工作的父亲写信,字迹工整娟秀。可这样的日子,持续不久便结束了,父亲在我十岁那年去世了,自此,母亲握笔写信的身影便随之消失了,但若有空闲,她便坐在我对面,默默地看我读书写字。还拿起我的语文书,像模像样地翻看、情不自禁地念上一段。此刻,她脸上布满笑容。没上过学的母亲,却天生喜欢读书,她懂得学文化的重要,从未因我学习,开着老屋的灯而有怨言。相反,只要我看书写字,母亲就会主动把灯打开,我感觉明亮而又温馨。

毕竟老屋内只有一盏15瓦的灯,高高悬挂在房梁上,光线微弱,我看书写字,时间久了,双眼依然酸胀模糊,我想对母亲说换一个大一点度数的灯泡,但始终不忍心开口。母亲看出我的心思,初秋的一个周日，母亲把我叫到小院里的葫芦架下，她指着一个即将成熟的大葫芦，让我站到木凳上摘下来。以往，大大小小挂满架的葫芦是母亲的宝，卖了是钱、送人是情，不到葫芦成熟的时候，母亲从不舍得摘。我望着那只乳白色的葫芦，疑惑地问："今年为啥这么早就摘？"母亲一脸神秘，笑着说："过两天你就知道了。"母亲把我摘下的那个大葫芦，用锯条锯掉底座和头，掏出瓤，用水把葫芦里外冲洗干净，再用布擦干，放在窗台上晾着。我盯着稳稳站立在窗台上的葫芦壳，好生纳闷。

两天后，我放学回到家，进屋，发现房梁上悬挂着的那盏灯不见了，而木桌上却多了一盏葫芦灯，我惊喜地奔过去，双手捧起它，上下左右看个遍。心中的谜底解开了，一股暖流涌上心头。母亲制作的葫芦灯，简陋却巧妙，淳朴却美丽。葫芦灯，乳白色，高约三十多公分，底部侧面钻了一个圆孔，一股电线从葫芦壳里穿出，电线一头依然通向墙壁上的电源开关盒；另一端，连着固定在葫芦顶端的塑胶灯口，那只15瓦的灯泡，拧在灯口里，一盏葫芦台灯诞生了。

夜晚，打开葫芦灯，我坐在木桌前，感觉明亮而又温馨。而位置降低后的灯光，使原本就不明亮的老屋一下变得更加昏暗了。母亲却不觉得屋里黑，她依旧不停地干着那些永远也干不完的活。

母亲制作的葫芦灯，陪伴我从小学到初中、高中。

1977年，我高中毕业回乡务农。开春播种玉米，天不亮就下田。年轻人贪睡，每天都是母亲拽一下灯绳，伴着电源盒内"咔嚓"一声响，母亲温柔的呼唤便在耳边响起："小华、小华，该起啦。"葫芦灯也随之睁开眼睛，昏暗的老屋瞬间变得温馨明亮。夏收小麦，秋收玉米，翻地、播种冬小麦。初冬，麦田浇冻水。一年四季，无论寂静的黎明、还是沉寂的子夜，每一次早出晚归，都有母亲的呼唤和等候，都有葫芦灯相伴，她们给我温暖和力量。

回乡后的第二年冬天，我应征入伍，千里迢迢来到东北。当兵第三年春天，我考入军校，军校在南方，入学途经老家，我终于再次见到了母亲及家人。

到故乡已是午夜，大哥骑着自行车来镇街车站接我，家与镇街还有五六里路，大哥驮着我，车轮飞转，春夜，冷风拂面，我心里却暖洋洋的。仿佛眨眼工夫，我和大哥就到了家门口。人没进院，大哥先摇响了车铃："嘀铃铃——嘀铃铃"，欢快而又响亮。两年多没回家，小院依旧、老屋依旧，老屋内灯光幽幽，我一眼就认出那是母亲为我亮起的葫芦灯。我奔跑着冲进老屋，母亲坐在土炕上，身旁的葫芦灯映照着她的面庞。她双手颤抖着捧起葫芦灯，移至我面前，我和母亲的身影，融合在一起，放大到土炕上，身影在颤抖，我的心在颤抖。母亲看我，我看母亲。母亲瘦了，白发丝丝缕缕，岁月催人老。但此刻，她脸上的皱纹像湖面上一道道涟漪，漾开舒展着。我接过母亲手里的葫芦灯，把它托在手上，随后扑入母亲怀中，紧紧搂住她，许久许久……

听大哥说，我当兵后，母亲一直独居老屋，与葫芦灯相伴。大哥建起宽敞明亮的新房，母亲却不愿搬入，说住老屋，有葫芦灯陪着，心里舒坦。

我军校毕业两年后，母亲病危，接到大哥发来的电报，千里迢迢，匆匆返乡，到家时，母亲已经病逝。大哥说："母亲让我把葫芦灯交给你，说小华一人在外，看到葫芦灯就不想家了。"

如今，三十多年过去了，每当我思念母亲时，就亮起桌上的葫芦灯，我凝望着它，母亲的身影仿佛出现在眼前，她在唤我："小华、小华，该起啦。"

穿越时空的手表

　　村里送新兵的挎斗拖拉机已停在我家院门口，柴油发动机"嘭嘭嘭"地吼个不停。像听到了信号，一屋为我送行的亲朋好友，顿时忙乱起来，有人抢着扛背包，有人忙着拎网兜，有人跨前一步推开屋门，有人争着朝院外跑，看拖拉机上是否挂着大红花。我正要往外走，大哥紧赶两步，走到我面前，不由分说便将一块手表戴在我的手腕上，随后，拉住我的手，朝院外走去。

　　大哥送我的一块上海牌新手表，是他在工厂学徒两年，从生活费中节省了 100 元钱，前些天刚买的，还没舍得戴。我收到县人民武装部的入伍通知书时，大哥就要把这块新手表送给我，他说："出门在外，没个钟点哪成。"大哥的心意我懂，但我拒绝了他。工厂里不少工人都戴上了手表，大哥没戴过。他正谈对象，将来结婚，手表是"三转一响"四大件之一，我怎么能戴呢？没想到入伍时，大哥还是把手表戴在了我的手腕上。拖拉机载着我向集合地县城奔去，一路上我心里总觉得惭愧不安。

　　新兵集训第一天，连长宣布：新兵不许戴手表，手表上交连部统一保管，休息日由本人寄回家。当初，接兵的参谋为啥不说，否则，我就有理由不戴这块手表了。周日，我一早就来到邮电所寄手表，并给大哥写了一封信说明情况。很快，我就收到了大哥的回信："部队规定，咱得执行，手表暂存，以后再寄给你。"我回信说："大哥，手表你留着戴吧，你戴比我用处大。"此后，大哥没再提这事，我想，大哥一定是戴上了他喜欢的那块手表。

一年后，我已是半个老兵，戴手表的战士渐渐多起来。新兵集训，连长不再宣布禁止戴手表。自打我把手表寄回家，就下定决心，以后要买和大哥那块一模一样的手表。当时连队号召储蓄，我每月津贴7元，存6元，留一元买手纸、针线、信纸、信封，休息日不上街，其他没什么花销，一年下来，存了72元，再坚持几个月，够100元，就能买手表了。

就在我信心满满、暗自高兴时，大哥又寄来了那块上海牌手表，邮包里夹着一封信："三弟，这块表我一直没戴，你一定收下，不单是为看时间，那指针，只要你上紧弦，它就不停地向前走，我和家人，都希望你像永远前行的指针，在部队好好干，不松弦，勇敢向前，永不回头……"我握住大哥寄来的手表，想着亲人的嘱托，顿时热泪盈眶。

此后，我陆续从家信中得知，大哥要结婚，但女方家说，没"三转一响"闺女不嫁。家里卖了一头猪，买了一辆新自行车。又借钱买回一台缝纫机。还差一块手表和一台收录机。女方家说，什么时候买齐了，什么时候办喜事。

我决定将手表寄还给大哥，我不能让他为难。手表我已戴过，担心未来嫂子的娘家人说是旧的。听老兵讲，用牙膏擦表壳、用酒精擦表带，手表能翻新。牙膏现成的，我跑到卫生所，跟卫生员好说歹说要来一小瓶酒精棉球。回到宿舍，我坐在马扎上，借着灯光，忙乎了一晚上，手表果然被擦拭干净了，跟新买的一样。

三个多月后，大哥又把那块手表寄了回来，还有大嫂写给我的信："手表的事，听你大哥说了，大嫂对不住你，当初，都怪那些娘家人，怕我受委屈。现在，咱是一家人了，大嫂在家，用不着手表，你大哥也说把表寄给你，还说这块表，寄托着家里人对你的希望……"

这一年，津贴长了，我手里存了不止100元。我收下大哥给我的手表，又新买了同大哥那块一模一样的上海牌手表寄给了大哥。

第二年春天，我考入军校。

时空穿越 30 多年，如今，我依旧戴着大哥千里迢迢寄给我的那块老"上海"，虽然我有款式更新颖、功能更齐全、价格更贵的手表，但那块老"上海"，始终舍不得丢弃，指针前行的"嗒嗒"声，熟悉、温馨而又坚定，伴我在时间的长河中跋涉，从不回头，永未止步。

我叔

　　我叔做了一辈子科研工作，如今已至耄耋之年，我对他的印象是：严厉、耿直、俭朴、好学、内心有爱。

　　记得上世纪八十年代初，堂弟高中毕业，将要分配工作了，却被我叔送去参军，在我叔眼里，部队是个大熔炉，年轻人去锻炼几年，才会有出息。叔的安排，堂弟只好服从，他在内蒙古自治区包头市郊区当兵三年，还没探过家，终于有一次随营长出差来京的机会，营长批准两天假，让他回家看父母，也想让他帮助买一台彩色电视机。当时买彩电需要商品购物票，堂弟知道我叔可以搞到，便满口答应下来。那天傍晚，堂弟兴冲冲地回到家，婶望着有些黑瘦的他，既惊喜又心疼，眼里噙满泪。我叔则一个劲儿地催促我婶做饭。吃饭时，堂弟把买彩电的事跟我叔说了，我叔没有表态，等一家三口撂下饭碗，叔开口了，他严肃地对堂弟说："营长照顾你，家回了，团圆饭也吃了，赶紧回去吧。过去，八路军执行任务，路过家门而不入，你可不能恋家啊。"买彩电的事，他也一口回绝了，说不能乱拉关系。一瓢冷水，浇凉了堂弟热乎乎的心。婶冲我叔嚷："哪有这样当爹的！"我叔并未让步，说我婶娇惯孩子，不讲原则。堂弟惧怕我叔，又不愿我婶生气，便眼含泪水连夜返回了军区招待所。

　　当兵四年，堂弟复员时，市公安局有安置名额，堂弟想去机关，凭我叔的资历，他要出面办理准能留下。我叔却说："服从安置，如同服从命令。军人，服从命令是天职。"结果，堂弟被安置到城郊派出所当"片警"，工作辛苦、离家也远。

叔对家里人要求苛刻，多年来，工作、生活中遇到困难，我从不跟他讲，但心里却没少抱怨：人家都在"拼爹"，而我先天不足，父亲去世早，"拼叔"，也只是奢望。

我叔有个小皮箱，平时上了锁，放在卧室的顶柜里，不让别人碰，到底装着啥宝贝，没人知道。前几年，一个周日上午，婶下楼买菜，叔拉严卧室的窗帘，搬来方木凳，站上去，小心翼翼地从顶柜里取出小皮箱，放到床上，打开，把里面的宝贝一件一件拿出来，摆在床上，他站在一旁，痴痴地望着。婶买菜回来，见卧室昏暗，便走过去，听到脚步声，叔一惊，以为是邻居来串门的，慌忙用身体和双臂护住床上那些宝贝，扭头一看，见是我婶，便盯着她说："怎么不招呼一声。"婶见他神经兮兮的，心里暗自发笑。叔随后又自语道："潮了，拿出来晾晾。"说完，便匆忙将那些宝贝装进了小皮箱。婶看到，床上摆满了一个个红彤彤、大小不等的荣誉证书和闪亮的奖章。婶知道他获过奖，但没想到这么多，就大致数了一下，竟有三十多个。当秘密不再是秘密，我再三请求，终于看到了叔珍藏在小皮箱里的宝贝：时间跨度四十余载，奖项有优秀共产党员、先进科技工作者、劳动模范、科学技术进步奖……颁奖部门从他工作的院所，到国家部委、国务院。叔的名字已编入《中国专家人名辞典》，并收录个人业绩，自一九九二年始，享受政府津贴。眼前这一箱子宝贝，他从未提起，也未主动示人，还一再叮嘱我："不许对外讲！"我答应着，内心却感慨不已：当今，包装已成为时尚，张扬则突显个性。而我叔，做人做事始终低调，如一头脚踩泥土、默默劳作的牛。

前些年的一个周日，我去看他，一上午，他滔滔不绝地讲起童年时老家的人和事，眼里充盈着泪光。虽然老家已无血亲，但他很想回去看看。我突然觉得，叔老了。那两天婶去了堂弟家，中午，叔准备做饭，我说到外面吃省事，叔说不习惯去饭店。他头一天已买好了面条、新鲜的西红柿、黄瓜、香菜……他一边继续着他的怀旧，一边做饭。我要帮助，他坚决制止，我只好坐在桌旁，听他讲古，看他弓着腰，洗菜，切黄瓜、西红柿，动作迟缓，手腕颤抖，但神情愉悦。约莫四十分钟，叔做好了鸡蛋打卤面，盛到碗里，上面撒上香菜末，还放上几根清脆的黄瓜条，端到我面前，让我趁热吃。"您做的面真香！"我边吃边由衷地赞叹。叔说："年轻时，生活不富裕，单位有食堂，却很少买饭，回家煮面条是常事，咱家人，都爱吃我做的面。"叔脸上挂满自豪的笑容，像个孩子。

离开叔家前，叔在床底下取出一双皮凉鞋，八成新，让我试穿，见我穿着合脚，便让我带走。还说："鞋挺新的，搁着浪费。"这双存放多年、款式老旧的皮凉鞋，我不想穿，却难开口拒绝。到家后，我再次试穿，仍不喜欢，就将它当作废品处理掉了。不久，我便愧疚："我处理掉的是叔的一片心意啊！"

那年年底，听说叔自费出版了一本诗选集。我惊诧，叔搞了一辈子科研，何时开始写诗的？我特意来到叔家，提起写诗的事，叔竟谦逊地说："年轻时就喜欢读诗写诗，业余写了一辈子，也没写出一首像样子的诗。"

我翻阅诗选集：

入学

党的恩情比天大
送我深造学雷达
刻苦学习真本领
报效人民和国家

自励

> 雄心壮志做贡献
> 不为名利为人民
> 老骥伏枥征途远
> 不用扬鞭自奋蹄

我收存了叔的诗集，六十余首诗按时间顺序排列，我读出了一部历史。

叔出生于1935年，幼年，日寇入侵，国破家亡，生活艰辛。但他渴望读书，家里省吃俭用供他念了小学。新中国成立后上初中，毕业时被保送到华北航空工业技术学校；而后，分配到某部委科研所工作。1957年秋，进入成都电子学校深造四年。自此，奠定了他一生致力于国防事业、科研报国的理想，并逐渐成长为一名中国共产党党员、科研工作者、国家干部。

前些年夏天，叔病了，住进北京医院，我下班去看他，一路上我都在想，带点什么东西呢？以往去叔家，带点礼物，他总会埋怨，说我乱花钱，走的时候，又让我带回去，我不带，他就追出屋，硬塞进我手里。开始，我误认为礼物不够好。后来，我听说，其他亲友也有过类似遭遇。此后，再去叔家，便两手空空。但这次不同，该带什么呢？当我走到医院大门前，突然看到对面有一家鲜花店，我灵机一动，便走了进去。

来到病房后，我将精心挑选的一束红色康乃馨摆在床头柜上，叔会心地笑了，这是我头一次买东西送给他而没有受到批评，忐忑之心终于得以平静。婶说他这两天一直念叨我，饭也吃不下。我坐到病床旁，叔望着我，双唇颤动："小华，早先，叔没照顾好你们……"说着，他眼泪夺眶而出。我知道，叔的意思是：在我年少的时候，父亲就去世了，母亲身体多病，拉扯我们姐弟五个，在老家含辛茹苦地生活实在是不容易，而作为我们唯一的叔，他却无能为力，他内心一直深感愧疚。我忙取出纸巾，轻轻将他眼角滚落的泪珠擦干。我说："叔，我能理解您，我们现在都挺好，您该高兴才对呀。您不是常说，苦难是人生的财富吗！"叔沉默良久，终于不再涕泣。后来听婶说，那天我走后，叔吃下不少饭，他终于释然了。

去年秋天，堂弟打电话对我说，他陪着我叔回了一趟老家，我叔兴致勃勃，把村子走了个遍。返城时，我叔坐在汽车上，不时回望渐行渐远的村庄，他感慨地对堂弟说："故乡这片净土养育了咱，无论到什么地方，到什么时候，也不能忘记咱是农民的儿子、共产党的儿子！"

梦中相遇母亲

寒意未尽的初春，夜沉寂，我终于梦见母亲了。

相同的季节，并不温暖的晌午，城里一条不算宽敞、水泥砂浆铺筑的小街，行人穿梭、步履匆匆，我搀扶母亲缓慢前行。突然，她停下脚步，目光投向街边一间小饭馆。稍许，便径直入内，坐到一张圆桌前，从容地向服务员要来两杯北京"老白干"，她一只手端起一杯，相互碰撞后，左手那只酒杯稍稍倾斜，酒水缓缓落至地面，再慢慢漾开，柔和的阳光穿透窗玻璃洒落在漾开的酒水上，映出母亲沉静的面容，她默默凝视着酒水渐渐渗入地下，随后，将右手那只酒杯举至嘴边，一饮而尽，接着，她抬起手，抹一把嘴角，神情中透出释然。

母亲的举止，令我惊愕，一旁的服务员双眼圆睁盯住母亲，我从梦中醒来。

这是三十余年前梦中的场景。

母亲离开我已三十余年了，她在另一个世界与父亲团圆了。此间，她的音容笑貌，历历在目，时常浮现于我的眼前，却不在我的梦里。

常听姐姐、哥哥、弟弟在电话里跟我说，又梦见母亲了，语气充满幸福和喜悦。尤其是在母亲的生日、祭日，以及那些与逝者相关的日子：清明节、中元节、寒衣节、春节……于是，他们相约来到父母的土坟前，添一锹新土、烧一沓冥币，献上饭菜糕点水果烟酒，念叨一番心里话。随后的日子，他们神安气定，心情愉悦，仿佛母亲又回到了他们身旁，我既羡慕又嫉妒。

而我，千里百里，远离母亲，不能随时去看望她，又很少做梦，这次梦中竟然偶遇母亲，但场景却使我困惑。我拨通大哥的电话，声音颤抖着叙述梦境，渴求解惑。

十八岁参军离开故乡前，我从未见过母亲喝酒，即便是逢年过节，在农家，喝酒也只是男人的专利，他们喝浓烈的白酒。以后，每次回家探望母亲，都未听说、也未见到母亲喝酒。

而梦见母亲喝酒的情景，则确有其事，尽管只有一次。

此前母亲患有肝病，我们一直瞒着她。这些年，她体质日渐衰弱，药不离口，许是久病成医，她已觉出身患重病，我们不说，她也不问，彼此忍受着沉默的痛苦。那次我从部队赶回，陪母亲看病，刚从医院走出，也许，母亲太累了，空腹，起早赶车，一路颠簸到医院看医生，做B超、抽血化验、打针取药，楼上楼下，反反复复。走出医院已是中午，她体内太需要补充能量了；也许，她猜想到自己将不久于人世，面对尚未成家的我，以及还在读书的弟弟，实在放心不下，忧心忡忡，太想喝一杯酒，滋润安抚一下焦虑的身心。也许，她还有更多心事，我一时还难以读懂。当母亲突然停下脚步，将目光投向小饭馆的那一刻，我感受到了她发自内心深处的坚定与渴望。我不忍心劝阻她，默默地跟在她身后，默默地看着她端起两杯酒，一杯敬献土地，一杯注入心田。她如同了却了一桩期待已久的心事，长长地吐出一口气。释然后的母亲，神情轻松了许多。那情景，如胶片定格在我的脑海中。我相信滴酒不沾的母亲，那天绝不仅仅是因为饥渴疲劳、身心焦虑而一口气喝下一杯"老白干"，她心中一定另有隐情。我虽不知，但天地有灵，能读懂母亲的心。

电话那头，大哥说："很少听说你做梦，快到清明了，你是想妈了。"

大哥又说："你真梦见妈喝酒了？"

我口吻坚定："真的！"

"哦……"

一阵沉默过后，大哥说："妈兴许是被病'拿'得心里难受，喝一杯酒，心里会暖和、舒坦些。"

我说："可能还有别的原因吧，否则，妈不会轻易喝酒，她知道喝酒会加重病情。"

又是沉默。

过了一会儿，大哥声音低沉地说："我想起来了，你回部队后，母亲住院，临终前她又跟我说起父亲，说起1968年初春，她抱着只有四个多月大的四弟去新疆哈密看望父亲，父亲已有一年多因政治运动没回老家了。妈到新疆那天正是傍晚，天降大雪，母亲冻得浑身颤抖，走进屋，父亲忙着煮了一锅热汤面，老家有讲究，上车饺子，下车面，热面暖身子。吃过面，父亲拿出一瓶北京'老白干'，妈一看，还是父亲上次探亲临走时，母亲装进他包里的那瓶酒。父亲有关节炎，冬天经常疼得睡不着觉，母亲说白酒祛寒，疼时喝一口身子暖和。父亲一直舍不得喝，母亲来了，他高兴，天又冷，就拿出来，倒出两杯，想和母亲喝一杯团圆酒，酒杯刚举起，屋门突然被砸响，随后走进几个臂戴红袖标的人，叫父亲去开会。父亲知道，这又是一场躲不过去的批斗，他担心惊吓了母亲和孩子，放下酒杯，便跟着他们走了。母亲抱着熟睡的四弟，焦急地等到下半夜。父亲拖着疲惫的身体回到住处时，望着桌上那两杯'老白干'说：'这辈子咱俩还没一起喝过酒，等我什么时候回家，再好好喝一杯吧。'母亲眼含泪水说：'我等你。'父亲当时的处境，母亲不便久留。一周后，便抱着四弟，匆匆离开父亲回到老家，此别，即成永别，两年后父亲去世。"

此后，家里不再有酒，酒在母亲心里。

大哥又说："妈说她那天看病从医院出来，在一家小饭馆，买了二两'老白干'，分成两杯，一杯是给爸的，一杯自己喝了。妈还说，这辈子就喝过那一次'老白干'，喝得舒心。妈说这话时，脸上溢满了笑容。"

听了大哥的讲述，我恍然大悟，心头也更加沉重了。

当年父亲的心愿，十几年间，母亲深藏于心。临终前，她以一种简朴的方式默默地实践了。假如，母亲身体硬朗，她会独自喝下那杯白酒吗？在母亲心里，父亲从未离开过她，她一直在等他回家喝"老白干"呢。

她终于没有等到。

她终于陪着父亲喝下一杯"团圆酒"。

我不由得想到，生活中，父母曾有多少心愿，被我们做儿女的忽略、从未用心感悟过呢？挂断大哥的电话，我泪眼模糊了。

一张合影的秘密

母亲那本相册，珍藏至今已有五十余年。

相册存放在母亲居住的老屋正堂紧靠山墙的木柜抽屉里，木柜枣红色，硬木制成，看上去沉稳厚重，结实耐用，与少年时的我齐肩高。母亲未曾准确说出木柜是何年何月制成的，只说自嫁进林家门儿就有这木柜，可见其年代已久远。如今木柜依然摆放在老屋的正堂里，一直陪伴着母亲，只是那一身的斑驳与划痕，使它看上去更显陈旧、苍老。因此，这枣红色的木柜，在母亲眼里，便成为金不换的家中之宝。而母亲将珍藏了五十余年的相册，存放在木柜的抽屉里，足以证明在她心目中，相册的分量有多重。

母亲的相册极为普通，长约 20 公分，宽约 15 公分，封面与封底均为浅灰色硬纸板制成，经无数次摸拿，浅灰已褪变成黑灰，愈发显得陈旧。相册很薄，我曾像母亲那样翻看，有意无意间不止一次数过内页，数到 18，相册中的黑色硬纸已翻至最后一张，两张硬纸间夹一张极薄、柔软、半透明的白纸，母亲说是为了保护贴在硬纸上的相片不被磨损。

我小时候，时常看到母亲在静寂的夜晚，借着老屋木梁上悬挂着的那盏小灯泡发出的昏黄光线，从木柜的抽屉里取出那本相册，捧在手中，披衣盘腿坐在土炕上，小心翼翼地打开、一页一页地翻看相片，她神情专注、面目表情随着一张张相片的变换而变换，或凝重，或温馨，或忧郁，或欢快。相册里的黑白老相片，是她精心收集、一张一张贴上去的。相片一寸两寸、或长或方、或新或旧，有爷爷奶奶、姥爷姥姥、叔叔姑姑、舅舅舅妈；有父亲、母亲、哥哥、姐姐、弟弟，还有我。父亲的相片最多，有四张，半身的、整身的、坐着的、站着的，其他人则只有一两张。我发现父亲的相片都是单人照，没有和家人的合影。面对这些相片，母亲总有讲不完的故事，而她讲得最多最动听的还是父亲。母亲最喜欢父亲穿着浅蓝色呢子中山装的那张半身相片，她曾不止一次手指着那张相片对我说，这是1952年你爸建设兰新铁路，在甘肃兰州照的，你看那衣服穿在他身上多提气，呢子料，板正、不起褶儿。这套中山装，是我和你爸结婚后，我陪他去裁缝店量身制作的，平时他舍不得穿，只有过年回家时才穿上。母亲说这话时，脸上洋溢着笑容，细微的皱纹随之也舒展开了，看上去年轻了好几岁。我躺在母亲身旁，痴痴地听她温馨幸福地讲述，她好像不知道累，一直讲、一直讲，我的眼皮打起架来，随后便迷迷糊糊地睡着了。小孩子很少做梦，而那一夜，我的梦里，全是母亲手捧相册讲述父亲时的画面。第二天清晨醒来，我发现相册竟放在母亲的枕头上，翻开的那一页，父亲身穿浅蓝色呢子中山装的相片正对着母亲，母亲的脸紧紧贴在相片上。

我家是半工半农户，父亲在遥远的新疆铁路部门工作，一年才探家一次，居住个把月，就得匆匆返回。母亲和我们姐弟四人，从父亲离开家那天，就开始数着日子，盼着过年，过年是父亲回家、我们一家人团圆的日子。上世纪中期，照相对于农民，绝对是件奢侈的事。镇街有一家照相馆，离我家六七里路，平时很少去，就是去了，也舍不得走进照相馆，花两元钱照一张只当看不当吃喝的相片。母亲相册里珍藏的那些相片，都具有时间节点，比如，爷爷奶奶的相片，是60大寿照的，每人仅此一张。母亲那张，是她结婚后第一次去新疆看望父亲时，在父亲的办公室里，父亲用单位的幸福牌照相机为她照的。母亲说："那时候不兴照相，不少老人，一辈子也没留下个身影，死了，后人都没个念想，咱家人能有这些相片不易啊，我留着，就是留个念想。"

父亲的四张相片，都是在大西北工作时拍照的。我曾想，父亲若不参加工作，也许也只能留下一张相片。刚进入七十年代，父亲便去世了，从此，母亲的相册里，父亲的相片便永远定格于四张。

此后，母亲夜晚翻看相册的次数越来越多，她看的是父亲的遗像。

十四五岁的时候，我翻看母亲的相册，曾问过母亲："您和父亲结婚时怎么没照一张合影？"母亲支支吾吾，半天也没回答出我的提问，我看到她脸上露出遗憾的表情。后来，我听母亲说，她和父亲结婚时，父亲从大西北赶回，由于工作原因，只在家住了十几天，便匆匆离去，本想去镇街照相馆照一张合影，却没腾出时间。此后，父亲每年探家一次，来去匆匆，照相的事一拖再拖，直到上个世纪七十年代初去世，他想和母亲照一张合影的愿望最终没能实现，这是他，也是母亲一生的遗憾。

上世纪七十年代末我参军去东北，离家两千多里，一走十六年，转业回到北京城，与老家仍相距百里。此前，姐姐已经出嫁，回老家的机会少，哥哥家在县城，县城离老家二十公里，相比之下，我依然与母亲相距较远。那些年，哥哥每周都回老家看望母亲，我身在部队，离家远，回去得很少，内心总觉得对不住母亲，好在母亲最疼我，知道我有这份心，她很满足，从未怪我。哥哥也理解我，说军人，身不由己，母亲有我们照顾，你就安心工作吧。我曾多次对母亲说，将来我转业回京，您就和我住一起吧，母亲却拒绝了我的请求，她舍不得离开老屋、老院子。

多年不在母亲身旁，我不知道母亲是否还经常翻看那本相册，后来，我甚至忘记了母亲还珍藏着一本老相册。

记得那年为母亲过生日，我带上尼康相机回老家，给母亲照生日像，她端坐在堂屋的木椅上，挺直腰身，用手在头上将了将稀疏花白的头发，又抻了抻衣襟，两眼盯着相机，微微地笑了。照完相，母亲说，你爸要是还在，该多好啊。我心里"咯噔"一下，岁月悠悠，仍难以抹去母亲心中的遗憾，她是想与父亲照一张合影啊。

一周后，我将母亲的照片镶嵌在镜框中送给她，母亲望着镜框里的相片满意地笑了。她随后说："这镜框虽好，但我还是想把相片贴在相册里。"我说："镜框摆在桌上多好看。"母亲说："贴在相册里和你爸离得近。"我双眼瞬间潮湿了，"顺"与"孝"相连，就顺着母亲吧。母亲从枣红色的木柜抽屉里拿出那本老旧的相册，又将镜框里的相片取出，翻开相册，将相片贴在了上面。

我已多年不见这本相册了，再次翻看母亲珍藏的相册，不禁眼前一亮，第一页，竟贴着一张父亲、母亲的两寸合影，我惊愕地盯着相片，疑惑地问母亲："这张相片什么时候照的，以前怎么从未见过，您不是说没和父亲合过影吗？"母亲不语，神情中似乎隐藏着什么秘密，我仔细查看那张合影，突然发现，相片中间有一道细长的缝隙，由于相片年代已久，相纸颜色灰暗，那道缝隙不仔细查看根本发现不了，我心里瞬间明白了，这是母亲的"杰作"。母亲手巧，小时候过年，我家窗户上贴的红窗花，都是母亲亲手剪的，有鱼跃龙门、双燕报春、招财进宝、五谷丰登、大红福字……结实好看；我上小学、初中时背的书包，是母亲用做衣服剪裁剩下的边角料拼接而成的，布料五颜六色，我叫它"花书包"。原来母亲是将父亲和她自己的半身照剪下来，拼在一起，后面衬上一张白纸，贴在相册上，制成了这张合影，它虽简陋，却做工精巧，足以以假乱真。我继续翻看相册，果然，记忆中，父亲那张身穿浅蓝色呢子中山装的半身照不见了，母亲在父亲办公室照的那张相片也不见了，再看母亲与父亲的合影，正是那两张单人照的组合，合影的秘密终于揭开了，我心里既温馨又感动，我笑着对母亲说："妈，您和我爸结婚三十多年，多年两地分居，聚少离多，但您一辈子都爱着我爸，您心里是怎么想的？"母亲笑着说："爱一个人，就要为他守好一个家，照顾好公婆，教育好儿女，等着他回来。"

然而，父亲早已离世，母亲终于没有等到他再回来。

我双眼模糊了，盯着相册上父母的"合影"，双手紧紧搂住母亲瘦削的肩膀，泪水汹涌而出。

珍藏在衣柜里的家风

　　仲夏，又是一个晴朗的周日，儿子站在阳台上，望着窗外的蓝天，喊了一声：老爸，天好，把奶奶那件"老头衫"拿出来晒晒吧。我心头一热，笑着说：好啊。随后便拉开柜门，取出母亲生前穿了 6 年，我保存了三十余年的一件破旧的"老头衫"，挂在阳台的晒衣架上。

　　儿子参加工作后，已然成熟了许多，那天，他突然问我："老爸，您说，咱家的家风是什么？"我一下愣住了，毫无疑问，每家都有"家风"，但突然让我说清楚，还真有点难。没等我回答，他便一脸认真地说："经过我的观察和思考，咱家的家风是'勤俭、向学'。"我惊讶地望着儿子，沉默片刻，点点头说："你说得对。"接着我便情不自禁地讲述了这件珍藏了三十余年的"老头衫"的故事。

　　三十余年前母亲离世，此前五年我参军离开故乡。岁月前行，当年在故乡，我与母亲居住、生活的老屋、小院，小院里母亲亲手种下的石榴树、月季花早已不见踪影，我从故乡带走的只有记忆和这件"老头衫"。

　　故乡在北京西南郊区一个普通的小村庄，上世纪六七十年代，故乡人，把成年男人夏天常穿的白色、圆领、宽松、纯棉织半截袖的背心，叫作"老头衫"。如今，四十岁往上的人，都会记得。而母亲怎么会长期穿一件男人才穿的"老头衫"呢？后来听母亲说，这件老头衫，是

1970 年春天她为父亲购买的，当年父亲在大西北铁路部门工作，每年探家一次，住上个把月。那年父亲来信说六月份回家，帮助母亲收割自留地里的麦子，母亲随后就为父亲准备了一件干活时穿的"老头衫"。可没到六月，突然传来噩耗，父亲去世了。从此，这件父亲没见到更没穿过的老头衫，就被母亲保存起来，后来母亲将它剪掉一截，缝了边，穿在了自己身上。她说，穿着它感觉父亲就在身边。这件"老头衫"母亲一穿就是 6 年。它不知被母亲洗过多少次，薄了、棉线稀疏了、颜色变黄了，前胸后背也多了几个大大小小的窟窿。尽管如此，母亲依然舍不得丢掉，将它反复缝补，实在太破旧，夏天穿不出屋，就留着冬天穿，穿在棉袄里。后来，我和哥哥极力劝阻，母亲才脱下那件老头衫，洗干净，存放在炕头的木柜里。

上世纪五十年代至七十年代初，父亲一直在西北铁路部门工作，每月不算多的工资，绝大部分都寄回家，我们家老少三代人，除了必需的生活费，还要给患病的爷爷、奶奶请医生看病抓药，姑姑考上县里的高中，住宿和学费都是一笔不小的支出，后来，我们姐弟四个也上学了，花销更多了，父亲的工资自然不够用。母亲手巧，她剪裁缝制的衣服村里人都喜欢穿，常有人拿来一块布料，找母亲帮助做衣裤，而后撂下三五角钱。我和哥哥小时候穿的衣裤，都是母亲亲手缝制的。我上小学背的花书包，也是母亲用剪裁衣服剩下的碎布头，一块块拼接而成的，它结实耐用，我整整背了 8 年。在母亲精心操持下，家里的日子虽然清苦，却过得祥和平实，母亲自己从不乱花一分钱，也不许我和哥哥乱花钱。但母亲对家里人读书花钱却从不吝惜，她说："吃穿可以省，但读书的钱不能省。"正是母亲明事理，重学习，姑姑才顺利完成学业，参加了工作。然而，父亲去世后，家里主要经济来源中断，我和哥哥还在上学，为赚钱，母亲在家里养了十多只母鸡、两头猪，春夏季，她去田间地头割草，秋天将自留地里的玉米秸秆砍下，统统背回家晒干粉碎，充当猪饲料，收获的鸡蛋和出栏的肥猪送到镇街去卖，不到过年过节，我们很难吃到鸡蛋和猪肉。夜晚，昏暗的灯光下，母亲戴上老花镜，手臂起起落落，为村里人缝制衣裤。母亲的艰辛劳作，使我和哥哥上学的花费，从来没有拖欠过。我们想买小人书，母亲便将省下来的几枚钢镚交给我们，满足我和哥哥的需求。母亲没上过学，却聪明，爱学习，她常抽空拿起我和哥哥的课本，眯着眼翻看。新中国成立初期，她上过乡里办的扫盲班，认识了不少字，我小的时候，给爸爸的家信，都是母亲写的，字迹工整清秀。我和哥哥稍大些，家信才由哥哥和我代写。母亲总说，这辈子就眼热那些读书识字的人，她希望我们将来也都爱学习有文化。后来，哥哥和我都上了高中，哥哥参加工作后，业余时间又上"职大"学习。我参军，在部队考上军校，母亲十分欣慰，常对我和哥哥说："勤俭兴家，读书树人。"

母亲去世那年，我在部队，赶回老家处理完母亲的后事，返回部队前，我回想母亲含辛茹苦的一生，想到她对哥哥和我常说的那句"勤俭兴家，读书树人"的话，便想起母亲穿了6年、保存至今的那件"老头衫"，我连忙将它找出来，叠好，装进了我的军挎包。它虽然破旧，但在我心里，却是崭新的，在那上面我能触摸到母亲的体温、感受到母亲的精气神，领悟到母亲对我们的叮嘱与期盼。

一晃，三十余年过去了，我转业回到北京后，数次搬家，清理掉许多物品，但母亲这件老头衫，始终珍藏在我身边，想她的时候，便拿出来看看，那一刻，我仿佛又见到了母亲，耳旁再次响起她的声音："勤俭兴家，读书树人。"

听完我的讲述，儿子沉默片刻，而后对我说："其实，每次我看到您晾晒这件老头衫时，我就在心里说，这是珍藏在衣柜里的'家风'啊。"

我望着儿子，欣慰地笑着，眼里涌出两行泪珠。

琴

　　大哥抱紧装着小提琴的琴盒登上了高铁列车。

　　北京至南京，这一路，小提琴盒始终没有从他手中离开过。

　　琴盒是经加工后的硬纸板制成，外表绷着一层灰色细帆布，布面已爬满细碎的皱纹，像一位老者饱经沧桑的面颊。锁扣是白色铁质的，边角锈迹斑斑。琴盒里的小提琴他珍藏了四十多年，自然也是旧的。但，这把琴在他心目中，依然弥足珍贵。

　　列车在深秋广袤的原野上飞驰，大哥将小提琴盒又往怀里搂紧了些，仿佛一松手它就会从怀里飞走。他侧身将目光投向窗外，投向远方，南京啊南京，这座他意想不到、却实实在在给他带来惊喜的城市，他恨不能马上就踏上那片土地，拥抱分别四十多年、却日夜思念，如今已近耄耋之年的吴老师。

　　上个世纪七十年代初，大哥上初中，他学习成绩优异，喜爱唱歌跳舞。那年，学校成立文艺宣传队，指导老师是一位新来的年轻女教师，姓吴，教音乐课，她选中的第一名宣传队队员就是我大哥。大哥个儿高，身材匀称，五官端庄，乐感强，舞姿舒展，宣传队排练《洗衣舞》，他扮演解放军班长。演出时他身着绿军装，精神抖擞，神采飞扬。老师同学都情不自禁地为他鼓掌叫好，吴老师更是从心里为他高兴。

　　吴老师曾就学于南方一所音乐学院，毕业分配到京城某文工团，是一名小提琴演奏员。"文革"开始后，受家庭出身的影响，被下放到大哥所在的远郊农村学校当教师。她住校，大哥做值日生清晨到校时，曾不止一次看到她站在空旷的操场中央拉小提琴。她神情专注，姿态优雅，技法娴熟，那柔美中带着刚强、悠扬中带着深沉的琴声，久久萦绕在校园上空，大哥虽然还不能完全听懂乐曲的含义，但依然被深深地感染了。多年后他才知道，吴老师拉的那首小提琴曲，名为《金色的深秋》。

吴老师是江南人，那年只有二十多岁。她肤色白皙，身材苗条，和同学们说话时脸上总挂着微笑，同学们都尊敬并喜爱她。

而吴老师喜爱的学生中，大哥当属第一。这不仅因为他酷爱音乐，并有天赋，还因为当时的家庭境况也与吴老师相似。此前一年，在西北铁路部门工作的父亲，因所谓的历史问题，被停职停薪，劳动改造。自此，我家不仅生活拮据，政治上也备受歧视，若不是吴老师坚持，大哥根本不可能成为文艺宣传队队员。

学校文艺宣传队有手风琴、二胡、笛子等乐器，排练节目空闲时，大哥经常拿起手风琴练习演奏。小提琴只吴老师有一把，他想拉，却不会，也不敢随便动，那是吴老师的心爱之物，也是贵重之物，他只能痴痴地看。吴老师看懂了他的心思，有一天排练结束，便把他单独留下来，拿起小提琴，对他说，从今天开始我教你拉琴。他听后，惊愕了，半天没说出一句话，只是冲吴老师不住地点头。吴老师又说，音乐不仅是一门艺术，更是陶冶情操、净化心灵、给人以精神力量的导师，希望你努力学习，将来考上音乐学院，实现自己的音乐梦想。这是大哥平生第一次拉小提琴，那天他特别兴奋，一进家门，就大声对妈妈说："吴老师教我拉小提琴了，吴老师教我拉小提琴了！"他还反复将吴老师说的那些关于艺术、导师的话说给妈妈听。此后，几乎每次排练结束，吴老师都会单独教他拉小提琴。不久，他便可以看着乐谱像模像样地拉上一段了。有一天他兴奋地对妈妈说，他学会拉《金色的深秋》了，还说，他将来也要像吴老师那样，上音乐学院，当小提琴演奏家。妈妈听后，兴奋的眼里涌满泪水。

两年后，大哥初中毕业，学习成绩优异的他，却因父亲的问题，政审不合格，失去了继续升学的机会，只得回乡务农。未来的人生之路，他将与黄土地、每年两种两收的庄稼、繁重的体力劳动相伴。音乐梦、吴老师的希望，都将化作泡影。他痛苦、无奈，独自一人躲在老屋中偷偷哭泣。当妈妈推开老屋门，默默地站在他面前望着他时，他突然发现妈妈额头上的皱纹增多了，鬓角处的白发也增多了。那一刻，他猛然意识到，自己是家中长子，是三个弟弟的大哥，走出校门，就该是大人、是男子汉，就有责任帮助妈妈分担家庭重担。也就是在那一刻，他用力抹去眼角的泪水，拉住妈妈的手，走出昏暗的老屋，顿时，他感觉屋外的天格外亮堂，整个村庄的天也格外亮堂。

大哥回乡不久，吴老师因演奏《金色的深秋》，被认定为小资产阶级思想严重，将其调离了教师队伍，再次下放到距离市区更遥远、更偏僻的一座山区小火车站当工人，接受锻炼。那天傍晚，吴老师肩背一个灰色的小提琴盒，突然来到我家，将小提琴交给大哥，并语重心长地对他说："保存好，抽空儿多练琴，只要琴在，琴声在，希望就在。"

吴老师的信任、希望与嘱托，使大哥内心既感动又沉痛，送走吴老师，他便将小提琴小心翼翼地珍藏于木箱中。

那些年，在生产队繁重的体力劳动之余，大哥还时常从老屋的箱子里取出那把小提琴，痴痴地观望一会儿、轻轻地抚摸一阵，再默默地拉上一曲，悠扬的琴声萦绕在老屋中，更萦绕在他心中。

1977年大学恢复招生，大哥内心异常兴奋，他想报考音乐学院，实现自己的音乐梦，但离校数年且没上过高中的他，结果可想而知。

次年，县机修厂在乡里招工，母亲再三请求，公社照顾我家生活困难，把其中一个招工指标分配给我大哥，他由此成为县城集体所有制工厂的一名工人。那把小提琴被他带到工厂，他学车工，整天劳作于机床前，腰酸背痛，两腿沉重。工作的艰辛，却未能消耗掉他对音乐的热爱，不知多少个夜晚，他提着小提琴，悄悄走进厂区外那片杨树林，站在高大挺拔的杨树下，深情地拉响他喜爱的小提琴，琴声在夜晚的杨树林中久久回荡。

随着年龄的增长，大哥恋爱、结婚、生子，繁重的工作、生活，使他练琴的时间越来越少，但几十年间，他始终坚持每周至少练琴一次，哪怕每次一二十分钟。

生活磨炼人，对大哥而言，磨炼的是对梦想不离不弃的意志品质，他牢记吴老师的话："只要琴在，琴声在，希望就在。"他始终在小提琴的陪伴中探寻着生命的意义和前行的动力。

岁月如流，如今已退休的大哥，终于可以轻松愉快地拉琴了，他参加社区老年乐队，演奏的第一首小提琴曲就是《金色的深秋》。

大哥每次演奏这首小提琴曲，都会情不自禁地想起吴老师，内心便异常沉重，如压着一块巨石。当年，吴老师离开学校后，大哥与她通过信，1978年春，吴老师返城在一所中学当教师，不久，又离开了学校，听说，是调回南方老家工作了。自此，他们便失去了联系，四十多年间，他心里一直挂念着她。

现在，大哥终于可以释怀了，他能找到吴老师，应感谢网络的发达便捷。大哥退休后，不仅练琴，还时常上网阅读，那天，他突然看到一篇被转载的博文，题目为《琴》，他被深深地吸引住了，从头至尾反复阅读，激动的泪水禁不住流了下来。博文的作者名叫"忆琴"，写于一年前。描述的正如当年他、吴老师，以及那把小提琴的故事。博文结尾处写道："如今，我已年至耄耋，期盼有生之年能再次与学生相见，并听他演奏《金色的深秋》。"大哥认定"忆琴"就是吴老师。于是，他在网上搜索到"忆琴"的博客，加"关注"后，再次仔细阅读了那篇博文，并在留言中说明了自己的情况。在随后的等待中，他每天数次打开电脑，查看留言栏。第三天下午，他终于看到一条回复，惊喜得连声大叫："吴老师，吴老师！"随后，便拿起手机，按照她留下的电话号码拨过去，俩人约定，在南京相会。

　　高铁列车驶入南京站，大哥紧紧抱住装着小提琴的琴盒，快步走出车厢。站台上人头攒动，他停住脚步，深深地吸了一口气，在深秋的午后，在美丽的南京，分别四十多年、芳华已尽的师生就要相见，他将为她演奏小提琴曲《金色的深秋》，那会出现怎样一种场景呢？他想着，两行热泪已夺眶而出。

母亲的缝纫机

深秋宁静的夜晚，京郊西南乡村一隅，两间由青石和灰砖混合筑起的老屋内，伴随着缝纫机脚踏板起起落落和缝纫机钢针在棉布上穿梭发出的"哒哒哒、哒哒哒"的响声，躺在土炕上的我，很快就睡着了。不知过了多久，尿意促我醒来，我迷迷糊糊地睁开眼，见老屋的灯还亮着，夜里几点钟了，我不知道。坐起身，扭头朝老屋门厅望去，那唯一一扇玻璃窗前，月光斜刺进来，亮亮的，也冷冷的，与垂在房梁下那盏 15 瓦灯泡散发出的昏黄的光交融在一起，老屋内幽暗而又朦胧。

母亲俯身坐在玻璃窗前的缝纫机旁，两只手一前一后按压着平铺在缝纫机操作台上的布料，两眼盯着快速起落的钢针，随着脚踏板"哒哒哒"的响动，布料在钢针下缓缓前移，一行笔直的缝得密密匝匝的裤线便延伸开来。母亲神情专注，竟然没有发现我穿衣下地，从她身后走出老屋。当我缩着身子小跑着从厕所回到老屋门前，"咣"的一声拉开木门时，被惊吓的母亲，猛然停住蹬踏脚踏板的双脚，缝纫机的响声戛然而止，老屋内瞬间寂静无声。我从母亲身后快步走过，爬上土炕，钻进被窝，这才想起问一声："妈，您还不睡啊。"

每年这个季节的夜晚，乡村是沉寂的。大田里收获的粮食，或已上交国库，或已存入队里的库房。乡亲们自留地里种的粮食、房前屋后的瓜啊果啊、菜园里的白菜、萝卜也都收割采摘完毕，四野到处都干净。盼了一年的冬闲期近在眼前，乡亲们终于可以喘口气，过一段清闲时日了。

而母亲，却更忙碌了。她要为家中祖孙三代七口和街坊邻居制备过冬的棉衣及过年穿的新衣服。

能帮上母亲的只有那台"标准"牌缝纫机。它整机高110、长80、宽50公分，机头可以上下移动，不使用时，搬动机头，放入下沉式机箱，盖上可折叠的机箱板，既节省空间，也防止机头长时间暴露在外落满灰尘、受潮生锈。使用时，打开机箱的折叠盖板，将机头搬动立起，架在盖板上，便可缝制衣服。整个操作过程，简捷方便，省时省力。日常摆放在门厅里，母亲用一块带蓝碎花的白布将其罩住，瞧着既整洁又漂亮，不知道的人还以为那是一张长方桌呢。这张"长方桌"，我视为家庭课桌。小学四年，我几乎每天下午放学回到家，趁着母亲还在菜园或是院子里忙碌时，便抢先坐在"长方桌"前，摊开书本，伏在上面写作业，那舒适的感觉同伏在教室课桌上写作业时一模一样。

母亲这台缝纫机，是上世纪五十年代中期，母亲结婚6年时，由父亲凭借一张工业商品券，以优惠价140余元人民币购买的。这是一份贵重的、迟到的结婚彩礼。当初，姥爷、姥姥答应将母亲嫁给父亲时，问母亲还有什么心愿，母亲说，想要一台缝纫机。这在当年，实属少见。那时，身在乌鲁木齐铁路局工作的父亲，春节探亲回家，与母亲见面后，便义无反顾地爱上了母亲。尽管父亲是一名年轻干部，每月有一份在乡亲们眼里备受羡慕的工资，但父亲身为家中长子，面对仍在读初中、高中的两个妹妹、一个弟弟和将要步入老年的父母，面对大部分开销都由他来承担的家庭，依然毫不犹豫地答应了母亲的要求。婚后6年间，母亲生育了姐姐和两个哥哥，家庭支出又陡然增加许多。尽管母亲依然想有一台缝纫机，但在现实面前，她只能将愿望深埋心底，不再向父亲提起买缝纫机的事。而父亲却把当年对母亲的承诺，牢牢记在心中，他不曾向母亲解释过什么，更没表白过什么，以至于那年父亲春节探亲回家后，骑着平板三轮车去镇街商品供应站，将一台崭新的缝纫机运回家摆在母亲面前时，内心期盼了6年多的母亲，惊讶地睁大双眼，望着那台缝纫机，半天没说出一句话，她眼圈红了，泪水在眼眶里打转。后来母亲对父亲说："我以为你娶了我，又生了儿女，早就把结婚前说的话丢到后脑勺去了。"父亲说："这些年，你越是不说，我心里越是觉得对不住你，你嫁入林家门儿，替我孝敬老的、照顾小的，吃苦受累这么多年，我当初答应你的事，要是落空了，这辈子心里都不会安生。只是当初拿不出那么多钱，后来，我在每月的生活费中节支，持续了6年，终于攒够了钱。"父亲说到这，自豪地笑了，而母亲眼里的泪珠早已滑落而出。

许是天生的，母亲漂亮聪慧、心灵手巧，随姥姥。做姑娘时，在姥姥身边，姥姥勤快、手脚利索，洗衣做饭带孩子、养鸡喂猪照料菜园子，家里大事小情，她一个人全包了，而且样样做得有条不紊。尤其是针线活：做鞋，鞋底子纳得密实，鞋帮固定得舒展端正，穿在脚上，结实受看；缝衣服，针脚细密、均匀、秀气。打补丁，紧着衣服破损面积、颜色而定，大小适中，色泽相近，虽说是补丁，不细瞧不近看，还真分辨不出来呢。姥姥这些持家本领和一手漂亮的针线活，多年间，母亲在身临其境、耳濡目染、潜移默化、模仿操练中，逐渐掌握了，并在日后的实践中发扬出新。也就是从那时起，母亲心里便希望将来能有一台缝纫机。

自从有了这台"标准"牌缝纫机，我们家里人一年四季穿的衣服，便由母亲亲手制作，再也不用将省吃俭用存下的钱，拿到镇街供销站去购买昂贵的"成衣"，或花钱请裁缝制作了。我自此也能穿上新衣服，不再拾两个哥哥的剩儿了。

新中国成立初，母亲上过乡里办的扫盲班，加之她聪明好学，很快就能认能写不少常用字。结婚后，父母分居两地，当时哥哥、姐姐还小，父亲的家信，都由母亲回复，她写的字，一笔一画、清晰工整，秀气有灵性，像她做的针线活那么中看，不知情的人，一定不相信这是一位只上过扫盲班的农村妇女写的字。正因为母亲识字而又好学，才使她后来自学量体裁衣成为现实。

我清晰地记得，上世纪六十年代中期，我突然发现，母亲空闲时，手里多了一本书，我好奇地凑过去看，竟是一本《剪裁基本方法》，封面上印有一把交叉摆放的木尺和一把剪刀，内页有插图，是黑白线条、各式衣服的图形，衣服各部位都标注有尺寸，密密麻麻一片。书已被翻阅破旧了，纸页卷了角，某些页上还有撕裂的口子。那段日子，母亲几乎天天翻看那本书，还找来旧报纸，铺在老屋的土炕上，用白粉笔、木尺，按照书上的样图、尺寸，画出各式各样衣服的图形，而后，用剪刀剪下来，成为一件标准的衣服样板。有上衣、长裤、短裤、背心、坎肩，有小孩、老人的，男人、女人的，有带兜的、不带兜的，明兜的、暗兜的，五花八门，各式各样。母亲站在老屋土炕前，弯着腰，天天对照着那本书量啊画呀，画完了剪，剪完了再画，反反复复，常常见她累得两手撑在腰间，轻轻地揉捏一会儿，才慢慢直起身来。渐渐地，母亲就不用再照着书在纸上画衣服样子了，晚上，她把我们姐弟四个人轮流叫到面前，用一条皮尺，给我们量腰围、裤长，量肩宽、臂长、领口、袖口大小，而后，在旧报纸上画衣服样子。母亲拿我们当模特练手艺，我们配合得也很默契。再后来，母亲就不用我们当模特了，街坊邻居家的大婶、大娘，手里拿着一块布料来找母亲做衣服，母亲接过布料，轻轻抖开，平铺在土炕上，看布料的质地、颜色，面幅宽窄，随后笑着说，这碎花的棉布，颜色正，好看，也柔软透气，穿着舒服，给闺女做个衬衫，这夏天正是时候。大婶、大娘，听了母亲的话，笑着点点头说："正是、正是。"母亲随后拿起木尺和白粉笔，在布料上比比画画，不一会儿就画好了，再拿起剪刀"嚓嚓嚓"娴熟地剪出衣服大样。母亲凭借对邻家闺女身材的熟悉，以及丰富的经验，不用量体便可裁衣，一看布料就知道适合给谁做衣服。在我们村，还有谁比母亲经手摆弄的布料多呢？母亲说哪块布料好，就说明买这块布料钱花得值，买的人心里就高兴，在她们眼里，母亲是当然的行家里手。也有人将布料买少了，或颜色不合适，或容易掉色儿，母亲都会详细指点，给她们讲如何挑选质地、颜色好的布料，什么样的布料适合男人用，什么样的非女人穿在身上莫属。遇到谁谁谁布料买短了，商店又不接受退货，裤子做不成，急得抹眼泪，母亲则会想办法帮助解决，毕竟，买块布料好几块钱甚至十多块钱，谁家有闲钱浪费啊。母亲拿出平日剪裁衣服积攒下来的边角料，挑两块颜色相近的，拼起来，接在裤腰上，平时裤腰被上衣遮盖住，看不见，再说，颜色相近，不仔细看也瞧不出来，问题解决了，来人乐得合不拢嘴，一个劲儿说："谢谢您，谢谢您。"母亲为乡亲们缝制的衣服，不仅穿着合身、结实，也好看，乡亲们都爱找她，一件衣服做好后，来取衣服的人，从兜里掏出三五角钱撂下，说一声谢谢，便高高兴兴地走了。至于钱给的多少，母亲从未计较过，有的老乡亲，手头紧，一时拿不出钱，便放下几个鸡蛋或是一瓢花生、一碗干枣，权当一点心意了，母亲依然说着谢谢，笑着将她送出院门。

母亲为人善良厚道，剪裁手艺又好，找她来做衣服的人不仅有本村的，也有外村的，一年四季从不间断，尤其是入冬后、过年前。清闲下来的乡亲们，有工夫也有心气儿为家人、为自己添一身新衣服，于是每年这个时节，我们家就成为村里最热闹的人家了。

这个时节，老屋里的灯，每晚都会亮到下半夜，缝纫机"哒哒哒、哒哒哒"也会一直响到下半夜。母亲为这个家，常年白天黑夜不停地操劳，身体便越来越差，多种疾病缠身。上个世纪七十年代初，父亲突然去世，母亲精神上遭受巨大打击，经济上，没有父亲的工资支撑，家里的各项开销十分拮据。面对极度艰难的生活，母亲没有被压倒，她很快便振作起来，仿佛非要与这艰难的日子较较劲儿，她比往常起得更早，睡得更晚，白天，她喂猪、喂鸡、种菜，侍弄自留地里的庄稼。晚上，忙着为乡亲们缝制衣服。赚来的钱全部用于家庭日常支出及我和哥哥的学费。

在母亲的勤奋努力和精心操持下，我们姐弟五人，健康成长，至八十年代中期，我们都已参加工作，大姐、两个哥哥也都结婚成家，并生育儿女，本该轻松下来享受天伦之乐的母亲，却因病去世，永远离开了我们。

母亲给我们留下了许多宝贵的精神财富，却没有留下什么物质财富，但那台"标准"牌缝纫机，却弥足珍贵，可谓无价之宝。如今，母亲去世三十多年了，其间，我从老家搬进城里，又从城中心区搬到东三环外的新住宅区，数次辗转迁移，清理掉许多物品，唯有母亲留下的这台缝纫机，我一直精心保存，并始终将它摆放在我家客厅靠窗的位置，还特意去商场挑选了一块白色带蓝碎花的桌布铺在上面，它在我眼里，俨然一张长方桌。夜晚，每当我坐在它跟前，就仿佛回到了童年、少年岁月，就仿佛置身于母亲身旁。"哒哒哒、哒哒哒"，母亲踩踏缝纫机脚踏板为我们一家人、为乡亲们缝制衣服时的场景，就会清晰地浮现于我的眼前，我常常会情不自禁地在心里喊一声："妈，您还不睡啊。"

父亲的心愿

我们家姐弟五人，出生于上世纪五十年代初至六十年代末，祖籍为北京西南琉璃河镇。

父亲是新中国成立后的第一代铁路工人，曾参加陇海铁路"天兰"段（天水至兰州）和当年最长的铁路干线兰新铁路建设。1963年秋至1966年春，由乌鲁木齐铁路局选送进入已有百余年历史、被誉为"中国铁路工程师的摇篮"和"东方康奈尔"的中国近代最早的高等学府——唐山铁道学院干部班学习，成为铁路局一名年轻的，具有铁路建设、运营管理实践经验和专业知识的中层领导干部。

父亲参加工作后能够不断进步，用爷爷的话说，是因为他肯吃苦、爱学习、人聪明、做事有股子韧劲。而这些又与他出生于世代农民之家相关。父亲在6个兄弟姐妹中排行老大，七岁时，爷爷送他到镇里唯一一所小学读书，这在新中国成立前我们那个贫穷的小乡村，他是第一个。爷爷认准的道理是，自己当了一辈子睁眼瞎，不能让儿子还当睁眼瞎，哪怕家里再苦再穷也要让他上学识字。小学毕业后，父亲不仅能看书写信，讲解常用字词，还写得一手工整耐看的毛笔字，并掌握了四则运算法，更重要的是他的头脑得以开化，遇事知道动脑筋思考。十五岁时，经远房亲戚介绍，父亲到河北省涿州城一家杂货铺做学徒，远离家人，独立生活，整日劳作，艰苦的生活，促使他比同龄人更早地成熟起来，这些都为他日后参加工作，迅速成长为国家干部奠定了基础。父亲参加工作后，仍不忘学习文化知识，无论在单位还是在家，经常点亮煤油灯，伏在木桌前，读书写字至深夜。父亲对我们更是言传身教，我清晰地记得，上小学前，父亲曾手把手教我写字，教我做简单的算术题，他总对我们姐弟说，小时候不用功学习，长大了就不会有出息。

1951年9月，父母结婚第二年，姐姐在老家出生了，次年，"天兰"段铁路竣工通车，毛主席、朱总司令等国家领导人都亲笔写下贺词。不久，兰新铁路破土动工，父亲随铁路工程建设队伍由天兰线转赴兰新线。

姐姐两岁时，母亲带着她从老家来到兰州陪伴父亲。那时，年轻的父亲意气风发、志存高远、内心充满欢乐，全身心投入到兰新铁路的建设中。至此短暂的四五年时间，父亲这个贫困农民的儿子，迎来了新中国的诞生，成为一名光荣的铁路建设者，并结婚成家，有了女儿。接下来，他和同志们将亲手铺设甘肃与新疆交界的红柳河路段，亲眼见证兰新铁路进入新疆境内，终结新疆没有铁路的历史，这将是历史性的突破，更是振奋人心的大喜事，而这一切，只有在新中国才能实现。想到这些，父亲内心充满激动与自豪。当他收到女儿出生的电报后，坐了两天三夜的火车，其间两次换乘，第一时间赶回老家。母亲自怀孕至生产，父亲由于工作任务重和路途遥远，一直没有回家探望，他内心十分愧疚，但更多的是兴奋，当他走进家门，看到母亲怀抱着已出生三天的女儿时，半天没说出一句话。当母亲问他准备给闺女取个啥名字时，她根本没想到父亲早已胸有成竹，他望着眼前面庞红润、俊秀的闺女脱口而出，声音坚定、洪亮：就叫"新华"。"新"是指咱新中国，"华"是指咱闺女美丽。父亲一口气说完，依然兴奋不已，意犹未尽，接着说道："咱们这辈子要生5个孩子，儿女双全，名字我都想好了，'华'字不变，中间那个字分别叫'新、中、国、万、代'。""新中国万代"、"新中国万代"。母亲嘴里不停地重复着，她被父亲的激情所感染，兴奋得脸上涌满红晕，笑得半天合不拢嘴。

母亲带着姐姐初到兰州时，和部分铁路工人家属一样，住在城外的盐场堡。父亲则在向西不断挺进的兰新铁路线上参加施工建设，一周或者十天半个月才回家休息一两天，平常只有母亲照看幼小的姐姐，生活清苦却也平静。盐场堡与兰州城，隔着一条宽阔的黄河，天好的时候，母亲带着姐姐到黄河边，看当地老乡乘坐羊皮筏子，横渡黄河前往兰州城。有时候母亲还会带上木水桶，装满黄河水背回家。当年，在黄河岸边居住的人家，生活用水都取自黄河。有当地老乡，专门赶着马车，车上固定大木桶，桶里装满黄河水，挨家挨户走过，谁家没有水了，就用自家的水桶接水挑回家，倒进水缸里储存，送水的老乡收了钱，便赶着马车向另一家走去。黄河水混入泥沙，浑黄不见底，挑回家的水倒入水缸后，需放入适量的白矾，而后用木棍伸入水缸，用力搅动，水在缸内快速旋转，中心形成一个又深又大的漩涡，搅动一阵，白矾在水中慢慢融化后，停下来，待旋转的漩涡消失，水静止，水缸里的水便渐渐清澈见底了，厚厚的一层泥沙沉淀在水缸底部，这时候，舀一勺水尝尝，黄河水甘洌清爽，沁人肺腑。

母亲在盐场堡居住的第二年初，大哥降生了，名字叫"中华"。随着兰新铁路向西北不断延伸，我们家也随着不断搬迁，在近十年的时间里，分别在兰州城外的盐场堡、兰州城、甘肃景泰县一条山镇、玉门市银达乡低窝铺、柳园、哈密等多地居住生活，母亲生育了大姐、大哥后，又在柳园生育了我二哥，名叫"国华"，四年之后我也在柳园降生了。父亲在建设大西北、延伸兰新铁路的同时，也建设着自己的家庭、延伸着家族的血脉，我们姐弟四人，在兰新铁路沿线，跟随父母一路西行，生活虽然艰苦，却快乐地成长着。父亲希望生养5个儿女的心愿，到1960年5月我出生后，已完成了百分之八十，只差一个孩子了。

母亲曾不止一次说过，随父亲在大西北生活的那些年中，最难忘的是50年代中期，那时我们家住在低窝铺，住地窝子。地窝子，就是由地面下挖一米多深，面积十几平方米，地上部分高约一米半，四周由土墙围挡。地窝子顶部由檩条搭起坡架，除预留的天窗，其余部分铺满苇草、麦秸，再用厚厚的一层胶泥或草泥抹严实，地窝子内，四壁刷上白石灰，显得干净亮堂。一条有缓坡或台阶的沟道，通往地窝子门口，尽管地窝子低矮简陋，却冬暖夏凉，防寒避暑。西北风沙大，地窝子低矮，沙尘很容易往里面灌，大风过后，从门缝、窗缝钻进来的黄色细沙到处都是。更令人惊悸的是，夜深人静时，大风吹得地窝子外面的杂草、灌木不断发出沙沙沙、哗哗哗的响声，伴随远处不时传来阵阵凄厉的狼嚎声，苍凉和恐惧感油然而生，母亲经常从睡梦中被狼嚎惊醒，下意识地搂紧身旁的哥哥、姐姐，眼睛盯着地窝子门口，耳朵仔细辨别着门外的动静，狼会来吗？她紧张得心怦怦地跳，再也睡不着觉了，直至天亮。

1961年，爷爷奶奶已年近七旬，身体也不再硬朗，我的姑姑、叔叔或已出嫁或在外省参加工作，爷爷奶奶身边无人照看，作为长子的父亲，主动承担起赡养父母的义务，当年秋天，父亲决定，由母亲带着我们姐弟四人返回老家，与爷爷奶奶一同生活。

从甘肃柳园，回到分别了近十年的北京西南郊区的老家，从铁路职工家属、居民户、吃供应粮转变成农民，吃生产队分配的口粮或自留地生产的粮食，这对我们一家人，尤其是母亲则是个严峻的考验，她既要照顾公婆，又要培养教育尚未成年的子女，还得参加生产队的劳动，母亲因此为这个家，默默地做出了巨大的牺牲。而此时，远在新疆哈密工作的父亲，　年才能探亲一次，在家住上一个月，又要回到新疆。我们和父亲两地分居，我们姐弟四人年纪尚小，只知道父亲一走，又要好长好长时间才能回来，哪里知道母亲内心，为此默默承受的痛苦和期待是多么巨大，更体会不到远在数千里之外的父亲，离别妻子儿女后日夜思念的情愫。即便如此，父亲当初深埋在心底的愿望依然未变。听母亲说，当年生下我之后，她对父亲说，咱们已有四个孩子了，有儿有女的，就别再生了，再生，生活负担会更重。父亲则对母亲说，我相信生活会越来越好，这不是旧中国，孩子多了会饿死，我们生活在新中国，孩子们会健康成长起来的。父亲还说，再生最好是个女儿，女儿跟爹妈亲，三男二女也更合适。母亲看出父亲是铁了心想再要一个孩子，便不忍心让他失望，只好顺其自然了。

六年多之后，母亲在一次去哈密探望父亲回来后，发现自己怀孕了，她惊喜，惊喜终于实现了父亲的心愿。她担忧，担忧家里的生活会因此更加艰辛。十月怀胎，1967年初冬，母亲顺利生下了弟弟，那年她36岁。

弟弟的出生，终于实现了父亲的心愿，他的名字，顺理成章地叫"代华"。弟弟出生那天，父亲当着我们全家人的面，像个孩子似的，动情地喊出了蕴藏在心中近二十年之久的那句话："新中国万代！"母亲产后身体虚弱，但她懂父亲的心，并被父亲的情感所打动，也跟着父亲用力地喊着："新中国万代，新中国万代！"随后父母二人喜极而泣，双手紧紧攥在了一起。

弟弟的出生，对于我们家，特别是我们姐弟四人，更多的是增添了一份快乐，姐姐和两个哥哥都比弟弟大十多岁，他们面对长得又白又胖又漂亮、不爱哭不爱闹的小弟弟，每天放学回家，放下书包，第一件事，就是奔到土炕前，弯下身子，看看躺在那里的弟弟，还伸出手指轻轻摸摸他红扑扑的小脸儿，或是冲他说几句亲热的话，明知他什么也听不懂，却依然如此。而我，更是喜爱弟弟，只要放学回到家，就会像荡秋千那样，双手抱起弟弟，高一下低一下地在面前晃动着逗他玩一会儿，有时不小心，惊吓了他，他突然哭起来，母亲见状，从我手里抱走弟弟，嗔怪道，瞧你，没轻没重。我却呵呵地笑着，根本不在意母亲的指责。

上小学后，老师、同学经常会叫到我的名字，书本的封面也会写上自己的姓名，我常想，父亲为什么给我、给我们姐弟五人起这样的名字，连起来是一句口号，分解开来，却没什么特别之处，比如我，名叫"万华"，什么意思？我说不出，好在只有老师、同学在学校才叫我的大名，自家人、街坊邻居、亲戚朋友都叫我小华，这小名，我倒觉得叫着、听着比大名好。我还想过，孩子的名字都是父母起的，我的父亲是铁路局的干部，念过书，还上过铁道学院，拿过大学文凭，是个有文化的人，可他给我们姐弟起的名字，特别是我的名字，远不如班里其他男同学的名字听着好听，叫着响亮，人家的名字不是带"钢、强、武"字，就是带"军、志、红"字，令我羡慕不已。

直到许多年以后，我参军去东北，远离故乡亲人，结婚成家，妻子怀孕时，想到自己要为孩子起名字，便想到当年父亲为我们姐弟起名字时的初心，我终于明白了，父亲是把对新中国的无比热爱，把内心珍藏的朴素情感，把自己真诚的心愿，通过为儿女起名字的方式表达出来，并希望延续下去，成为久远的纪念。这时，我已不再觉得父亲为我们起的名字有什么不如意，反而由衷地感到，我们的名字是多么有意义啊。那么，我该为我的孩子起个什么名字呢？

孩子出生前五天，我从部队返家，儿子降生后，我内心久久不能平静，为儿子起个什么名字，让我和妻子思考了许久许久。

那是三十年前一个深秋的周日，晴空万里，秋风习习，红日东升，生机盎然。上午九时，一个新生命诞生了，是个男孩。此前，为给孩子起名字，我选择了许多字，如：博、朴、实、静、远……希望将要出生的他或她，人生追求宁静致远，朴实博大。而这些字，妻子认为太呆板、叫着也不上口，因此都被她否定了。随后，我和妻子又想了很久，推敲了许久，仍然没有找到一个我们都满意的字。正在苦恼时，是儿子出生的时点，提示我们，最终选用了"旭"字，其含义，一是"旭"字由"九和日"组成，包含了儿子的出生时点，也象征着儿子生机勃勃；二是"旭"字与"续"字谐音，有继续、延续、永续的意思，我们希望他把祖辈对祖国的爱和祝福延续下去。为儿子起好名字后，我内心终于踏实下来，因为我相信，尽管父亲早已离世，没有看到孙子的出生，但我们为他的孙子起的名字，其寓意，他在天之灵一定会感知到，会满意的。

今年五月初，我和已退休多年的大姐、大哥一同乘坐 T69 次列车，再赴大西北，不为别的，就想再次领略大西北的风光，感受行驶于当年父辈亲手修建的兰新铁路上的那份情怀。大姐感慨地说，当年，69 次还是直快列车，从北京到哈密要开三天两夜，如今不到 28 个小时就到了。而我，则希望快些、更快些，火车刚驶出北京西站，我的心就飞向了大西北，飞向甘肃、新疆，飞向茫茫戈壁……我记不清这是第几次奔赴大西北了，而每次前往，都亲眼见证了她发生的巨大变化，内心都会激动万分，久久不能平静，一如亲人久别重逢。

如今，新中国成立 70 周年，祖国跨入新时代。我们姐弟五人的名字与祖国紧密相连，"新中国万代"是父亲的心愿，也是我们姐弟五人和亿万中华儿女的心愿。

本文写于2019年

凝聚在地图上的年味

说起年味，从小到大，总离不开备年货、扫房子、剪窗花、贴春联、包饺子、年夜饭、放鞭炮、拜大年，以及之后的电视"春晚"、网上拜年、发红包、抢红包、晒家宴、赶庙会……相信这些饱含中国传统的、浓郁的、特色鲜明的、与时俱进的、年味元素十足的词汇所包含的丰富内涵，在中国人的记忆中，永远挥之不去。

然而，在我心中，还珍藏着另外一种关于年味的记忆。

小时候，每年进入腊月后，为准备过大年，忙了一整天的母亲，直到吃过晚饭，收拾妥当，天色大黑后，才能清闲一会儿，这时的母亲，时常会站在老屋内东侧墙壁前，面对墙上挂着的那张长约 100 厘米、宽约 70 厘米，比例为 1∶600 万的中华人民共和国地图，借着一盏从房梁上垂吊下来的 15 瓦灯泡发出的昏黄的灯光，微微仰起头，向前探着身子，因为老屋内光线昏暗，地图上的字、标识，密密麻麻不容易看清，母亲便不由得将头往前凑，有时脑门将要碰到那张地图上了，却还没有发现，她神情专注、两眼盯在地图上，伸出右手食指，在上面指点着，比画着，寻找着。

自我记事起，那张地图就挂在我家老屋内的东墙上，母亲曾手指着它对我说："这张地图，是你三岁那年春节，你爸从新疆哈密探亲带回家挂在墙上的。他说：'有了这张地图，就能看到全中国，看到我工作的地方了。'我当时欣喜地望着这张地图说：'以后我和孩子每天都看这张地图，就像每天都看到你一样。'"

从那以后，母亲每次站在地图前，伸向地图的手指，首先落在北京那个位置，而后开始慢慢移动，先是向下滑动一小段距离，差不多快到地图的中心部位，就拐弯向左上方慢慢移动、再移动，而后径直向西、再向西，移动很长一段距离后，最终停留在标有新疆哈密的位置上，那里就是父亲当年工作过多年的地方。母亲的手指在地图上慢慢移动时，是那么的小心翼翼，生怕一旦偏移了方向，就失去了目标，就再也找不到父亲工作的地方，父亲就会在她眼前丢失了，那么，这个年，他就不能回家过了，一家人就不能团圆了……隔山隔水，路途遥远，他回一趟家不容易，她心里盼着他早点回来，这期盼中饱含着多少担忧啊。

后来，母亲年纪大了、眼花了，看地图的时间少了，但每到春节前，她戴上老花镜，依然会站在那张地图前，依然那样久久地凝视着它，那种兴奋与渴望的目光一如从前。

上初中以后，我学会了看地图，也许是从小受母亲影响，我对地理知识兴趣浓厚，不仅是在春节前陪着母亲，就是平时，我也总爱站在我家老屋内东墙前，面对挂在上面的那张中国地图，仔仔细细、反反复复地看，有时一站就是个把小时，从未厌倦过。这期间，我时常会想起母亲站在这里看地图时的情景，我也搞清楚了，当年母亲的手指在地图上移动时的路线，是沿着地图上黑白交替代表铁道线路的标线，首先从北京沿京广线向南至郑州，而后转向西北，进入陇海线，经洛阳、三门峡，继续向西北，进陕西，到西安，再一直向西，进入甘肃，到达兰州，转入兰新线，而后，仍一路向西，最终奔向新疆。母亲之所以能够顺利地沿着铁路线从北京到达新疆哈密、乌鲁木齐，一是当年父亲是一名兰新铁路建设者，母亲曾陪伴父亲在甘肃兰州、柳园，新疆哈密等地生活过多年，并养育了我们姐弟四人，由此对大西北、对茫茫戈壁、对兰新铁路、对绿皮火车印象深刻，感情至深。二是即使后来母亲带着我们姐弟四人回到北京郊区的老家居住生活，仍多次前往父亲当年工作的新疆哈密看望他，每次往返乘坐的绿皮火车都要走这条铁路线，因此，即使多年后她年纪大了，眼花了，看地图费劲儿了，仍可凭借记忆，顺利地沿着当年列车行驶的路线找到途中停靠过的火车站的名字，由此延续不断，直至到达新疆哈密，到达她心目中期盼的目的地。

至今，我仍然清晰地记得，当年，往返于北京、乌鲁木齐的69/70次直快客运列车单程行驶里程为4848公里，时间三天三夜，到哈密也近四千公里，时间约三天两夜。如此遥远的距离，漫长的车程，我们想与父亲见一面该有多难啊，因此，我更加理解也更深刻地体会到，母亲当年为何每到春节前，总会那么痴迷地站在那张地图前久久地凝视，不愿离开，那是内心充满渴望与深情的凝视，她是在盼着父亲早一天回家过大年，一家人早一天团聚，这种期待久别重逢的情愫，使我们家过年时的年味比村里其他人家更为浓重，由此，我的记忆也就更加深刻。

我7岁那年，刚进入腊月，父亲就来信了，说他过了小年就能到家，给全家人的过年礼物也买好了，还说他想念我们，做梦总梦到我们，梦到自己已经到家了。那天是午饭前收到的信，信是我抢着念给全家人听的，母亲向前探着身子，仔细地倾听，生怕落下一个字、一句话，听着听着，她的脸上便不由得露出了欣慰的笑容。姐姐和哥哥，边听边咧开嘴笑，我心里明白，他们高兴的不仅是很快就能见到父亲了，同时还能收到父亲带回来的礼物，那一定少不了他们喜欢的新衣服、新鞋和好吃的，当然，我也毫不例外是这样想的。

当我们一家人终于盼到过了小年，父亲却没有能回家过年，我们一家人兴奋的心情一下子就消失了，随之而来的是心中涌起的焦虑和疑惑，直到腊月二十八，我们终于等来了邮递员送来的一封信和一个沉甸甸的包裹提取单，不用猜，那一定是父亲寄来的。打开信，其中一段父亲是这样写的：

"因政治运动，今年春节不能回家过年了，此前备好的过年礼品已寄出，祝全家人春节快乐，我想念你们、想念你们……"

我念完这封信，我们全家人都沉默了，每个人眼角都挂着泪珠，期盼父亲回家过团圆年的愿望此刻彻底破灭了，那年，我们一家人感受最深的年味是期盼和思念。

跨入青年的门槛后，我光荣地穿上了新军装，离开故乡、亲人，奔向两千多里外的东北军营，成为一名解放军空军战士。离开故乡时，我把同学送给我的纪念品，一个红色塑料皮，内页有中国各省、直辖市行政区划图的笔记本装入挎包，带到了部队。入伍是在冬季，到部队第一个春节是在新兵连度过的，年三十那天晚上，下雪了，军营内一片寂静、一片洁白。在连队食堂吃了我们自己包的白菜猪肉馅饺子，回到宿舍，我们一个班，十名新兵，一名老兵班长，十一个人围坐在宿舍中央一个长条木桌旁，由老班长主持开联欢晚会，说是联欢晚会，其实就是老班长买来一些葵花籽和糖块，散放在长条木桌上，大家边吃边聊天，老班长知道，新兵头一年在部队过年都爱想家，就主动给我们讲故事，过年，自然是讲与年相关的故事，老班长讲了他们家乡过年时的趣事，而后，就让我们这些来自不同地区的新兵，轮流讲自己在老家过年时的故事。轮到我讲时，我的心早已飞回故乡，飞到母亲身旁了，我情不自禁地从床铺上的绿挎包里，取出当兵前同学送给我的那个红色塑料皮的笔记本，翻到里面的地图页，那一刻，我脑海里映出的都是母亲在春节前的夜晚，站在老屋内东墙前，仰头凝视墙上悬挂着的那张中国地图的情景，我想，此刻的母亲，一定也会像当年站在地图前，从北京开始，沿着地图上的铁路线，像寻找远在新疆哈密的父亲的工作地点那样，寻找同样远在千里之外我所在部队的住地吧？但我当兵的地方是在吉林长春，母亲没有去过，她能像寻找父亲工作的地方那样顺利地找到我吗？在这万家团圆的除夕之夜，她的儿子第一次远离亲人，远离故乡，作为母亲，她肯定会万分思念，她心里一定会像当年盼着父亲回家过年一样，期盼我也能在家过年，在她身边过年，但母亲是一个明事理的人，她知道作为一名军人意味着什么。不是吗，尽管她想念儿子，但在春节前写给我的信中，她一再叮嘱我，过年不要想家，好好在部队干，早日锻炼成长为一名合格的军人。

我一边想着，一边把这些情节和感受动情地向战友们讲述着，他们被我讲述的故事感染了，围在我打开的地图旁凝视着，并寻找着自己的家乡，他们的神情都充满了欣喜和思念。我们十个新兵，在异乡军营中度过的第一个除夕之夜，尽管平淡，却情谊浓浓、新颖别致、独具特色，至今令我难忘。

如今，我早已转业离开部队，回到故乡北京，但每年春节，我都会在书房的长桌上展开一张中国地图，尽管，父母已去世多年，但我依然会站在长桌旁，像当年母亲站在地图前那样，久久地凝视着那张中国地图，用亲切的目光巡视它，巡视我生命中停留过的地方，回味在那里经历的诸多往事，回味以往过年时心中珍藏的那份"期盼和思念"，这已成为习惯，一直割舍不掉，如同割舍不掉那些宝贵的中国传统年味一样。而凝聚在这张中国地图上的年味，也将继续珍藏在我的心中，并传承下去，因为这年味饱含亲情、友情、故乡情，饱含浓浓的乡愁、深深的思念。

拜年

春节拜年之风俗在中国古已有之，如今，拜年的时间通常是在正月初一至初五；而腊月初八后，走亲访友则称为拜早年；正月初六至十五拜年，叫拜晚年。

我小时候，老家北京西南郊区，拜年多是在大年初一上午，那天，无论大人小孩，都会早早起床，洗漱完毕，换上新衣服，有女孩儿的人家，还会给女孩儿头上戴一个色彩鲜艳、形状小巧漂亮的饰品，如：一个用粉色花布缝制的蝴蝶结、一朵由红绸布折叠而成的小红花，两条辫梢儿上还会系上鲜艳的红头绳，小姑娘各个漂漂亮亮、欢欢喜喜，笑得合不拢嘴。男孩子则拿着节前跟随大人赶集时买来的鞭炮，有一千响的，也有五百响的、二百响的，来到院子里，将鞭炮的一头挂在事先准备好的一根长竹竿或木棍上，一个人高高举起，另一个人用点燃的香火，将挂在竹竿或木棍上的鞭炮点燃，一阵"噼噼啪啪"清脆响亮、连续不断的鞭炮声过后，一家人面带笑容回到屋里。这时，孩子的母亲已将炉灶上铁锅里的水烧开，水花翻腾，冒出浓重的水蒸气，母亲将除夕夜包的饺子下锅，不一会儿饺子就煮熟装盘端上了桌。

吃饺子前，做晚辈的先要给家中的长辈作揖、磕头拜年，说祝福的话，长辈将准备好的压岁钱分发给孩子们，钱不多，一角两角五角，孩子们兜里揣着钱，心里充盈着快乐与满足。随后，一家人围坐在桌旁，有说有笑、高高兴兴地吃香喷喷的过年饺子。这时的窗外，不时地会从街坊四邻家传来"噼噼啪啪"的鞭炮声，鞭炮声有的持续时间长，有的持续时间短，有的声音大，震耳欲聋，有的声音小一些，却清脆悦耳。通过鞭炮声传来的方向、声音的大小、时间的长短，可以判断出是谁家放的鞭炮。谁家鞭炮一响，就知道谁家要吃饺子了，谁家的鞭炮声响亮、持续时间长，说明谁家的鞭炮个头大、头数多，这就意味着谁家买鞭炮花的钱多，也就证明谁家在刚刚过去的一年里收成好、家里日子过得宽裕，因此，才舍得多花些钱多买些鞭炮欢庆一番，图个吉利，期待新的一年日子过得更红火。

大年初一早晨，家家户户鞭炮声此起彼伏、延续不断，男女老少欢声笑语不绝于耳，乡村到处是一派喜庆热闹的景象。当鞭炮声逐渐稀疏时，大部分人家已吃了过年饺子，这意味着，拜年将要开始了。

大年初一上午，作为晚辈要走出家门，给本家及街坊四邻的长辈拜年。这时的村道上，来往奔走的年轻人、小孩子，都穿着新衣服，一脸笑容，离老远的便互相亲切地打招呼，说拜年话。无论以前彼此关系远近、来往多少，此刻都如亲人一般，老乡亲相遇在过大年的日子里，哪能不高兴呢。

我跟着姐姐、哥哥去拜年，每年最先去的一定是只隔着一条街的老姑奶奶家。老姑奶奶在她那辈儿兄弟姐妹中排行老大，年轻时嫁在本村，不幸的是，婚后不久，丈夫就意外去世了，他们没有生儿育女，老姑奶奶从此守寡，却像男人一样挑起一个家。她托人由河北农村抱养了一个男婴，如同养育由己所生的孩子那样将其抚养成人，1950 年抗美援朝战争爆发，老姑奶奶毅然决然地为儿子报名参军，儿子后来成为一名志愿军战士入朝作战，5 年后，他怀揣部队颁发的立功奖状光荣复员回乡，在村里当了一名生产队长。老姑奶奶对自己抚养大的儿子，一百个满意，特别是儿子参军后，她更是觉得骄傲和自豪。作为军属，她家的老屋门框上方，由乡政府端端正正地钉上了一块长方形的、红底上写有金黄色"光荣之家"四个醒目大字的金属牌。老姑奶奶每天早晨起床后，第一件事，就是将门框上这块代表荣誉的牌子，用一块干净的棉布仔仔细细地擦拭一遍，不让它落上一丝灰尘。直到儿子复员回乡，她依然将那块牌子保留在原位。

老姑奶奶性情爽快，爱说爱笑，说话高声大嗓，我们姐弟三人刚一走进她家院门，便见她已拉开屋门，笑呵呵地站在门口迎接我们，像迎接她自家的孙子孙女，嘴里一遍又一遍地念叨着："瞧，这大冷的天，小脸儿都冻红了。"小时候北京的冬天比现在冷很多，但一想到我们是给老姑奶奶拜年，就都不觉得冷了。一进院门，姐姐就领着我们高声说道："老姑奶奶我们给您拜年来了。"语气中带着欢快与期待。因为，每年给老姑奶奶拜年，她都会往我们每个人的兜里装几块花花绿绿的水果糖，再塞一把又香又脆的花生、瓜子，还有，就是给我们压岁钱！

老姑奶奶家的堂屋，正中靠墙，摆放着一个两米多长、约二尺宽黑漆照面的木制条案，条案前是一张同色八仙桌，八仙桌两侧各有一把依然同色的高背木椅，这一水儿黑漆照面的摆设，是老姑奶奶家祖传的，她结婚时就摆在这间老屋里，庄重、大气、结实、耐用。老姑奶奶端坐在八仙桌一侧的木椅上，等待我们给她拜年。我看着老姑奶奶，此刻，她的面目表情竟露出一种长者特有的威严，与往日截然不同。我们姐弟三个按年龄大小，从左到右面对老姑奶奶依次站成一排，姐姐站在最左边，她扭头看了我和哥哥一眼，而后说："给老姑奶奶拜年。"我们冲着端坐在面前的老姑奶奶，双手举至胸前，作揖、鞠躬、深深地鞠躬，动作认真、表情严肃，并齐声说道："老姑奶奶您过年好、老姑奶奶您健康长寿。"老姑奶奶则冲着我们点点头，随后起身朝里屋走去。里屋的门敞开着，我们看着老姑奶奶轻轻掀起铺在土炕上的苇席一角，由炕头上取出事先准备好的一沓子宽窄、大小、颜色不同却崭新的纸币，从中抽出几张，而后回到堂屋，分发给我们，这时她微笑着说："好事成双、拜年有喜。"随后，便将八仙桌上的糖果、花生、瓜子抓起来分别装进我们的衣服兜里。此刻我发现，老姑奶奶的面容又如同往日那么慈祥，目光依然那么温柔，话语依旧那么亲切，刚才的威严瞬间已不知跑到哪儿去了。我们手里攥着压岁钱，说着感谢的话，而后欢快地离去。往回走的路上，我们比较着压岁钱的多少，姐姐最多，两张五角的纸币；哥哥其次，两张贰角的；我最少，两张一角的。这时我才知道，压岁钱的多少是按年龄大小给的，尽管如此，我依然很高兴，因为手里的钱，可以买好吃的、好玩的，比如：一把木制玩具手枪、一串冰糖葫芦、一盏红灯笼、一个风车，能拥有这些吃食、玩具在上个世纪六七十年代，对于一个孩子已足够奢侈了。

那时去亲戚家给长辈拜年，比如去叔叔、大爷家；姥爷、姥姥家，舅舅、舅妈家，姨父、姨妈家，都会得到压岁钱，虽然多少不一，但总会有。而给街坊四邻的长辈或是同辈人相互拜年，压岁钱大多是没有的，但糖果、花生、瓜子总不能少，不管到谁家，拜完年后，主人都会捧起一把塞进你兜里以表谢意。为此，过年时我们都愿意穿兜儿多、兜儿大的新衣服，就是想多装点带回家，留着以后慢慢吃。

如果给家住外村外乡镇的亲戚拜年，一般要走十几里或者几十里路，因为路途远，小孩子自己去父母不放心，他们就跟着大人去，时间多数选在腊月初八至除夕之间，这拜的是早年。也有的选在正月初五与十五之前，拜的是晚年。总之这要根据亲戚之间的关系是血亲、姻亲、几代亲、彼此平时走动的多少，以及这些天家里大人哪天能抽得出身等诸多因素来确定，毕竟往返一趟需要大半天或是一整天时间。

如今，几十年过去了，身在都市，生活日新月异，春节拜年的传统风俗，其方式方法已发生了很大变化，无论城市还是农村，人们的生活节奏加快了，尤其是年轻人，平时忙于工作，春节休息几天，时间宝贵，都愿意在家多陪陪父母、孩子。农村青年，很多都在外地打工、远道而归、来去匆匆，父母儿女一年未见，春节假期对于他们更显得珍贵，家人团聚是最重要的事。再有，除夕夜守岁、迎新年，家家户户都围坐在电视机前，观看春节联欢晚会（下简称"春晚"），直到下半夜才入睡，尽管如今已不像我们小时候除夕要熬通宵，但春节期间大家忙里忙外准备过年的事，虽然心情愉悦，身体却难免疲惫，尤其是缺觉，所以，"春晚"结束，便上床睡觉了，往往一觉睡到天大亮、日出东方才起床，要不是过大年，兴许会睡到日升中天才起床。待吃完过年饺子，时间已近中午，哪儿还有空闲时间外出拜年，种种原因，使得大年初一登门拜年的风俗渐渐地被人们忽略掉了。

尤其在互联网广泛应用的今天，春节拜年，不只有登门这一种方式，使用电脑、手机视频通话，发信息、图像，人与人哪怕身在天涯海角、相距万水千山，只要心中惦念着，就可以随时看到身影、听到声音，送去新春的问候与祝福。至于时间，我愿意选在除夕的下午，这个时间段，多数人家过年时吃穿用的都已准备好，就等着除夕夜一家人围坐在桌前吃团圆饭、看"春晚"了。这时，为亲朋好友发拜年的信息，不会影响他们除夕夜与家人团聚吃年夜饭时的欢乐气氛，也不会影响他们看"春晚"。否则，在除夕夜、大年初一拜年，亲朋好友听到手机铃声、收到发来的信息，不能不接听电话、回复信息，说类似的拜年话，如果只接听一两个电话、回复一两条信息还好，可这绝不可能啊，许多亲朋好友都会接收到拜年的电话、信息。我个人在腊月三十下午，就发出将近一百条拜年的微信，有自家亲戚，有单位的领导、同事，有发小、同学、老师、文友，还有街坊四邻的大爷大妈、兄弟姐妹。就这些，稍不注意，还会有拉下的，过后发现了还要及时补上，否则就担心出现误会。总之，你会给许多人拜年，也会接收到许多人拜年的电话、信息，如此这般，难免相互打搅。

其实，春节拜年，无论是拜早年，还是拜晚年，也无论随着时代的发展，其形式、方法怎样改变，只要心里装着亲朋好友、珍藏着那份亲情友情，拜年这一中华民族传统风俗的本质就不会改变，其孝敬长辈、关爱幼小、互敬互爱的精神内涵将永续传承。

第三辑

人间情

生命中，许多人和事，只能期盼、默默地喜爱，并把这种情感珍藏于心底，用生命去怀想。正因为如此，人生才平添了一份神秘的色彩，才更有意义。

记住她，源于真诚

认识她是在 2012 年 11 月底，《散文世界》杂志社举办第五届散文创作研讨会，我应邀参会。

此前阅读《散文世界》，一篇《豁口》，一下子就吸引了我，连读两遍，眼窝充满泪珠。文章思想内涵深刻、情感真挚，人物描写生动感人，对我学习散文写作，教益匪浅。翻回至篇首，特意关注一下作者姓名：尉克冰。好响亮的名字，何许人也？是男是女？该是散文大家吧？可惜咱是新手，望尘莫及，还孤陋寡闻，对当下散文作家知之甚少。再往下翻阅，见一篇文章责任编辑署名为：尉克冰。心中一惊又一喜：研讨会他（她）一定在场。问身边一位参会者，人家比我还惊讶："你不认识？"我茫然。他伸手往前一指："那儿。"顺着他手指的方向，我的目光跟过去，搜寻了半天，仍不敢确定。前面坐着几排人，男男女女，到底是哪一位？身旁的老弟见我还在发愣，又说："就那位穿浅蓝色皮夹克的女士。"我愕然且感叹："年轻有为！"

会议间歇，我怀着对文学、对作家的崇敬，走到她面前，恭敬地叫了声："尉老师。"随后，自我介绍，索取签名、手机号码、邮箱地址。她一一满足了我的请求。

会后，我得知，她是中国散文协会会员、河北省作家协会会员。她发表在国内各类报刊上的散文，许多已被选刊转载、收入优秀作品集，并多次获得国家、省部级散文大奖，其中《信任》荣获第五届冰心散文奖。

读她的作品，篇篇精彩，令我肃然起敬。

不久前，我写完一篇散文，苦于找不到老师指点，想到她，却不敢贸然打扰，毕竟只有一面之交，且她是散文作家，我是散文习作者，天地之差。又快到年底了，她在机关工作，忙得脚丫子朝天，哪好意思再占用她的时间。虚荣也好、胆怯也罢，顾虑重重，习作终于没有寄给她。

正在这个时候，朋友告诉我，她准备在北京办一场诗文朗诵会，我闻此，既惊又喜且叹，在散文研讨会上，我聆听过她朗诵的散文，声音清晰甜美，不亚于我现场听过的播音员的朗诵声。我惊讶她不仅写得一手好文章，还有这么动听的嗓音。我喜欢读她写的散文，也赞赏她用朗诵这种艺术形式讴歌人间的真善美。更感叹在滚滚商潮中，在一些人视文学艺术小众化的当下，她竟勇敢地充满激情地亲身实践，为文学艺术放声歌咏。她用休息时间，冒着严寒，几百里路，多次往返于老家与京城之间，为朗诵会做准备。她既是朗诵者，也是会务接待者，还是策划者之一。在她和朋友们的共同努力下，诗文朗诵会："倾听思想的声音"如期举办，打动了在场所有人的心。由此，我对她有了新的认知：一个热爱生活、热爱文学艺术的人，一定是个热心人。于是，我不再犹豫，将散文习作寄给了她。

我静静地等待消息，几天过后，收到她的短信："林老师，现在有时间吗？散文拜读了，想和您交流。""呵呵"，我也成老师了。面对她的谦逊，我忐忑、汗颜！我惊喜地忙着找习作底稿，想对着稿子，边听她讲评边做记录。准备好了，正要拨电话，手机响了，我赶忙接听，耳旁响起清晰温暖的声音："林老师，您的散文……"鼓励的话语，让我既高兴又脸红。随后，是中肯的意见和建议，并有针对性地向我推荐了两篇优秀散文，嘱我找来阅读，还在电话里朗读了散文家耿立的作品《向泥土敬礼》中的片段，让我对照体会。我即刻被震撼了：不仅是因为耿立散文那精美灵动的文字，更重要的是，穿越时空，我仿佛看到她手捧一本散文集、声情并茂地为一个远方的初识者、习作者朗诵范文的情景。时空这头，手机在晃，我的手在颤抖！

突然想起，前些天去听文学讲座，休息时与朋友闲聊，他感慨地说："如今，千辛万苦请来某位'名家'，讲上几节课，费用少则几千、多则上万。"我惊愕。而她，为一个初识者的一篇习作，工作之余，挑灯审阅，并主动打来长途电话，详细讲评，耗时费力，毫无报酬。我想，这不仅是对文学的热爱与尊重，更重要的是她有一颗真诚的心！

源于真诚，我记住了她——一位年轻的散文作家尉克冰女士！希望人世间，有更多这样的她（他），被我们记住，如此，我们的生活会越来越美好。

情动库车

秋末，我的一篇小小说发表于《今日库车》，兴奋之余，内心情感的波涛再一次涌入西北、涌入新疆。

1976年初冬，十六岁的我，坐了三天两夜的火车，从北京送大姐去乌鲁木齐铁路局哈密铁路分局工作。

我记不清这是第几次乘火车去大西北，只知道我是当年家乡小镇中唯一出过远门的孩子，我查过铁路列车行驶里程表，北京到新疆哈密约4000公里，我内心曾为此远行而自豪，这也是我至今对西北情有独钟的原因之一。

大姐到西北当铁路工人，成为我们家第二代铁路人。

新中国成立前，我父亲十多岁时，就在京郊铁路线上给日本人做劳工。新中国成立后，他跟随铁道部铁路工程局开赴大西北，成为新中国第一代铁道建设者。他参加修建的兰州至乌鲁木齐的铁路大动脉——兰新铁路，我称它为"钢铁丝绸路"，它穿山绕岭，跨越茫茫戈壁、百里风区，延绵千里，一路向西，每前行一米，都承载着父辈的汗水、鲜血，甚至生命。

我家祖孙三代，因父亲而与西北结下不解之缘，家中血亲都在西北生活过，我们兄弟三人都出生于大西北。

甘肃柳园是我的出生地，一岁多，我随母亲回到祖籍北京。我记事后，便对我的出生地由衷青睐，尽管我对柳园毫无印象，但儿时的我，头一次听到"柳园"这个地名，心中感觉无比亲切温馨，好像世上再也没有比她更好听的名字，这种简单淳朴的情愫，使我将"柳园"牢记于心，这是我西北情愫的起点。多年后，我结婚旅游去西北，第一站便选择了柳园，我在小镇漫步，想象我出生时这里的境况，寻找另一个让我内心陶醉的名称——红柳。而后去敦煌、去新疆。我把人生的一个重要时段，留在了大西北。

父亲在西北铁路部门工作二十多年，此后逝于新疆。而那二十多年间，大部分时间他与家人分居两地，这便成为他与父母、弟弟、妹妹、妻子、儿女间相互牵挂的根源，成为我始终对大西北情愫深沉的结点。

大姐成年后再赴西北，且一去仍是二十余年，那里再次成为我们一家人的情系之地。

爱屋及乌，有诸多情愫的结点在西北，自然，大西北的一山一水、一草一木、一城一镇，都会在我心中留下永恒的烙印。

柳园、兰州、疏勒河、敦煌、哈密、鄯善、吐鲁番、乌鲁木齐；兰州流域的黄河、新疆的天山、乌鲁木齐的红山；茫茫戈壁、青青草原；鄯善的哈密瓜、吐鲁番的葡萄，以及飘香四溢的新疆烤羊腿、耐嚼抗饿的馕；能歌善舞的维吾尔族、哈萨克族姑娘小伙的音容笑貌，一切的一切，构成我对大西北永远也扯不断的情愫之链。

如今，时隔上次去大西北已近三十年，大姐已退休回到北京居住，牵挂似乎少了许多，但我心里，岁月无法冲淡思念的情怀，离开的时间越久，越是期盼再次踏上大西北的土地，重温旧情。

大西北注定与我有缘，《今日库车》第五十七期发表了我的一篇小小说，我兴奋了。

其一，不再年轻的我，喜爱文学，三十岁，曾练习写作，作品发表在当时的《春风》《长春晚报》，小小说还在长春人民广播电台"快乐星期天"节目播出。那时，我是一名军人，怀揣文学梦，但日子匆忙，岁月蹉跎，随后辍笔二十年。人至半百，一天，走在黄昏的下班路上，经过北京东二环一座立交桥时，侧目，桥上人行道旁，一位老者蹲守在两三堆鹅黄中透着鲜红的石榴果前，那是北京的初秋，瓜果成熟的季节，黄里透红的石榴果映入眼帘，勾起我童年、少年时的记忆：地处周口店乡的姥爷家，是我当年心中最期盼前往的地方，那里不仅有亲我爱我疼我的姥爷、舅舅、舅妈；有与我忘情玩耍的表兄弟；还有我喜爱的石榴树、爱吃的石榴果，以及姥爷讲述的石榴树、石榴果的故事。在我离开故乡去东北当兵的十六年间、在我转业定居北京城的又一个十六年中，我无数次地在心中惦念着石榴树、石榴果。而姥爷曾居住过的贫穷落后的小山村，已建设成为富裕起来的新型农村，北京城也发生了翻天覆地的变化，众多四合院、胡同悄然消失了，那些生长在农家院、四合院里的石榴树也随之消失。空闲时，城里城外，我曾多次寻找心中的石榴树、石榴果，却一直未遂心愿。那次下班路上偶遇石榴果，她深深地触动了我，内心即刻产生了一种强烈的欲望，我要写我童年、少年时的石榴树、石榴果。回到家，我拿起笔，一挥而就，写下散文《石榴树》，并于2011年12月发表于《台州文学》，文学梦再次点燃，真该感谢那位卖石榴果的老者，感谢姥爷家的石榴树。那年，我五十一岁。此后，我坚持写作，其间发表散文、小小说、小说作品多篇，作为文学爱好者，作品发表自然高兴，尽管她还稚嫩。因此，当我看到《今日库车》发表了我的习作，岂能不乐。

其二，初闻《今日库车》，却不敢确定"库车"的具体位置，感觉似曾相识，打开中国地图，找到"库车"，我即刻被她深深地吸引了。哦，她果然在新疆、天山南麓、库车河畔，一座历史悠久的古城，我牢牢地记住了她的名字。近三年来，我散见于各地报刊上的作品，地理位置最远的就是《今日库车》。北京与库车相隔数千公里，而心理距离我视为零。因为文学、因为一篇小小说，我记住了"库车"，记住了一位此前素不相识、却可亲可敬的《今日库车》的编辑老师。进而，我心中对大西北向往的情愫又增添了一个新的支点，我的心灵又在广袤千里的大西北寻找到了一处新的着陆点，我又多了一位心中牵挂、渴望拜见的老师和朋友。我感觉我已与库车各民族兄弟姐妹相聚了，荣幸啊荣幸。

心中割舍不掉的是西北情、新疆情，此情永生！

我曾是一名军人，心中始终有着浓郁的军人情怀，我愿以一名老兵的姿态，向辽阔的大西北、向美丽的新疆、向可爱的库车，向生活在那里的人们，敬一个庄重而诚挚的军礼！

对面

憨了大半冬的雪，终于撒欢似的从天而降，今冬这头场雪，下在夜里，莹莹不知道。

明天是腊月二十三，北方的小年，爸妈该回来了，去年，他们就是小年那天到家的。

莹莹上小学，爸妈就外出打工了，她和奶奶生活。莹莹家没有电话，更没有手机，她平时见不到爸妈，也听不到他们的声音，她很想家里装上电话，想爸妈时，拿起电话就能和他们说话。爸妈说，他们工作地点不固定，打电话，也难找到人。再说，打电话得花好多钱。爸妈也没买手机，说省下千儿八百的，家里一年的零花钱就有了。打不成电话，只能写信。

晚上，莹莹躺在炕上，一闭上眼，爸妈的身影就在眼前晃。奶奶像往常那样，看着她躺好了，才爬上炕，伸手攥住灯绳，轻轻一拽，屋里瞬间漆黑一片，莹莹在静寂与黑暗中慢慢入睡。

一夜间，雪，悄悄染白了小山村。

莹莹家老屋的玻璃窗上，有一对红窗花，妈去年剪的。雪后初晴，橘黄色的阳光穿透玻璃窗，斜射进来，红窗花的影子，洒在莹莹身上、脸上，眼前浮现一片鲜艳的红色，暖暖的。她醒了，老屋里亮堂堂，晃得她睁不开眼，很久没有这么明亮的早晨了。她坐起身，用手揉着眼睛，抬头向窗外望去，窗外一片洁白，下雪了！她惊喜地叫着。

去年这个时候也下过雪，爸妈身上驮着厚厚的雪花，满脸笑容地回家来了。莹莹欢喜地拍打着爸妈身上的雪花，老屋地面，融化出一片清澈的雪水。今年，她还能为爸妈拍打身上的雪花吗？

莹莹低下头，心事重重，她发现枕头湿了一片，用手摸摸，凉的，夜里哭过吗？

莹莹穿衣下炕，走到玻璃窗前，贴在上面的一对红窗花，叫"鱼跃龙门"，妈说，过了年就是龙年。莹莹每次擦玻璃，总是先把毛巾洗净、拧干、抖开，平铺在窗花上，用手掌在上面轻轻地按，窗花上的灰尘被粘下来。整整一年，阳光把窗花晒褪了色，却依然洁净完好。

妈从小就会剪窗花，说是姥姥教的，实际上是妈手巧，看几回就会了。莹莹随妈，也爱剪窗花，妈每年剪窗花，她都在一旁看，也动手剪，和妈剪的样子差不多。

妈今年还能剪窗花吗？莹莹站在窗前痴痴地想。窗外，一只黑白两色的花喜鹊，站在院里的槐树枝上，冲着老屋"喳喳"叫，声音清脆悦耳，喜气洋洋。

"喜鹊叫，好事到。"奶奶总这么说。今天是小年，莫非爸妈要回来了？

果然，头晌午，乡邮递员送来一封爸妈的信。

莹莹一字一句地默念着，信不长，内容与以往差不多：问奶奶的身体、她的学习好不好。又说些柴呀、粮呀、鸡呀、狗呀杂七杂八的事。最后才说，他们今年不能回家过年了。莹莹读到这，热乎乎的心一下子凉了，她两眼盯着手里的信，泪珠"吧嗒吧嗒"地往下掉。

每次爸妈来信，莹莹都是自己先看一遍，再给奶奶大声念一遍，祖孙二人，相互望一眼，脸上就多了笑容。现在，莹莹手里拿着信，却一个字也不想念。奶奶从她脸上，已猜出信里写了啥。奶奶说，年，今年过了，明年还有。爸妈今年不回来，明年一准回来。

莹莹知道奶奶哄她呢。

午饭，莹莹没有吃，她手里还攥着那封信，躺在土炕上，又把信打开，一遍一遍地看，仿佛爸妈就站在她对面，跟她说话呢。莹莹流着泪，坐起身，用手抹眼睛，这时，她又看到窗户上的那对红窗花，她很想剪一对送给爸妈。

剪什么样的窗花呢？"鱼跃龙门"，过了年就是蛇年，蛇也叫"小龙"，十二属相她懂。"鱼跃小龙门"？她笑了，不。不！手工课，她学过剪卡通人、野山花、大红桃儿……

记得妈剪窗花用过的红纸、剪刀就放在木箱子里，很快她就找到了。

莹莹埋头剪窗花，奶奶把热好的饭菜端过来，她说等等，头也没抬。奶奶眯起双眼，一声不响地站在她身旁看，生怕打扰了她。莹莹终于剪出一对圆圆的红窗花：一个小姑娘，手捧鲜花和山桃，山桃倒过来了。

爸妈的信上说，他们在工地住的是临时房。莹莹没见过临时房什么样儿，像家里的木棚子？爸妈要是把红窗花贴在临时房里，兴许会温暖亮堂些。

莹莹把剪好的一对红窗花对折起来，装进信封里，还给爸妈写了一封信（她赧颜着，终于把"亲爱的"三个字写上了）。

亲爱的爸妈：

　　你们好。

　　我想你们，奶奶也惦记你们，要过年了，真想吃妈包的大馅饺子。

　　妈去年剪的那对红窗花，还在窗户上贴着呢，我天天看，就像看到了您。

　　昨天夜里下雪了，咱家院里积了厚厚一层雪，我记得，去年这个时候也下过雪，爸在院子里扫雪，我堆雪人。雪人的鼻子冻红了（那是一截红萝卜）、眼睛又黑又亮（那是两个煤核）、嘴笑得合不拢，露出红舌尖（那是我吃剩下的一块柿子皮），头上扎的两条小辫，忘记用什么做的了，爸还记得吗？

今天是小年，天没亮，村里就响起了爆竹声。往年，咱家院里，也有爆竹炸响，是地上一声、天上一声的"双响炮"。今天，咱家还没放炮呢，奶奶手抖，眼花，点不准炮引子。我不敢放"双响炮"。奶奶说，咱听响也挺好，等明年，让你爸多放几挂鞭。

明天，我跟奶奶去镇街买年货，奶奶要给我添一身新衣服。大姑妈昨天给咱家送年货来了：豆包、年糕、花生、大枣，还有大姑父灌的肥肠。

寒假，我天天帮奶奶干活，还喂鸡、喂狗，它们吃饱了，都欢实着呢。

家里啥都好，你们也要好好的。

给爸妈拜年。盼你们早回家！

女儿：莹莹

莹莹手里攥着写好的信，踩着积雪，一路小跑奔向村委会。下午，邮递员会来取信，年前，爸妈准能收到她写的信和她剪的一对红窗花。莹莹越跑越快，仿佛爸妈就在对面等她呢。

鸟祸，人祸

近几年，Z城的喜鹊多了，我时常看到喜鹊从头顶飞过，落在路旁草坪内觅食、"喳喳"欢叫。喜鹊漂亮，名字也喜兴，古画有"喜鹊登枝"，老话有"喜鹊叫，好事到"。人们喜欢喜鹊，由来已久。

Z城的喜鹊住在哪里？常识告诉我，喜鹊窝多搭建在高大茂密的树冠上，如今，Z城这样的大树极少，不是树长不高大，而是时候未到，已被拦腰锯断，尽管其树种不同，姿态各异，最终则长成一个模样，如车间流水线批量生产的遮阳伞，被撑开戳在城市的不同位置，装扮着城市容颜。而喜鹊却不喜欢在"伞"上做窝。

不是喜鹊挑剔，喜鹊适应环境的能力，要强过许多同类。喜鹊窝也并非精巧美观，甚至还有些丑陋，用材也不讲究，粗细长短不等的小树枝，横竖交叉拼接在一起，四壁像渔网，处处见缝隙，这透风漏雨的窝，喜鹊却很满足。

城里难见喜鹊窝，我便多次跑到Z城郊区去寻找。

Z城郊区高大茂密的树木远没我想象的多，驾车行驶一天，只在三两个不熟悉的新农村外，看到几棵瘦高的速生大叶杨，突兀地戳在水泥路边，它们并没给我带来丝毫惊喜，因为那上面不见一个喜鹊窝。我在村外与一位来此遛弯、头发花白的老大爷聊起喜鹊，他说，这些年，Z城郊区农村种粮种树的人少了，进城打工、做生意的人多了，没有大树，喜鹊无处做窝安家，差不多都飞走了。

我感叹，难道喜鹊也和人一样，都进城了吗，那窝又做在哪里？

春末夏初，我驱车行驶在 Z 城西北外环路上，路旁一大片拆迁腾退的空地，已改做建筑材料场，堆满建筑装饰材料。两排水泥电线杆，托举着几条电线从场地上空飞越，材料场极少有人和车辆进出，临时垒砌的围墙上，红漆写下一行醒目大字：建设新农村！而围墙内却杂草没膝，这片地闲置已久，两排电线杆的横杆上，竟做下多个喜鹊窝，这令我惊喜，喜鹊果然进城了！同时，我也心存焦虑，喜鹊在电线杆儿上做窝，不危险吗？

不久，Z 城迎来入夏第一场雷阵雨，那日傍晚，天空突然云团翻滚，电闪雷鸣，狂风骤起，但雷声大，雨点小，来去匆匆，雨过地皮干。

次日，《Z 城晚报》登载一则消息：昨日傍晚，地处西北外环路旁的某建筑装饰材料场，突发大火，因瞬间阵风达四五级，风助火势，异常凶猛，大量建筑装饰材料被烧毁，附近乡镇部分区域供电中断，消防人员接警赶赴现场奋力扑救，半个多小时后，大火终于被扑灭，火灾未造成人员伤亡。随后，相关部门迅速组成联合调查组，经现场勘查确认：材料场内电线杆上因喜鹊筑巢，所用部分材料为建筑工地废弃的细铁丝，大风将喜鹊窝摧毁，细铁丝挂到电源线上，造成短路"打火"，瞬间击断电源线，引燃现场堆放的建筑装饰材料，形成火灾。现场还清理出多只被烧焦的喜鹊。此次火灾被确认为偶发鸟祸所致。

此讯一出，即成当日热点话题，Z 城居民议论纷纷。

随后，我来到 Z 城外环路西北的建筑装饰材料场，材料场内一片狼藉，民工在忙着清理现场，不断有身穿制服的人员出入，他们抱怨道：初步估算，烧毁的建筑材料价值至少在七位数以上，这还不算附加成本，今年公司利润全泡汤了，年终评先进也没指望，这些该死的喜鹊，在哪儿做窝不好，偏偏要在电线杆上……

远处有居民围观、议论：如今城里城外，没有几棵大树，地上连一根小树枝都捡不到，喜鹊只好用细铁丝在电线杆儿上做窝，结果被大火烧得"窝毁身亡",这究竟是鸟祸,还是人祸?

两只喜鹊从材料场上空飞过,飞行的喜鹊很少鸣叫,而此时,我耳畔却传来"喳——喳——"的悲鸣声⋯⋯

我仰头目送喜鹊渐渐远去,它们将飞往何处?

军校生活七题

1981 年春天，我考入军校。

军校在南方。

一　实弹射击

军体课，平生第一次摸手枪，欣喜过后，便是一段难忘的经历。

手枪射击，站姿，手握约 850 克重的五四式手枪，伸直手臂，练习瞄准，瞄一阵，手臂就微微颤抖，看似简单的动作，一堂课重复几十次上百次，枯燥乏味，想要做到位，实则不易。

射击课的教员年龄五十岁出头，两鬓已生白发，但腰板笔直、步伐矫健，古铜色的面庞，目光炯炯有神，一看便知经验丰富，听学员队干部讲，他曾是中国女子射击运动员、全国射击冠军李亚敏的教练。

教员讲解完射击动作要领，学员开始练习．侧身跨步站成一排，左手叉腰，右手握枪，手臂伸直，与肩齐平，头侧转约 45°，屏气凝神瞄准靶标。如此反复，一堂训练课下来，学员感觉手臂麻木酸痛。教员说，回去每天举板凳，增强臂力，手臂不晃，枪才打得准。

宿舍里，每天中午、晚上，一有空，学员就手握 3 斤重的小板凳，伸展手臂锻炼臂力，到实弹射击考核时，举枪瞄准，个个手不抖，心不慌，稳稳当当。

　　我平时训练动作要领掌握得挺到位，教员每次检测都表扬我。实弹射击考核那天，校首长、队干部前来观看。按考核规定，每名学员八发子弹，先试射三发，不计成绩，后五发记成绩，三十五环及格，四十环良好，四十五环以上优秀。前面考核完毕的学员没有不及格的。

　　轮到我射击时，我看了一眼站在身后的校首长和队干部，心想千万沉住气，争取打出优秀成绩。这么想着，心里就有些紧张，接过教员递过来的手枪，感觉心跳加快，装上三颗子弹，举枪瞄了一下靶标，手臂不由得开始颤抖，我竭力控制情绪，可越想平静心态，手臂抖得越厉害，我深呼吸，仍不管用，急得脸通红，头上冒出细密的汗珠。教员见状，走到我身旁说：慌啥，平时咋练的就咋打。我吐出一口气，重新瞄准，手臂依然在颤抖，顾不上多想，扣动扳机，"砰"的一声，子弹飞出枪膛，很快报靶员传来信息：脱靶。我惊呆了，感觉大脑一片空白，好在是试射，愣怔片刻，我重新举枪瞄准，在晃动中捕捉瞬间出现的"三点一线"，随后扣动扳机，连击两发，这次没脱靶，成绩6环、7环。这样的成绩难保考核及格，不及格就不能毕业，我心情紧张而又沮丧。

　　考核开始，教员走到我身旁，他手握五发子弹，此前都是学员自己装子弹，我正要伸手接过子弹，教员却从我手里拿走手枪，只听"咔、咔"两声，弹夹从枪把上弹出又弹入，动作娴熟、迅速，而后教员将手枪还给我。不容我多想，便下达命令：开始射击。我举枪瞄准，手臂依然颤抖，我屏气凝神，在确认瞄准靶心的瞬间，扣动扳机，结果，枪没响，"空击"。我转身茫然地望着教员。教员重新从我手里取过手枪，依旧"咔、咔"两声，弹夹弹出又弹入，我无法判断子弹是否已装入弹夹，继续举枪瞄准，不知这一枪还会不会空击。空击，不影响成绩。于是，我静心瞄准，轻扣扳机，"砰"的一声，面前腾起一股蓝烟，子弹飞出枪膛。我收枪，等待报靶。很快，报靶牌高高举起：10环！我惊喜。随后，教员再次拿走我的手枪，迅速完成装填子弹的动作，我仍猜不出子弹是否上膛，也顾不上多想，再次瞄准射击：9 环。两枪收获 19 环。教员将剩余的 3 发子弹交给我，他说：细想过程，别想结果。我定神默想动作要领，此刻心里感觉轻松了许多，再次举枪瞄准，扣动扳机，动作连贯，一气呵成，一连三发，射击完毕，我收枪，恢复常规站姿，等待报靶。"10 环、9 环、9 环"。报靶完毕后，两名教员复检，宣布五发命中 47 环，考核成绩优秀。

考核结束，学员队统计成绩，我排名第四，前三名获学员队嘉奖。我内心十分沮丧：平时训练动作要领掌握得挺好，实弹射击为什么还会紧张？否则，我也能获得嘉奖。教员看出了我的心思，他说：军人的荣耀，不是在考场，而是在战场。

此后，许多年间，我在部队实弹射击，再没出现过手臂颤抖的现象。

二　信念

入校第一年，军体技能科目考核，我全部获得优秀证，分别是：手枪射击、1500 米游泳（规定泳姿及自选泳姿）、单双杠技能。这些科目虽然不是专业课，但作为学员，不合格也不能毕业。

我曾是个"旱鸭子"，家乡的大石河离家几里路，一年内大部分时间水流如溪，只有到雨季，河水才上涨，水面却漂浮着从上游冲下来的杂物，浑浊且汹涌，小孩子此时不敢下河。那时候没学会游泳，现在却要游 1500 米。

游泳训练共 6 次课，12 课时，穿插在文化课之间，两个月内结束。军校只有一个游泳池，夏季，除去训练课，每周日开放，几个学员队数百名学员轮流使用，一次两小时，这样计算，课外我只有两次加练的机会。

训练课，教员让我们这些"旱鸭子"先练憋气换气，我们队有十三名学员不会游泳，我们并排站在泳池浅水区，教员嘴上的哨子一响，我们就把头扎进水里，教员手握秒表计时，要求一次憋气 60 秒，然后换气，再憋 60 秒。开始，我憋气 30 多秒，已脸色紫红、头晕眼花、浑身无力。教员还没喊停，我已抬起头来。教员说，快速学会游泳，必须先学会憋气。我见其他学员跳进泳池如鱼得水，撒欢地游，心里既羡慕又嫉妒，两小时的训练课，我下狠劲练习水中憋气，其间还穿插练习游泳动作，一节课站在浅水区，虽说心里憋屈，但憋气时长却提升很快，两次训练课结束，教员测试，我能憋气 50 秒了。课外，按教员提示，晚上洗脸时，我在洗漱间接满一盆水，看一眼手表，把头埋入脸盆练习憋气，每天如此，半个月下来，憋气 60 秒已不成问题，我高兴，信心大增。下次训练课便要求进深水区，教员同意后，我活动了一会儿四肢，一闭眼，就跳入泳池深水区，人迅速下沉，我憋住气，手脚并用，一阵乱划拉，很快就浮出水面，我抹一把脸上的水珠，兴奋地对教员挥着手说："我能在水上漂着啦。"此刻，我真正体会到只要能沉在水下憋气，掌握各种泳姿、学会游泳就不是件难事。两小时的游泳课，我不停地轮番练习蛙泳、自由泳、仰泳、潜泳。其间，呛过水，鼻子酸胀、眼睛流泪。还有两次，喝了一口泳池水，有股药味，差点儿吐了。

　　游泳考核是在初秋的一个上午，泳池内 5 名学员同时出发，泳程 1500 米，折返 29 次，规定前 500 米蛙泳，中间 500 米自由泳，最后 500 米自选泳姿，中途不准停止，25 分钟内完成。我游到 400 多米时，感到胸闷，四肢无力，泳速也明显慢下来。站在泳池边的学员、教员、队干部都在为我鼓劲加油，喊声一片，我咬牙坚持着，四肢好像失去了控制，仿佛它们是在自动有规律地划水。游完 500 米蛙泳，再游"自由式"，我感到体力渐渐恢复了，四肢也比刚才有力量了，我加快动作频率，当听到哨声吹响，还剩最后一圈时，人兴奋了。"冲刺！加油！"此刻，岸边响起学员们的呼喊声，我奋力冲刺，到达终点后，教员宣布考核成绩优秀，我顿时瘫软了，双手握住泳池壁上的铁梯子，想爬上岸，一条腿却抽筋了，抬不起来，两三个学员连拉带拽才把我拖上岸。

事后，我问教员："为什么游到 400 多米时，手脚像没了知觉，却能不停地划动？"教员笑着说："人的体能达到极限时，是大脑保存的意念在指挥肢体做机械运动。"我顿悟：达至目标，应有坚定的信念，人生之事无不如此。

三　歌词之祸

我们班的学员兼副班长，名叫石钢，福建人，个子不高，人机灵勤快。副班长的职责之一，是管理学员的内务卫生，他掌管宿舍钥匙，学员离开宿舍后，他再检查一遍室内卫生、物品摆放、门窗关闭等状况，哪儿不到位，迅速整理好，而后锁门，飞奔着跑下楼，这时学员们已在楼下排好队，他个子稍矮，又是副班长，站在队尾。

他每天最后一个离开宿舍，又第一个跑回宿舍为学员开门，班里学员称他为"管家"。

学员每周一、三、五出早操，出操回来至集合去食堂吃早饭，间隔只有 20 分钟：整理内务、洗漱、大小便、打扫室内卫生……此刻学员都觉得时间不够用。

副班长石钢做事麻溜利索，常常是第一个忙完自己的事，而后，两眼在房间内扫一圈，便能发现谁的被子没叠成"豆腐块"、谁的床单上有褶子、谁床下的三双鞋没按高矮次序摆在一条线上，他便跑过去抻抻拽拽，前后左右调整一番，很快就到位了。这时，集合时间已到，学员们纷纷跑下楼，石钢最后离开，走前还要环视一圈室内，看还有没有哪里不符合要求。学员上课后，队干部要来宿舍检查内务卫生，每周全队评比一次，发"卫生达标"流动红旗一面，我们班有细心、勤快的副班长管理，入学这两周，流动红旗一直挂在宿舍里。

入学第三周周二，我们班出了大事，具体说是石钢出了大事，周一晚上，石钢被队长叫到队部，约半小时后，队长、教导员与石钢一同来到我们班，石钢双眼通红，像是哭过，他一声不吭，走进宿舍，默默地收拾完行李物品，肩背手拎，跟着队长、教导员走了，那晚，他没有回来。

我们担心，他不会被退学吧？因为，学员入校三个月内为考察期，德智体哪一方面不合格，都将被无条件退学，送回原部队，但我们不知他哪一点不合格。

第二天晚上，学员在俱乐部集合，队长一脸严肃地宣布了校训练部的通报：学员一队五班学员石钢，笔记本中抄录多首台湾歌手邓丽君的歌词，军校有明确规定，学员禁止听靡靡之音，唱不健康歌曲，石钢违反军校学员纪律条例，遵照《学员考察期管理规定》，经校训练部批准，即日起石钢退学，回原部队继续服役。

原来，周一早晨，我们下楼集合吃早饭，石钢照常检查班里的内务卫生，他发现3号床铺下面新出现了两条蜘蛛网丝，便拿起扫把想扫掉，但蜘蛛网丝悬挂在床铺最里侧，两张床铺并排摆放，他蹲在床头够不着，这时，大家都在楼下排队等着他，一时不能收拾干净，他只好晚上回来再扫，就匆忙站起身，转身往外跑，其间，他碰倒了自己床头边摆放的挎包，匆忙将其扶正，而后锁门下楼，却未发现一个小笔记本从挎包里滑落到床下。队干部上午检查内务卫生时，队长捡起那个笔记本翻看，发现有手抄的邓丽君歌词，他将笔记本交给教导员，俩人都意识到问题的严重性，决定报告学员大队。大队政委看了笔记本，当即表示，上报校训练部。当日，校训练部就做出对石钢退学处理的决定。这些都是两年后毕业时，学员队教导员跟我说的。

令我震惊的是，那天教导员心情沉重地说，当他和队长早晨去军人招待所送石钢离校前，石钢背起行李，刚走两步，又突然停下，转身跟队长说："我们班3号床铺下面，有两道蜘蛛网丝，我昨天早晨检查卫生时发现的，没来得及清扫，你告诉我们班长，让他扫干净，别影响班里的卫生达标。"

两年后，我毕业时，邓丽君的歌已在军校传唱，学员都喜欢她的歌，我每每哼唱，便会情不自禁地想起那个个子不高、来自福建农村的学员队副班长石钢。

四　唱红歌的教导员

学员队每周六下午组织党团员活动，那次我们到军校附近的龟山公园爬山。龟山不高，也不陡峭。春末，山坡上松柏葱郁，群鸟啁啾。教导员说，爬山比赛，前十名奖励笔记本，班集体前三名发竞赛流动红旗。最后十名，罚每人唱一首歌。

一声哨响，爬山比赛开始，学员们个个都像山豹子，铆足劲儿向山顶冲去。此前，队长已带人先行一步到达山顶，居高临下，等待学员们上山。一百二十人到达山顶时，第一名与最后一名时间相差近 5 分钟。

学员们围坐在山顶上，欢声笑语、歌声不断，即便落在最后被罚演唱的学员，也都满脸笑容，痛痛快快、按质按量地接受"处罚"。一周紧张的学习训练，此刻身心得到充分放松。有学员提议，请教导员给大家唱一首歌。话音未落，掌声响起，节奏分明，持久响亮。教导员中等身材，他站起身，走到围坐成一圈的学员中间，微笑着望着大家说，还唱那首老歌吧。他顿了顿，亮开嗓门唱道：

唱歌要唱跃进歌
骑马要骑千里马
戴花要戴大红花
听话要听党的话

这首歌，学员们听过不止一次，以前学员队搞文艺演出，他就唱这首歌。我不知道这是哪个年代的歌曲，只知道是一首老歌，是红色歌曲，是教导员的"专利"。

入校后，我陆续听到关于教导员的故事。他 1966 年从河北农村入伍，当战士，是"活学活用毛主席著作"积极分子，先在团里、师里"讲用"。后来讲到军里、讲到军区。再后来提干，从部队调入教导队（军校的前身）。他爱人，教导队的刘军医，也是当年"学毛著"积极分子，两人在军区"讲用"大会上相识，彼此倾慕，军区首长说这是难得的一对，便牵线搭桥，二人由此成为"红色恋人"，组成"红色家庭"。

五　写稿的滋味

当兵前，在镇中学念高中，"数理化"没用心学，却喜欢看小说、写作文或是打油诗，心里沾沾自喜，想着将来当诗人、作家，但从不敢对外说。

初到军校，看啥都新鲜，一日晚自习，教学楼内灯火通明，偌大的教室，自习的学员未坐满，却开着整个教室的灯，队干部时常教育我们节约用电。记得小时候，家里老屋只有一扇窗，傍晚，屋里比屋外黑得早，屋里那盏15瓦的灯泡，高高地吊在房梁上，天不黑透，母亲绝不会开灯，省一度电就省下几分钱。因此，我对用电从小就特别敏感。坐在教室里，脑子里想着头顶上那一盏盏明晃晃的灯，感觉灯光晃得我睁不开眼。我随即拿起笔，写下一篇短文，名为《如此节电》。

学员队各班，每天发一份《军区报》，周日有副刊，我喜欢，就想投稿，只是刚入学，时间紧，学习任务重，想想便过去了。那晚，灵感突现，很快就写完了这篇四百余字的短文。周日，我把稿子寄给报社，署名"默声"，我的笔名，意指"沉默之后的声音"。信封上的寄信地址：××市××路×××号学员大队一队。两周后的周日，往常每天中午已发到班里的《军区报》，直到晚上也不见踪影，我惦记着那篇短文，不知发表了没有，心里始终忐忑不安。第二天早饭后，教导员找到我，我发现他手里攥着一份卷成卷儿的报纸，他随后展开，指着一个标题，严肃地说，《军区报》批评咱们学员队了，这文章是你写的吗？我低头一看，"讽刺与幽默"栏目下方，是一篇《如此节电》、署名"默声"

的短文，我脑子里嗡的一下像炸开了，我突然意识到自己闯祸了，学员队把荣誉看得比什么都重要，现在突然上了《军区报》，不是表扬是批评，这不是给队里抹黑吗。我心跳加快，头上冒汗，愣怔片刻，老老实实地对教导员说："是我写的，但上面没提是哪个学员队教室，我也没想到短文下方会标注作者的通讯地址。"

那一天的报纸，队里没有发，晚上全队集合，队长说以后学员写通讯报道，必须经过队领导审核后才能寄出，否则，造成不良影响，追究当事人的责任。我站在队列里，心跳如响鼓，手心在冒汗，好在队长没点我的名。后来各班班长都知道了，渐渐传开，学员们都挺羡慕，有学员悄悄对我说，以后回部队多写，文章发表了寄给咱看。

那次点名后，教导员找到我，让我给报社写信，说那事不是发生在我们学员队，我没想到教导员让我做这事，又不敢当面拒绝，只好沉默不语。

第二天早饭后，教导员又找到我，他说跟大队首长请示了，信就不用我写了，但以后写稿应注意把握分寸。我心里悬着的石头终于落地了。

约莫半个月，《军区报》社寄来两元稿费，我去军人服务社买了一包糖，悄悄分给班里的学员吃，他们嘴里嚼着糖，笑着说："以后多写，我们免费吃糖。"我也咧嘴笑，心里却有说不出的滋味。

六 传承

每座学员宿舍楼外，都有一块晒衣场，横竖五排水泥桩，间隔四米，一人多高，齐刷刷地戳在那儿，像列队的士兵。"8号铁丝"从水泥桩顶部穿过，织成棋盘状的网格。水泥桩之间，红砖垛子，架起一溜水泥预制板，用做晒鞋。红砖甬路围绕晒衣场，路两侧，绿草茸茸。

晒衣场是军校的一道风景，白如云朵的床单、天蓝色的军裤、草绿色的上衣、绿棉被、绿毡毯，一年四季，只要是星期天，天气晴朗，军人的色彩便汇聚于此，接受阳光检阅、微风吹拂。

晒衣场内晒鞋，本是平常之事，可一双绿胶鞋，从春天一直晒到深秋，此前我从未见过。

军校在中原腹地南端，距离长江约二百里。一年中，湿热天气居多，尤其到了夏天，学员年龄都在二十岁上下，火力壮，脚上穿的绿胶鞋透气性差，出现"汗脚"不足为奇。尤其体育锻炼后，浑身冒汗，脚下自然不干爽，脱下胶鞋，飘出一股异味儿，不宜放在宿舍床铺下。不知哪位学员最早想出的办法，将鞋直接脱在晒衣场，换一双干爽的胶鞋穿上，这原本平常之事，但这双鞋，自从放在晒衣场，就再也没进过屋。军体课，或是自由活动时间，踢足球、打篮球、跑步回来，先到晒衣场，把鞋放在水泥预制板上，换上运动前脱下来的那双鞋，其他就不用管了。你不用担心这双沾满灰土、有些潮湿的胶鞋会越来越脏，变臭。这里的天气变幻莫测，隔不了几天就下一阵雨，或淅淅沥沥，或滂沱如注，雨水浇灌、拍打在胶鞋上，灰尘连同异味被冲刷得一干二净，雨过天晴，炽热的阳光很快便将胶鞋晒干，绝不会耽误下次运动时再穿。这一方法，没人教，学员们看到了，都跟着效仿，晒衣场内，水泥板上，一双挨一双摆满了绿胶鞋。春至秋，一双双运动时穿的绿胶鞋，就一直驻扎在晒衣场内，成为一道风景。秋末，不少胶鞋都毛了边、破了洞，裂开了口子，学员清扫晒衣场，它们随同草坪上枯黄的落叶一同被装进竹筐，请出晒衣场。

不怪学员们不洗刷绿胶鞋，南方的雨水洁净，有天助，即省时、省力、又省水，何乐而不为。

第二年初春，一双双崭新的绿胶鞋重新出现在晒衣场内。新学员入校，不久，他们的晒衣场内也摆满了绿胶鞋。"传承"，潜移默化，竟包括晒鞋这种细微之事。

七 血书

二大队的学员是军校第一批地方"直招生",他们入学即入伍,入校即为兵。

他们毕业后由军校统一分配到部队,部队遍布祖国东南西北、城市乡村,分到哪里,将面临考验。

他们自从报考军校那天起,就深知军人以服从命令为天职,但毕业前,仍会考虑部队离家远近、在城市还是农村、南方还是北方……而军校从他们报到那天起,就围绕实现个人理想、价值与军人使命、部队建设的关系进行学习、教育,毕业前教育工作开展得更是热火朝天。

他们当中不少学员,毕业前几个月,已不止一次写申请,要求分配到地处最边远、最艰苦的部队去工作。学员队因势利导,抓典型,将他们写的申请书一张张贴到宣传栏上,号召学员向他们学习:到边疆去,到最艰苦的地方去,到部队最需要的地方去。

临近毕业,有学员悄悄写下血书,贴在宣传栏上,血书仅仅五个字:到新西兰去。"新西兰"指地处新疆、西藏、兰州(甘肃)的空军部队,都是偏远艰苦的地方。

血书,我曾听说也看到过。少年时,电影、画报里有八路军、解放军战士为捍卫阵地,面对死亡,毫无惧色地写下血书的画面,表达"人在阵地在、誓死不屈"的革命英雄主义精神。

军校学员写下的血书,虽然没有战争时期八路军、解放军写血书时那么豪气冲天、视死如归,他们用牙、用削铅笔的小刀,在手指上咬一下、划一下,殷红的青春之血便流淌而出,滴落在毛笔尖上,变换出五个大字:"到新西兰去"。这五个凝固的大字,没有食盐、朱砂为其增色保鲜,只有体温,却展现出新时代年轻军人的豪情与理想。

"新、西、兰"三地,对写下血书的军校学员来说是陌生的,但在他们心目中,那里最美好,犹如他们的青春。

美丽的右手

新学期开学后，初一 (2) 班迎来一名新同学，她个子不高，偏瘦，面庞黑里透红，一看就是个淳朴的农村小姑娘。

头一节课，在全班同学的注视下，她腼腆地走上讲台，做自我介绍："我叫孟娟，老家吉林，爸爸妈妈在北京打工。以前我在老家上学，跟奶奶一起生活；年初，奶奶去世了……"

孟娟说话声音不大，说到奶奶时，她哽咽了。我注意到，她双腿并拢，手臂紧贴裤缝，始终笔直地站着。

同学们的目光起初盯着孟娟的面庞，不一会儿，便移至她的右手上，并露出疑惑的神情：孟娟的右手一直紧握着，好像攥着什么东西。左手则五指并拢，舒展地紧贴在裤缝上。左右两只手，姿态差异明显。而此时的孟娟已羞涩地低下了头。

不久，我发现孟娟不爱讲话，脸上很少显露笑容，跟同学也不怎么合群。我是班主任，教语文，课堂上提问，同学们争先恐后举手回答，孟娟却从不举手。其他课任老师，也向我反映过类似情况。我疑惑，她是答不出，还是羞涩胆怯？此后，我上课提问时，便有意将鼓励和期待的目光投向她，但是，每当我们四目相遇，她便迅速低下头，匆忙拿起笔在本子上写着什么，显然，她在回避我。

一次，我提问，同学们纷纷举手，唯独孟娟两只手放在课桌下，两眼不时地躲闪着我投去的目光，神情拘束不安，她始终没有举手，我心中有些不悦，将严厉的目光投向她，同学们也默默地注视着她。孟娟被数十道目光包围着，神情窘迫，犹豫半天，最终极不情愿地将手臂缓缓举起，但她举起的是左手，突兀于前后排同学们高举的右手旁。同学们惊诧了，禁不住发出一阵哄笑。孟娟瞬间面庞涨红，慌忙放下左手，又迟疑着举起右手。我清晰地看到：她的右手只有三个完整的手指，无名指、小拇指仅残存短短一截，紫红色，如两粒蔫瘪的花生豆。与同学们完整、白皙、洁净的双手相比，孟娟的右手残缺而又粗糙。她神情尴尬、羞涩，瞬间，又将右手缩了回去。

孟娟右手残缺我此前已知晓，我突然意识到，她不举手回答提问，一定是不愿看到刚才那种场景，她觉得自己的手太难看，她是自卑啊。我忽然想起，她平时写字，右手习惯向外倾斜，手掌侧面紧贴作业本，握笔姿势极不规范；她还经常把右手缩入袖口。这一切，都是为遮蔽那残缺的手指，保护自己柔弱的自尊心。而我竟浑然不觉，还执意在同学们面前挑战她的自尊，我心中突然一阵颤栗，我能为她做些什么呢？

周日，我来到孟娟家，房是租的，狭长而又昏暗，两块方格窗帘布将房间隔开，靠外侧架起一张单人木床，书本齐整地摆在上面，这无疑是孟娟睡觉和学习的地方。来之前，我电话联系过孟娟的父亲，尽管他们已有准备，见面时却依然很拘束，站也不是坐也不是，更不知说什么好，我倒像个主人，主动和他们搭起话来。

家访，使我对孟娟更了解了。

征得孟娟同意，周末下午班会，我把孟娟的故事讲给同学们听。

孟娟的右手先天残缺，小时候村里的孩子都喊她"三指"，不跟她玩，她胆怯、孤独、不爱讲话，却懂事、勤快、聪明、好学。父母在北京打工多年，她在老家一边上学，一边陪伴照顾年迈的奶奶，直到奶奶去世……

孟娟的故事还没讲完，同学们眼圈就红了，有几名同学用手指悄悄抹去眼角涌出的泪水。下课后，同学们纷纷围住孟娟，说今后我们都是你的好朋友。我握住孟娟的手说："记住老师的话，手指残缺并不可怕，也不丑陋，只要你坚强、自信、有梦想，你就是最美丽的姑娘。"孟娟的右手，在我的掌心中不停地颤抖，眼泪扑簌簌地滚落下来，她冲我使劲地点头。这时，同学们的掌声已响成一片。

此后，孟娟的性格变得越来越开朗，各方面进步明显，渐渐成为班里品学兼优的学生。课堂上，她踊跃举手回答老师的提问，在老师和同学眼里，她高高举起的右手，越来越美丽了。

守望

已是腊月，小年过了，农历二十九也过了。

今天，娘仍像往日那样，头晌午，便坐在院外路旁那节低矮的枯树墩子上，太阳抛洒着热情，娘的后背渐渐温暖，她眯起双眼，眼早就花了，看什么都模糊，越模糊眼眯得越紧，眯成一道缝，露出痴迷的目光，守望着通往村外狭窄、凹凸、蜿蜒北去的盘山路，娘守望的神态像个孩子。

娘无心晒太阳，娘在企盼儿子一家三口的身影出现在盘山路上。

山外镇街，每天往返一辆长途汽车，往年，儿子从县城下火车，就坐那辆汽车，再走十里盘山路，头晌午才能赶到家。

十年了，每当临近年根儿的日子，娘心里就不安生、就起急，娘在心里念叨：儿孙们咋还不回家过年。莫论十年长短，岁月分秒含情。儿子离开山村离开娘时，还是个十八岁的毛头小子，鬓角下隐约长出稀疏柔软的汗毛。如今，汗毛变成连鬓胡子，前午儿子赶路回家，两天没刮脸，密密麻麻的胡楂子种在脸上，娘一摸，像刚割断的稻茬子，扎手，跟他爹年轻时一模一样。而娘头上的黑发，也悄然被岁月熬白，一如院外那棵老槐树，忽然在某个冬夜，树冠的枝桠上便裹满了洁白的冰霜。

儿子在遥远的北方城市打工，家，早已是娘一个人的家。爹走得早，大姐嫁得远，娘习惯了一个人过日子。而身在异乡的儿子，深知娘的孤独、娘的寂寞。往年在盘山路上来去匆匆的那一刻，儿子总能望见小院外、村道旁，娘或坐或站、默默迎送的身影。娘身后那棵躯干粗糙、枝桠弯曲，与她年纪相仿的老槐树，以沉稳庄重的姿态，始终静默地陪伴着娘。在儿子眼里，这一树一人，犹如一幅情感凝重的山乡水墨画，画面时常在他眼前跳跃，像是在说：儿啊，你何时回到娘的身旁，何时娘不再孤寂地守望。

何止娘，曾经热闹的山乡，日渐沉寂。姑娘小伙、年轻夫妻，凡是腿脚利索的，或早或迟，最终都踏上盘山路奔向远方。娃们也与父母牵手而去，仿佛只有远方的都市才有他们幸福的家园。山村炊烟稀疏、人影孤独，昼与夜相似的静寂。娘喊娃回家吃饭的清亮嗓音；娃们追逐打闹的欢乐场景；爷们手握锄把，在田间劳作、调侃的爽朗笑声；以及轰赶牲畜甩出的响鞭，回家路上即兴吹响的口哨均已黯然消失。唯有狗吠声依然清晰，唯有午后坐在老屋台阶上晒太阳、鬓发苍白的老人依旧。老人们的双眼也眯成一道缝，散淡的目光投向蜿蜒的盘山路，他们同娘一样守望着远方。

十年，儿子不仅两腮收获了胡碴儿，还收获了老婆和娃。儿子租了两间平房，一家三口居住在城市边缘。如今三岁的娃，娘只见过一面，那时娃还不会叫奶奶。儿媳是外乡人，娘家那边没有山，来去要方便些，娃放到娘家养，回婆家的机会少，不是儿媳不孝，实在是娃太小，路途遥远，经不起折腾。儿媳曾对丈夫说，谁没有父母，谁不会年老，如今城里租下房，咱把娘接来住。

年三十晌午，儿子的身影终于出现在盘山路上，他老远就看到娘坐在院外那节枯树墩子上，面向北方、面向盘山路。儿子甩开大步，奔到娘面前，蹲下身，握住娘的手，儿与娘的手越握越紧，两只手同时在颤抖。儿身旁没有媳妇、没有娃，娘心里好一阵失落。儿懂娘的心，却无奈地对娘说：在家就住三天，正月初三咱一起走。

三天，转瞬即逝。

娘舍不得山乡、抛不下家，却拗不过儿子，也惦记儿媳和三岁的孙子，最终犹犹豫豫，一步一回头地跟着儿子踏上了盘山路。

娘进城了，娘要在城里过日子，过城里人的日子。

娘整日心里颤颤的，说不清是兴奋还是紧张。

娘不会讲普通话，认不下几个字，出门就转向，儿子租住的两间平房位于城乡结合部，平房与楼房挤在一起，狭长的胡同与宽敞的大道交织在一起，三轮车与货车、轿车混行在一起，娘脚下是陌生的土地、陌生的道路。眼前是陌生的面孔、陌生的街市。娘神情迷乱、步履蹒跚，不敢往远处多走几步，娘怕迷路找不到家、怕被车撞着、怕说话别人听不懂。

娘转身往回走了，此后娘不再独自出屋。儿子儿媳有空陪着，娘会走出房间，但走不远就想回去，娘嫌外面乱、吵。儿子儿媳白天外出打工，屋里就剩娘，儿子怕娘心里憋闷，教她用遥控器开电视机。她总记不住先按哪个键后按哪个键，好不容易打开了电视机，却忘了怎么选台，电视不出画面，想关闭，又不知按哪儿好，电视机就那么默默无声地开了一白天。此后，娘连电视也不碰，不看，还省电。娘没事做，在屋里坐一阵，走一阵，两间并不宽敞的房间，里屋外屋来回转。后来，娘发现了一个不用"转磨"就能解闷的好地方——窗户，她心里暂时踏实了。娘白天除去简单地吃几口午饭，困了，倒床上睡一会儿，其余时间，都倚靠在窗前，窗户朝阳，娘面向太阳、面向南方。娘每天都站在那里，眯起双眼，眼前呈现的是车水马龙、人影匆匆，望着望着，娘不由得仰起头、目光痴痴地投向南方那片遥远的天空。

儿子回家时，老远就看见娘倚在窗前，目光痴痴地眺望远方，娘的身影，凝固在他的双眸中，娘与窗组合成一幅醒目的壁画，镶嵌在外墙上。儿子心头一颤，娘还在守望！儿子脚步沉重，走进屋，走到娘身旁，他不忍心打扰娘，也默默地倚在窗前，陪着娘一同眺望远方。娘头也没回，许久，她双唇翕动，喃喃自语：我望见咱老家那片天了。儿子发现娘眼里漾起一层清亮的水雾。娘住进城里儿子的"家"，换了一个地方、转了一个身，却依旧独自度日，依旧孤寂地守望那遥远的老家。

娘终究没有见到她想念的孙子。

年已古稀的娘，在故乡，日夜守望北方的儿孙，在北方儿子的"家"，又在守望南方的老家。同样的守望、同样的孤寂，娘最终选择了故乡。

守住故乡那片熟悉的热土，就守住了心中的那份宁静、温暖与安详；故乡的热土流淌着故乡人的血脉、滋养着故乡人的基因。

娘说：儿啊，娘要回老家。儿子知道娘早晚要说这句话，但还是愣怔地望着娘，随即，泪水汹涌而出。

晚上，儿子和媳妇商量娘的"去留"问题。俩人纠结一夜，终究没有得出满意的结论。但他们明白，只有故乡那片厚土才是娘心灵的归宿。

第二天一早，娘又说：我要回老家。

儿子看着娘，娘脸上写满期待。儿子将目光移向媳妇，媳妇将目光移向他，俩人对视良久，随后同时动手为娘收拾行装。

儿子边收拾边自语：回家、回家，陪娘回家。

闲话"自扫门前雪"

那年"小雪"季节，北京下了一场多年未见的大雪。

雪给人们带来惊喜、欢笑，也给人们出行带来烦恼，积雪融化，路面泥泞湿滑。

我想到了扫雪。

上世纪七十年代末至九十年代初，我在东北生活过十多年，东北许多城镇都留下过我的足迹和身影。尤其冬日，雪过初晴，城乡银装素裹，美景壮哉。与此同时，另有一种美，在雪后的城乡涌动：无论男女老幼、无论身份如何，只要腿脚灵便、只要脱得开身，不用谁去招呼，人人都会主动拿起扫把、铁锨、推雪板，走出家门、院门、办公室的大门，清扫大街小巷的积雪、坚冰。雪，是无声的命令、是吹响的集结号，扫雪除冰是冬日里每个人都踊跃参加的一项义务劳动。对待这样的劳动，所有的人内心都充满自觉、快乐、干劲十足。尽管天气寒冷，但各个浑身冒汗，街头处处呈现着一张张红扑扑的笑脸，荡漾着 阵阵欢快的笑声，成为雪后城乡一道靓丽的风景。

扫雪铲冰，不仅仅是一项义务劳动，或是一份责任，这里面还充满着邻里间、同事间的和谐友爱以及无尽的乐趣。

滚雪球，一个拳头般大小的雪球，不知被谁扔在雪地上，随后被许多人你一脚我一脚，从路这头踢到路那头，雪球滚动着，渐渐长大，人们踢不动了，就开始躬身用手推，一个人、两个人，雪球越滚越大，也越来越沉，推的人就越来越多，直到大家都觉得满意了，一个巨大的雪球滚动到路边，而路面则减少了一层积雪。

堆雪人，司空见惯，你一锹、我一铲，很快，一个或几个半人多高的雪人就伫立在路边了。细心的人会把雪人装扮一番：鼻子、眼睛、眉毛、耳朵、嘴，一样不少，还有人拿来自家的一个旧脸盆，或黄或蓝或带花的，扣在雪人头上，瞬间，雪人栩栩如生，煞是可爱。

打雪仗，更是小孩、年轻人的乐事。或一对一，或三三两两，或分成两队，面对面展开对攻，刹那间，鸡蛋大小的雪球在空中穿梭，雪末飞扬，笑语欢声，好不热闹。

也有人带来自制的滑雪版，抽空在路边或是空旷的场地中滑上一阵，引得身后一群孩子追逐。扫雪已不仅仅是单纯的劳动，更像是一场欢快的聚会，众人参与的游戏，不管平日熟悉与否、认识与否，在这里很快就成为熟人、朋友，其乐融融，和谐友善，听不到抱怨声、叫苦喊累声，唯有笑声荡漾，笑脸洋溢的美好景象，给人留下久远的回忆。

尽管每个人都"自扫门前雪"，但那一片片被清扫干净的门前雪，最终连成一片，洁净了一条街，一片场院，一座城镇。

许是环境的影响，东北人对扫雪铲冰这种事早已习惯了、适应了，进而成为自觉，不用动员、组织。每家每户每个单位，平日都备有扫雪除冰的工具，只要下雪，扫雪的人群就会出现在城乡的大街小巷，成为一道美丽而又热闹的雪后风景，成为一种传统。

如今，我身在首都北京，北京冬日的雪远没有东北的雪下得多下得大，雪多为小量级，飘飘洒洒，落地即化。大都市，扫雪除冰，皆有预案。逢变天，气象部门会发出预报，市政等多部门便提前配备充足的人员及各种机器设备、工具，24 小时待命，一旦下雪，特别是中到大雪，扫雪铲冰便是他们的一项重要工作，进而保证城市交通顺畅、车辆人员出行安全，街道洁净。而那些胡同小巷、犄角旮旯，社区（村镇）居民则自发地拿起扫把、铁锹，走出家门进行清扫，使城市乡村的边边角角同样保持洁净优美，"自扫门前雪"的景象在北京也已随处可见，雪后寒冷的冬天，人们心头由此升腾起一股浓浓的暖意。

别让父亲失落

陈子明的父亲退休前，在国营德阳饭店当了三十多年厨师，做得一手好饭菜，老城西南一带的居民，提起德阳饭店，少不了说到陈子明的父亲——陈师傅。后来征地拆迁，德阳饭店停业，陈师傅也到了退休年龄。

从小，陈子明就喜欢吃父亲做的饭菜，但只有父亲每周休息那天，他才能如愿以偿，随后便是漫长的等待，一直等到父亲下个休息日。其实，父亲在家做的饭菜，远没有在德阳饭店做的花样多。那时，家里没啥好吃的：主食一半米面、一半杂粮；菜：冬天白菜、土豆、萝卜、豆腐，夏天黄瓜、豆角、西红柿。鸡蛋、鱼肉个把月也难见一面。子明的父亲在饭店做糖醋鲤鱼、四喜丸子、红烧肉、熘肝尖、炒腰花，子明听说过，却从未见过，更没尝过。但父亲在家炒的醋熘土豆丝、炖的砂锅老豆腐、煮的疙瘩汤、烙的千层饼，却是他们一家人的最爱。大院里的男女老幼，都尝过子明父亲做的饭菜，众口一词："老店的厨师，手艺就是不一般。"每次子明父亲炒菜，满院飘香，出来进去的人，无不羡慕，都扭头朝子明家厨房里瞧，有爱说笑的老邻居，隔窗冲子明父亲亮开嗓门："陈师傅，又炒啥好菜啦？"子明父亲呵呵一笑，故意把炒菜的铁铲在锅沿上磕两下，发出"当当"的响声，隔窗应道："来尝尝就知道喽。"子明在里屋听着，心里美滋滋的。

子明父亲退休时，子明已参加工作，每天下班回家吃父亲做的饭菜，心里特满足。

结婚后，子明搬出大院居住，离家远，不再每天回家吃饭。姐姐早已出嫁，家里只剩父母。子明和媳妇周日回来看父母，这一天，家里犹如过节。子明父亲一早儿就去市场买新鲜的蔬菜、鱼肉，到家一头扎进厨房：择、洗、切，蒸、煮、炖，食材经他过手后，很快就变成一道道子明和媳妇都爱吃的珍馐佳肴。子明的母亲站在一旁打下手，老两口边忙活边唠家常，一上午没歇着，竟不觉得累。子明和媳妇进屋时，父亲微笑着走出厨房说："就等你们啦。"不经意间他将一只手撑在腰上，子明察觉到父亲笑容后面掩饰着疲惫，不由得心生愧疚，便说："爸，您腰又痛了，快歇会儿吧，饭我们自己做。"子明的媳妇忙着去洗手，准备下厨。父亲却拦住他们说："一周才吃一次我做的饭菜，你们陪你妈说会儿话，咱四口人的饭菜，比在饭店做十几桌酒席的饭菜简单多了。"说着，他已转身走回厨房，不一会儿，饭菜出锅，满屋飘香。

吃饭时，子明的父亲坐在子明身旁，看到子明和他媳妇吃得有滋有味，他脸上的皱纹便舒展开了。子明说："爸，您吃啊。"子明的父亲说："你们吃。"子明知道父亲累了。子明和媳妇吃完，父亲才拿起筷子，那顿饭他吃得很慢、也吃得很香。

回自己家的路上，子明对媳妇说："往后，咱们吃完午饭再来，还要多带些菜，免得爸为咱们买菜做饭，看他累的，腰又疼了。"媳妇点点头。

此后，尽管子明和媳妇都很想吃父亲做的饭菜，但他们还是坚持午后才回父母家，并带来新鲜蔬菜、水果、鱼、肉、蛋。可每次回到家，饭桌上依然摆满饭菜，父亲说咱们一起吃。子明和媳妇只好坐在饭桌旁，胃里满满的，实在吃不下多少。父亲望着一桌饭菜，几次欲言又止，虽然他依旧面带笑容，但子明已感受到他心中的失落。

去年，母亲病逝，子明的父亲一下苍老了许多。每到周末，他都打电话，问子明和他媳妇周日回不回家吃午饭。子明说："您别忙乎了，午饭我们自己做。"头晌午，子明和媳妇赶到家，父亲早已把午饭做好了，子明埋怨道："您再这样，我们以后不回来了。"父亲望着子明，呵呵一笑，说："你们不是爱吃我做的饭菜吗。"

到了做晚饭的时候，子明父亲还是不让子明他们动手，他说："就当我活动筋骨了。"

那天，子明和媳妇离开时，在大院门口，遇上邻居冯婶，她悄悄对子明说："平时你们不来，你爸吃饭总对付，院子里也闻不到他炒菜的香味啦。他做了一辈子饭，如今没人吃，做饭的心气也没了。"子明心里一沉，想说什么却说不出。

沉思一路，到家，子明对媳妇说："从明天开始，咱俩下班去爸那儿吃晚饭。"媳妇一脸茫然地望着子明。子明说："父亲喜欢做饭，他心里高兴、不失落，身体才会硬朗。"媳妇恍然大悟："那我帮爸做饭，既学厨艺，又不让爸累着。"

子明笑了，媳妇也笑了。

误读

315路公交车驶入马甸桥北站，一胖一瘦两位年轻女子先我一步上车，车内已坐满乘客，我与那两位女子并排而立，对面座位上有一位妇女，年纪约莫六十开外，头发花白，却梳理得很齐整，面容洁净，穿戴也利落得体。自两位年轻女子上车后，妇女便扭头看了她们一会，头刚转回去，又转了回来，这次，她的头不动了，目光滞留在胖女子身上，像突然发现了什么，脸上露出惊喜。

仲春，天气晴朗温暖，胖女子身着一套浅色宽松休闲装，微微隆起的腹部，以及身旁同伴苗条身材的衬托，更使她显得肥胖臃肿了。车向北行驶，忽快忽慢，有些颠簸，有些摇晃，我握紧车厢内垂挂的吊环扶手，目光跟随那位妇女的视线也投向那位胖女子。胖女子与一同上车的女伴你一句我两句，轻声细语地聊着，脸上不时露出笑容。从她们的神情和会心一笑中，我想这准是一对闺蜜。

汽车突然减速，胖女子两脚错动，身子前倾后仰，险些摔倒。闺蜜伸手挽住她的胳膊，笑道："重心偏上，站不稳吧。"胖女子顺势抓住妇女座椅的靠背，将身子站稳，随后冲闺蜜说："甭笑话我，你迟早也这样。"闺蜜扫了一眼她微微隆起的腹部："我才不会呢。""不会？"俩人相视而笑。座椅上的那位妇女见状也禁不住笑了。胖女子这才发现那位妇女在注视她，便羞涩地低下头，脸上漾起一片红晕。她移动双脚，调整好身位，又抻了抻衣襟，随后便打了个哈欠，那神情略显疲惫。那位妇女站起身，笑着对胖女子说："闺女，坐这儿吧。"说话间，妇女的目光从她的小腹上掠过。胖女子连声说："谢谢阿姨，您坐吧、我不累。"妇女说："车摇晃，你身子不便，快坐下吧。"胖女子脸更红了，她下意识地看了一眼自己的腹部，不知说什么好。闺蜜见她满脸窘迫，便说："你快坐吧，这是阿姨的心意。"面对空出的座位、热心的阿姨，胖女子既尴尬又犹豫，更不知如何是好了。妇女拉着胖女子的一只胳膊，连声说："坐吧、快坐吧，小心点好。"胖女子迟疑着，最终还是往前迈了一步，侧身座到椅子上："谢谢、谢谢阿姨。"妇女看着她，悄声说："前两年，我闺女怀着孩子，坐公交，一不小心，闪了身子，结果流产了，至今再没怀上。"说话间，妇女脸上布满遗憾。"要没那次意外，我外孙子现在该两岁多了。"妇女眼窝红了。胖女子不知如何安慰她，便起身请她坐下，妇女连忙用手按住她的肩头说："快坐好，坐好，小心伤了身子。"胖女子重新坐下，她嗔怪地瞥了一眼身旁的闺蜜，闺蜜面露羞涩，悄然低下头，目光盯在手机上。

公交车驶过北沙滩，路上的车少了，车速提了起来。妇女手握扶手，身体随着车身的晃动而晃动。胖女子几次站起身请妇女坐下，却都被她拒绝了，她内心感觉既不安又愧疚，两眼望着妇女，几次欲言又止。妇女此刻却神态自若，她仿佛早已适应了公交车的颠簸。"下一站清河，请乘客……"车厢内响起广播声，胖女子站起身，对妇女说："阿姨，您快坐吧，谢谢您啊。"妇女问："到站了？""到站了。"妇女从兜里掏出手机，迟疑片刻，突然说："闺女，我能加你的微信吗？"未等胖女子回答，又说："等孩子出生了，请把宝贝的照片发给我一张好吗？"妇女眼里充满渴望。胖女子疑惑地望着她，妇女连忙补充道："你和我闺女长得太像了，你的孩子肯定像我那没出生的外孙。"妇女说着眼里已涌满泪水。胖女子连忙掏出手机，扫描了妇女手机上的二维码。

在清河站，我和两位年轻女子前后脚下车，妇女坐回原位，面向车窗，目光依然追随着胖女子。这时，胖女子的闺蜜说："姐，啥情况，你生咱外甥才六个月呀。"胖女子扬起手，在闺蜜后背上重重地拍了一巴掌："都怪你，非让我坐下，弄得我又当了一回孕妇。"闺蜜笑着："谁让你不好好减肥，瞧那肚子，否则，才不会被误读呢。胖女子愕然："误读？"

　　两位年轻女子沉默着，渐行渐远。

仰望天空，愿鸟儿自由飞翔

　　"咕咕——咕咕"。身后突然传来鸽子的低吟声，回眸一望，阳台外，两只羽毛灰白相间的鸽子悄然而至，在狭长的窗台上悠闲地踱步，头时左时右地扭动，一双圆溜溜的眼睛，不停地朝我房间内探望，我站起身，轻手轻脚地步入阳台，唯恐惊吓了它们。它们似乎并未介意我的到来，依然悠闲地踱步，眼睛盯住我，"咕咕、咕咕"更加起劲地低吟起来。

　　初夏，连日的雾霾终于被昨夜的微风吹散，上午，太阳露出灿烂的笑脸，身边又飞来两只羽毛灰白相间、模样极为可爱的鸽子，着实令我惊喜不已。

　　我站在阳台上，与那两只鸽子隔窗相望。我努着嘴，头一抬一抬地模仿它们的声音吹响口哨："咕咕，咕咕……"两只鸽子停住脚，睁大黄豆般圆溜溜的眼睛好奇地盯住我，而片刻之后，便不再理我，惊奇短暂即逝。它们照旧坦然自若地在窗台上来回走动，我判定这是一对家鸽。我继续吹口哨逗弄它们，并推开窗户，希望它们飞入阳台，落在我的手臂或是肩膀上，此刻，我绝无恶意，只想抚摸它们的羽毛，听它们温柔的低吟，与其来一场短暂的亲密接触。可它们并不理会我的美意，反而警觉地伸了伸脖子，又扭头盯住我审视一番，随后竟拍翅而飞，在园区宽阔的广场上空盘旋、盘旋，随后便消失在远处的楼群之中。我好失望，它们飞走了，还会再飞回来吗？我凝视着鸽子飞过的天空，突然想起，前几天，在超市买了煮粥的小米，便去厨房捧来，均匀地撒在阳台外的窗台上，如果它们再来，发现有粮吃，也许以后便会常来，我暗自得意。

午睡后，我正起劲地敲打着电脑键盘，一行行文字在屏幕中流淌。身后，"咕咕——咕咕"的声音再次响起，是它们？欣然间，我忙回头观望：那两只羽毛灰白相间的鸽子又站在了阳台外的窗台上，它们正尽情地啄着撒在上面的小米。我兴奋地站起身，走进阳台，再次推开了窗户。它们依旧不停地啄食，似乎并未在意我是否打开了窗户。我依然吹响口哨招引它们，它们却只顾啄食，并不回应我，只是在仰起头时的那一瞬间盯我一眼。我屈起食指，轻轻敲击玻璃窗，想引起它们的关注。它们或许对"砰砰"的敲击声感到陌生、受到了惊吓，竟"呼"一声，呼扇着翅膀，跃身飞走了。

园区有十几幢高层住宅，呈环形分布，包围着园区中心广场和宽阔的绿化地。绿化地内修剪整齐的灌木郁郁葱葱，高大挺拔的乔木排列有序；中心广场铺满坚实的地砖，水池中一排水管定时向空中喷射出伞状的水柱，引得在此玩耍的孩子们惊喜地发出一阵阵欢叫声。那两只羽毛灰白相间的鸽子在园区上空盘旋两圈，最终落在一幢高楼某层阳台窗外的檐台上，我隐约能看到它们的身影，莫非那是它们主人的居所？我知道园区里有养鸽子的人家，园区上空经常能看到成群的鸽子自由自在地飞翔，广场上、绿化地中也时常能看到它们觅食的身影。

一连数日，那两只鸽子，上下午均如期而至，望着它们惬意地啄着窗台上的小米，我内心平添了许多快乐。

记不得是哪一天了，阳台外突然就没了那对鸽子的低吟声，我以为自己沉浸在书写中，没听到它们"咕咕——咕咕"的招呼声。我急忙走进阳台，发现此前撒在窗台上的小米还在，数量未减，也没有丝毫被啄食的痕迹。接下来的几天，仍然不见那对鸽子的身影，我内心极为失落，也隐约有些不安，便匆匆下楼，走进园区广场，仰望天空，却依旧不见它们的踪影。

我沮丧地往回走，绿化地内的甬道上，几位散步的老人面向绿化地正议论着什么，我寻着他们的目光望去，不远处，两只羽毛灰白相间的鸽子，相距不远，侧身倒在草地中，头埋进草里，眼睛紧闭，两只腿僵直。我惊愕：它们正是我要寻找的那两只羽毛灰白相间的鸽子！老人说："前两天，园区内草坪、垃圾桶周围都喷洒、投放了杀虫剂。"

我不忍心再看下去，匆忙返回，路过园区宣传栏，见上面贴着一份通知，大意是："进入夏季，为防止蚊蝇蟑螂等害虫传播疾病，园区公共垃圾桶周边，草坪、灌木丛等处，将定期投放喷洒杀虫药剂，请居民朋友们看管好自家宠物，远离上述区域，以免中毒……"

我为那两只死去的鸽子悲伤，它们的主人为何不把它们圈好，或许，它们的主人并没有看到这份通知。

整整一个夏季，我家阳台外的窗台上，不再有一只鸽子飞落。我内心时常感觉空落落的，在敲击键盘疲乏时，会停下来，去厨房抓一把小米，走进阳台，推开窗户，像从前那样将小米撒在阳台外的窗台上，而后，隔窗眺望天空，内心期盼着从远处飞来一对灰白相间的鸽子，落在阳台外的窗台上，急促而又欢快地啄食小米，那该是多么美妙的情景啊。然而，这样的情景并没有再现。也许是那些家鸽的主人，已知晓了那份通知的内容，将他们的宝贝鸽子都圈入笼子关禁闭了吧。

这个夏天，园区上空，不曾有鸽子飞翔的身影……

初秋，天气不再那么炎热，也不见蚊蝇的踪影了，园区内便不再喷洒投放杀虫药剂，宠物狗跟随着主人在园区内欢快地玩耍；树枝上、花草间、灌木丛中，喜鹊、麻雀上下飞舞，叽叽喳喳叫个不停，园区内以往热闹的景象重现了。然而，尽管我家阳台外窗台上的小米还在，我却再也见不到那对羽毛灰白相间的鸽子飞来啄食了。

秋末，我在《北京晚报》读到一篇该报记者摄影并撰文、题为《南迁候鸟正遭残忍捕杀贩卖》的文章，提示语写道："随着候鸟南迁季节的到来，在候鸟迁徙的路线上，被人们竖起了一片片天罗地网。被捕捉的候鸟，叫声好听、模样好看的会在鸟市上售卖；其他的或被送进餐馆，或被卖给鸟贩。迁徙，成了候鸟的一场生命搏斗。"

是啊，一场生命搏斗，不仅仅是迁徙的候鸟，即便是那些我们司空见惯的麻雀、喜鹊，以及被我们喂养的普普通通的鸽子，也同样面临着来自人为的扼杀、来自生态环境的破坏、生物链断裂等众多灾难的威胁。这场生命的搏斗还远未停止。

这是人类的悲哀还是鸟类的悲哀？

人们如果不约束和控制自身无限膨胀的欲望，那么，凭借其自身优势，候鸟迁徙途中的惨剧仍会不断发生；人们如果不珍视弱小的生命，不用科学与严谨的工作态度规范自身行为，类似那对鸽子的悲剧依然会重演。

人，应常怀一颗忏悔之心——面对自然界、面对过去。

人，应常怀一颗仁爱之心——面对自然界、面对未来。

希望我们每一个人，热爱天空飞过的每一只鸟，热爱身边盛开的每一朵花，热爱脚下静卧的每一片落叶……

和平共处，不仅是人与人，也是人与自然与万物共存的前提。人们喜爱鸽子、赋予它"和平"的寓意，初衷不也正是如此吗。

仰望天空，愿鸟儿自由飞翔。

乘车记

夏末，周日上午，出小区大门，走过街天桥，来到东三环南路西侧35路公交劲松桥北站候车。正巧，35路车徐徐进站，车门打开，我边上车，边听司机手持话筒在讲："乘客您好，上车后请扶好坐稳。下一站，劲松中街。"司机是一位男同志，约莫三十四五岁，短发、中等身材，嗓音洪亮，语速适中，言简意赅。

我坐在离车厢前门不远的一个空位上，这里视线好，与左前方司机的位置只有三四米距离。

35路公交车驶离车站一百多米后，右转弯，径直向西，驶过劲松中街、驶过光明楼，下坡、上坡，驶入体育馆路。隔窗眺望，天坛公园黛色的松柏间，巍峨耸立的天坛祈年殿的上半部分清晰可见，图画般壮观。行驶间，公交车进站、出站、停车、起步、拐弯、上下坡，年轻司机目视前方、手握方向盘，始终聚精会神地驾驶着。尽管公交车行驶于闹市区，走走停停，时快时慢，却没有出现一次急刹车，导致乘客身体失衡、前仰后合尽显恐慌与尴尬的情景；也没有出现拐弯时，因车速过快造成较大的离心力或向心力，使乘客身体倾斜，似要摔倒时那种无助的感觉；更没有出现车厢颠簸，乘客无所适从的尴尬状态。公交车行驶平稳，乘客心情轻松愉悦，我心里不由得对这位年轻司机平添了几分钦佩，目光便频繁地投向他。这时，年轻司机一手握住方向盘，一手拿起话筒说："乘客您好，前方300多米公交车道内有15个井盖，我将尽力避让，减少颠簸，请您扶好坐稳，谢谢您的理解与配合。"瞬间，我被"15个井盖"这几个字触动了，他话音未落，我已将目光投向前方。果然，前方路面上铁灰色的井盖与已驶过的路段相比明显增多了。再看道路两侧，是密集的住宅、办公、商业用房，其水、电、热力、通信、燃气等管网线路的检查口都设置在主、辅路上。我乘坐其他线路的公交车，也遇到过类似路段，对车轮压过路面井盖发出"咣当、咣当"的响声和由此产生的颠簸与震动，既沮丧又无奈。但这次不同，"15个井盖"，年轻司机记得如此牢固清晰，令我惊讶、好奇并心生疑惑。肯定是15个吗？我想问个明白，但我与年轻司机素不相识，他在驾驶之中，不便打扰。情急之下，我站起身，朝前走了两步，透过敞亮的前窗，可以清晰地观察到路面状况，我随即开始默数路面上的井盖，边数边看年轻司机谨慎而又熟练地轻轻转动着方向盘，车轮在他的调教下，仿佛长了一双明亮的眼睛，精准而又巧妙地躲避着公交车道上那一个又一个错落的、直径60公分或80公分的井盖，300多米车程，年轻司机神情专注、自然，动作平稳、娴熟，甚至还有几分潇洒。其间，车轮没有压上一个井盖，车辆没有产生一次颠簸。我数了，这段路确实有15个井盖，一个不多，一个不少。我惊愕于他对路况了如指掌，想必，工作之余，他曾不止一次徒步查看过行驶线路的路况，并烂熟于心，真可谓"功夫不负有心人"啊。否则，他怎么会对此段路况如此清晰呢。

　　35路公交车继续前行，左转，驶入天坛路。这时，车厢内广播响起："前方到站金鱼池，下车的乘客请做好准备。"一位戴眼镜的外国男青年听到广播，匆忙走到司机身旁，用英文说："你好，我去龙须沟。不，去金鱼池。就是老舍先生、老舍先生话剧《龙须沟》说的那个地方，在这站下车对吗？"看得出外国男青年既疑惑又焦急，说话也磕磕巴巴的。我站在他身旁，基本听懂了他问话的意思。我惊讶，竟有外国人乘车来寻访"龙须沟"，他一定对北京、对老舍先生及话剧《龙须沟》格外钟爱吧。过去的龙须沟，如今的金鱼池，几十年，变迁中的故事，有多少年轻的北京人熟知呢。我心里为年轻司机捏了一把汗，他可代表着北京人的文化素养啊，他能听懂并回答清楚外国青年的问话吗？正担心呢，汽车已驶入金鱼池站停稳，打开车门后，年青司机扭头用英语对外国男青年说了一番话，大意是："这站下车没错。新中国成立前龙须沟是一条臭水沟，新中国成立后进行了三次改造。2001 年春，新建成的金鱼池社区，风景秀美，碧水微澜，当年老舍先生话剧里的龙须沟，早已变成景色宜人的金鱼池了。在小区中街路口，还矗立着老舍先生的头像，北京人民始终爱戴他。"年轻司机用英语的讲述，虽不十分流畅，却简明扼要、准确无误，我听后内心不由得涌起敬佩之情。外国男青年微笑着冲年轻司机点点头，连声说："Thank you！Thank you！"随后，带着一脸满意的表情走下车，向金鱼池社区奔去。

公交车驶离金鱼池站，我仍站在年轻司机身旁，几次想和他搭话，但想到行车安全，便忍住了。

在天桥站，我换乘前往良乡的公交车。路上，我心里一直回味着那位年轻司机驾车避让路面上的井盖、为老外讲述金鱼池变迁的故事时的情景。耳边也一直回响着公交车在沿途各站停靠时，年轻司机为乘客介绍可换乘的公交车线路，以及周边主要景点和商业设施状况时热情而又清晰的声音。年轻司机不仅驾驶技术娴熟，各种知识储备也十分充足。是什么促使他把工作做得如此认真、到位、近乎完美呢？是北京人的爱心，是爱岗敬业的精神？我在脑海里不停地寻找着答案。

我与赵日升老师

认识赵日升，是在童年，他是我人生中相识的第一位诗人、第一位老师。

打开电脑写这篇短文时，一行黑体字"我与诗人赵日升"便随着手指的跳动跃入显示屏中，几乎未假思索、似乎自然天成……

在世人面前，毫无疑问赵日升是著名诗人、编辑家，尤其是出生于上世纪五六十年代的北京房山人，提起赵日升几乎无人不知。即便是从未与他见过面，也都会说：知道、知道，还背诵过他写的诗歌呢。

> 拒马河，靠山坡
> 弯弯曲曲绕村过
> 河水两岸垂杨柳
> 坡上果树棵连棵
> ……

这首名为《拒马河，靠山坡》的诗歌，上世纪六十年代初被编入北京市小学语文课本，许多人都背诵过，至今不忘。

我第一次听说赵日升的名字，是从我大姐嘴里，她当时在房山县琉璃河中学上初一，那天放学后在家背诵这首诗，我觉得朗朗上口，便说："好听。"大姐问："怎么个好听法儿？"我说："像唱歌。"大姐笑了："这是诗歌，赵日升老师写的，他是我们班的班主任，教语文，今天他还在课堂上为我们朗读了这首诗歌呢，其实，我上小学时就学过，也会背诵。"说到这儿，大姐脸上露出自豪的神情。我为此羡慕大姐、羡慕她有个会写诗歌的老师。就在那天，我记住了这首诗歌、记住了诗人赵日升，那是1965年，我5岁。

2018年11月4日，是赵日升老师80寿辰纪念日，岁月易逝，我感叹着，脑海里便不停地闪现出赵老师的名字，此刻，他不仅仅是我童年时记忆中的诗人赵日升，更是我尊敬的老师赵日升。在我心目中，老师是最崇高、最纯洁、最令人尊敬的人，"老师"是世界上最美好的称谓。于是，我重新在电脑显示屏上输入了一行黑体字："我与赵日升老师"。

上世纪六十年代初，赵日升在北京房山县琉璃河中学任语文老师，琉璃河是我的老家。赵老师任教期间，曾在我们村居住一年多时间，我同大姐去看望过他，也跟着大姐叫他赵老师。1972年秋，在琉璃河铁路学校上初中的二哥喜爱文学，课余时间写完一部十多万字的长篇小说，是大姐带着二哥来到赵老师家，从书包里取出一摞厚厚的手写稿请他审阅指导。赵老师十分高兴地收下了手稿，半个月后，他来到我家，将那摞手写稿送还给我二哥，并热情鼓励道："你才十五六岁，能写出十多万字的小说，且语言通顺流畅、描写细腻，叙事清晰，难得啊。"随后又中肯地指出了小说的不成熟之处，如："结构不严谨、故事平淡、人物性格不鲜明等。"最后又提出希望："写作要坚持，从短文、短诗写起，多读书，读文学名著。"赵老师的话，我似懂非懂，但那句"从短文、短诗写起，多读书、多读文学名著"至今仍记忆犹新，这是我最早受到的文学启蒙教育。

1973年，赵老师调到房山县文化馆工作，此后，我们多年未见。

1976年，我在琉璃河中学上高二，十月的某一天，自习课上，坐在我前排的一名男同学，回头对我说，粉碎"四人帮"，举国欢庆，咱们写首诗歌庆祝吧。他的话提醒了我，二哥这两年仍坚持业余创作，并和县文化馆的赵老师保持着通信联系，文化馆定期给二哥邮寄《房山文艺》，我便得以翻阅，上面刊载了许多诗歌。我说："好啊，咱们给《房山文艺》投稿。"于是，我们俩就开始写，我想了一会儿，写出一句："清除'四害'传战歌。"那位同学看后说："好。"过了一会儿，他也写出一句："炉火熊熊谱新歌。"我说："真好，你咋想出来的？"他笑而不答。多年以后，我还时常会想，也许因为他父亲是工人，那时炼钢工人的形象深入人心，高大而又鲜活，他是由此想到"炉火"二字的吧。随后，我们又写出两句，终成四句诗：

> 清除"四害"传战歌，
> 炉火熊熊谱新歌，
> 铁牛隆隆奏凯歌，
> 工农齐唱跃进歌。

我们俩随后默念了几遍，觉得挺上口，也有意义，便决定给《房山文艺》投稿。也许是巧合，十月，《房山文艺》出了一期增刊暨诗歌专刊，32开本，比平时出的期刊尺寸小，白纸黑字、油印的，看上去虽简朴却不失庄重。投稿约一个月后的一天傍晚，已放学回家的我，忽然听到架在生产大队门口老槐树上的大喇叭在喊我的名字，让我到大队部取信。我还是个 16 岁多一点的学生，哪会有人给我寄信，我不相信有我的信，也没去取。过了一会，大队部的喇叭又响了，仍在一遍又一遍地喊我的名字，还说是县文化馆寄来的信。这回我当真了，那一定是我们投稿的诗歌有回复了。我既激动又兴奋，拔腿就往大队部跑，尽管只有二百多米的距离，由于跑得急，加之激动兴奋，到了大队部，我满脸通红、张着嘴，喘着粗气，半天没说出话来。值班的是大队会计，和我们家很熟，她知道我和二哥都爱看书写作，便说："文化馆的信，还是印刷品，是你的作品发表了吧，快拆开看看。"我当然也想看个究竟，随即便将信封撕开，见里面是一本小册子，取出，竟是油印本的《房山文艺》，翻开，看目录，果真有我和我那位同学共同创作的诗歌，名为《清除"四害"传战歌》，再细看，见最后一行被修改为"工农兵齐唱跃进歌"。这肯定是赵老师修改的，他是《房山文艺》的主编，加一个"兵"字更全面。一年以后，我在县文化馆举办的业余作者创作培训班上，见到赵老师时，特意验证了此事。再有，这首"诗"是在"房山民歌"栏目中发表的。

　　一首四十余年前写的民歌，使我永远记住了一位老师的名字——赵日升。这首民歌，是我业余创作生涯中第一次发表的作品。如今，尽管我已在国内多家报刊发表过小说、散文、诗歌，并多次获奖，但，在《房山文艺》上发表的这首民歌，却弥足珍贵，无可替代，她见证了我与故乡房山、与已故的赵日升老师一段难以忘怀的往事。

　　1978年底，我参军离开故乡，十多年后，转业回到北京。1980年，赵日升老师调离房山县文化馆，在中国青年出版社任编辑，后又任职文学期刊主编、编审。虽然同在北京，岁月匆匆，生活忙碌，直到赵老师去世，我一直没有再见到过他，为此深感遗憾。

　　赵日升老师八十寿辰之际，敬献此文，以示纪念。

我身边的图书馆

北京朝阳区图书馆新馆坐落于广渠路66号院3号楼，与我家仅隔一条马路、几栋住宅楼，步行10分钟内即到。

图书馆开馆后，每到休息日，我都会去借书还书、翻阅最新一期报刊、查阅所需资料，几年来，只要人在北京，就从未中断过，去图书馆已成为我生活中不可或缺的一项内容。

年轻时喜爱文学、喜爱读书，上世纪七八十年代，在北京郊区、在东北军营，一名回乡青年、普通军人，能读到的书报极少，一份《北京日报》、一份《解放军报》，被折叠成巴掌大小，数日揣在兜里，方便空闲时阅读，即使已看过多遍，依然舍不得丢弃。当兵离开家乡时，中学老师送我一本《钢铁是怎样炼成的》，我把它从北京带到长春，从乡村带到部队，这本越读越"厚"的书，每一页纸都被我翻得松软毛糙，起了皱褶。那时我就想，身边要是有一座图书馆该多好啊。

1994年秋，我从部队转业回京之后，定居朝阳区劲松，工作、生活环境变了，喜爱读书的习惯未变，附近没有对外开放的图书馆，离我家最近的图书馆在朝外小庄，后来建成的首都图书馆，位于东三环南路华威桥东南侧，与我家都不算近，往返一趟、加上查找翻阅、办理借阅书籍的时间，少说也得小半天，已成家养子的我，工作、家庭两头忙，难得有空闲时间，我又在想，身边要是有一座图书馆该多好啊。

2013年12月26日，朝阳区图书馆新馆对外开放了，梦想成真，我身边终于有了图书馆，这让我一连兴奋了数日。那天中午我从家中匆匆赶往图书馆，就为第一时间走近她，看看她的模样。

新图书馆坐北朝南，建筑面积 1.46 万平方米。一至三层分别建有：未成年人、盲人、老人借阅区、爱心邮局；借阅一体服务区；特色文件阅览区和多功能厅。地下一层为读者服务区和多媒体阅览区。

身边有了图书馆，借阅书报方便了，我读书的积极性高涨，那天晚上便制订了一份读书计划，放在书桌上，以此督促我坚持按计划读书，其中头两条为：每两个月读一本文学名著；每月选读文学期刊两本，如《北京文学》、《小说选刊》、《小说月报》、《人民文学》等。读书计划的持续落实，不仅弥补了我年轻时阅读文学书籍少的遗憾，也提升了我的文学鉴赏及写作水平，生活由此变得更加充实更有意义。

常去图书馆，常会遇到熟人和令我难忘的事。去年夏天，一个周六的上午，我借书经过未成年借阅区，遇到年近七旬的邻居庞大姐，彼此打过招呼后，她便匆匆往外走，我见她手里拿着几本封面印有彩色图案的儿童绘本书，很是好奇，印象中，她家平时就她和老伴，绘本书给谁看？回到家，我把疑问抛给爱人，爱人说："你还不知道啊，庞大姐家有个外孙女，七八岁了吧，后天智障，为开发她的智力，庞大姐白天要接送她去特教学校学习，晚上还要给她讲故事，那些绘本书都是为外孙女借的。"我恍然大悟，也心生感慨，多亏咱身边有了图书馆啊。

前年秋天，也是周六上午，我在馆内的"爱心邮局"浏览读者自愿捐赠的图书，忽然听到身旁有人轻声说："两周前我发现，我捐赠的那本书没在书架上，一定是有人借阅了，现在它又回来了。"另一个人说："我每次来图书馆，也要到这儿看看我捐赠的那几本书还在不在。"俩人说着便轻声笑了。我扭头看，是两个约莫十一二岁的小姑娘，身穿蓝白色相间的校服，见我在看她们，俩人脸上随即露出些许羞涩，但依然微笑着，而后转身离去。看得出，她们的笑容充满自豪与骄傲，我因此也发自内心地笑了，为她们，为这座新开放的图书馆，更为"爱心邮局"。

因为自从有了她，便多了一处传递爱的场所，多了许多来自四面八方，像那两个小姑娘一样的笑脸。

图书馆二层的借阅一体服务区，一排排高耸的书架，摆满了各类书籍，一张张书桌旁座无虚席，年轻男女居多，他们或埋头读书或边读边记，神情专注。每次我来到这里，都会被这样的场景所感动，置身其中，我脑海里不由得便涌出一连串的词语：青年、文化、中国、未来、希望……

北京朝阳区图书馆新馆，我身边的图书馆，她使我有幸成为改革开放40年来，首都公共文化事业蓬勃发展的见证者和受益者，我真心地爱她，并深深地感谢她。

攥在手里的幸福生活

老唐去年退休了，退休后的他，心里总觉得空落落的，尤其早晨，习惯了六点起床，洗漱、吃早餐，而后穿戴整齐，就在他准备拎起放在客厅沙发一角的皮包时，那只手突然停在了半空，待缓过神来，便自嘲地笑了："这辈子上班还没上够啊，明明是退休了吗，唉！"他沮丧地坐到沙发里，两眼望着身边的皮包，发起呆来。皮包是女儿去年买的，最新款式。她说："爸，您是公司的总工，保持形象，包包很重要。"女儿虽已出嫁，"小棉袄"的身份却始终未变。老唐想着，不由得摇了摇头，再好的包包也派不上用场了。如今退休在家的他，一日三餐、看电视新闻、看晚报、到楼下散步，周日和外孙子玩一会儿，其他无事可做，买菜做饭的事老伴包了，他想帮忙，常常是越帮越乱，老伴嗔怒道："瞧你笨手笨脚的。"老唐呵呵一笑，也不生气，这不怪他，大半辈子了，都是他忙工作，老伴忙家务。而退休后，该忙些什么呢？老唐越来越抑郁了。

那天下午，老唐独自在园区花园散步，见2号楼的老曹戴着一副老花镜，坐在花园旁的长椅上，低头看着手机。老唐不想打扰他，正要悄悄走过去，老曹抬起头，看到他，便笑着说："唐总，遛弯儿啊？"老唐不好意思地笑着："都退了，叫我老唐吧。"老曹说："退了好，退了就清闲了。"老唐说："闲是闲了，却浑身不自在，看来这人啊，不能太轻闲了。"老曹说："哪儿闲得住。"老唐诧异："你退休了还忙些啥？"

老曹说："你坐。"老唐坐在长椅上。老曹给他看手机，屏幕上显示"云端社区"。老唐盯着手机上那一行字，问："微信公众号？"老曹不吱声，手指继续在屏幕上戳戳点点：新闻早知道、区域化党建、社区时讯、百姓生活……一幅幅清晰的画面、一篇篇精美的文章，一条条简明扼要的报道，图文并茂、生动活泼，跃然眼前。老唐看愣了，目光中迸射出惊喜。他当总工这么些年，整日早出晚归忙公司的事，对自己居住的社区，社区建设知之甚少。老唐想着，心里感觉惭愧，忙掏出手机，问道："怎么查找？"老曹说："咱俩先加上微信。"随后……老曹边说边指点，很快老唐便登录成功。老曹说："有它，咱们社区的方方面面、大事小情，足不出户就都知道了。"

此后许多天，老唐天天拿着手机，在"云端社区"的页面上翻阅，几乎每个栏目、每条消息、每篇报道、每个画面他都仔细阅读欣赏，如今作为社区居民，他感受到了社区的发展变化，居民生活祥和平安，幸福快乐。"云端社区"犹如在他面前推开了一扇窗，新事物、新知识扑面而至，生活一下子变得充实起来，每天的时间也感觉过得快了，不够用了。老伴见他天天拿着手机看，便说："别光坐着，出去走走，活动活动身子。"

这天下午，老唐在园区花园又遇见老曹，三月底，春暖花开，老曹手里举着手机，正弓着身、眯着一只眼，对着花园里那片开得正艳的迎春花拍照。老唐心里不禁一笑："行啊老曹，老了老了，倒时髦了，玩摄影啦。"他一边调侃着一边走向老曹。老曹直起身，笑着将手机里储存的照片一张张点开让老唐看：金黄的迎春、连翘，粉红的桃花、洁白的玉兰、淡紫的二月兰、青绿的三叶草，一朵朵、一棵棵、一片片，鲜艳、茁壮、生机勃勃，春意盎然。老曹说："这些花花草草，都来自咱们园区这一片片花园绿地。"老曹说完便拉着老唐，并肩站在迎春花前，举起手机，来了一张自拍，随后将照片发送给老唐。

看着老曹用手机拍摄的照片，老唐若有所思，也若有所悟。老曹的手机不仅是通信工具，也是报刊、电视机、广播电台，还是照相机。小小一部手机，使他的生活丰富多彩，幸福快乐，我得向老曹学习呀。

周日，女儿一家人来了，午饭后，老唐拿出手机，让女儿教他拍照。其实，用手机拍照老唐早就会，但照片怎么修饰、上传、保存等等，他就不太懂了。老爸有这个心气儿，女儿自然乐意教。老唐上心，学得便快，操练了几遍，就会了。

此后，老唐在园区散步，经常用手机拍照：绿油油的草坪、争奇斗艳的花朵、一跃而起的喷泉、涟漪荡漾的池水、畅游池中的灰鸭、飞起飞落的白鸽，还有嬉闹的小孩，跳舞，练剑的老者，坐在木椅上看书的年轻人、清扫卫生的保洁员、巡逻的首都治安志愿者……老唐欣赏着自己拍的这些照片，突然感受到，社区生活原来如此丰富多彩啊。他把照片用微信发给老曹，老曹回复他一串"大拇指"。他回家让老伴看，老伴说："真好。"周日，让女儿、女婿、外孙子看，他们都说拍得好，老唐心里美滋滋的。

再遇到老曹，俩人的话题不仅是新闻时讯、社区的大事小情，还多了拍照的内容。老唐说："咱们社区美景多，好人好事多，文体活动也多，咱拍的照片，挑选一些，配上文字，图文并茂，贴在社区的宣传栏上，该多有意义啊。"老曹兴奋地说："这想法好啊。"

有了新目标的老唐，便经常拿着手机在园区"巡逻"，他用手机拍摄的照片《幸福家园》系列，在园区宣传栏中展示后，受到居民的一致好评，老唐心里充满自豪。

如今，退休三年多的老唐，日子越过越充实、越快乐，当初抑郁的心情早已无影无踪。他经常笑呵呵地说："这攥在手里的幸福生活，得感谢老曹，感谢咱社区，感谢新时代，还要感谢我的手机啊。"

我与赵大年老师

夜已深，写此短文，是要表达几十年来，我对著名作家赵大年老师的敬重之心。

我有幸与赵老师在异乡因文学而相知是在 1991 年，那时，我还在吉林长春空军航校工作，业余时间练习写小说，并给长春文联主办的文学月刊《春风》投稿，那年 8 月，我的短篇小说《不安的灵魂》发表在《春风》月刊上，收到样刊后，迫不及待地翻开，短篇小说栏目头条，是作家赵大年的《瓷无价》，说实话，此前，我对赵老师了解不多。在部队时，我有个习惯，看到新的文学期刊，对发表在栏目头条的作品，必是先睹为快。因此，那期赵老师的短篇小说，我一口气读完，小说讲述的是几名抗美援朝的老战友，离休后在北京聚会，回忆当年奔赴朝鲜战场，以及唐山大地震后发生在他们身上的故事，故事并不复杂，但感人至深，令人回味，因为写的是军人，所以我很是喜欢，还试着分析了小说的结构、故事情节的编排、语言特点等，可谓受益匪浅。二十世纪八九十年代，《春风》在全国文学期刊中小有名气，如今国内许多著名作家当年都在该刊发表过作品。

我和赵大年老师的短篇小说，发表在同一期《春风》上，尽管他的小说发在栏目头条，我的小说发在栏目最后，但我依然感到十分荣幸，那份期刊，我至今仍保存着。后来，在编辑老师那里，我又进一步了解到赵老师工作和创作方面的经历，使我心生敬重及惊喜。敬重，他曾经是一名军人，并创作出许多优秀的文学作品。惊喜，他也出生于北京，我和他是老乡。这对于一名喜爱文学的青年人来说，内心是多么自豪啊。

1994年秋，我转业回到北京，新的生活开始了，工作、学习、家庭，方方面面的事情，把时间占得满满当当，文学创作由此中止了近二十年，直到2011年我才重新拾笔写作。2014年，北京市总工会在劳动人民文化宫太庙继续举办职工文学创作研修班，全市各区县、各行业的职工文学爱好者，纷纷报名参加学习，我也是其中之一。那年初夏的一个周日，文化宫因为有重要活动，文学班上课地点临时改在建国门地区一个社区大教室进行，文学创作研修班的班主任杜芳伦老师，请来著名作家赵大年老师为我们授课。我又有幸在相隔二十多年后，因文学，在北京聆听赵老师的讲座，成为他的一名学生。

那天，我提前近半小时来到大教室，想坐在靠前的位置，让我意外的是，赵老师比我来得还早，还有一些远郊区的学员也早早就到了。赵老师坐在讲台中的椅子上，和先到的学员们聊着天，他虽然年事已高，但精神矍铄，面带笑容，绝大部分学员都是第一次见到他，但感觉并不陌生，相反却觉得十分亲切。

那堂课我坐在稍后的位置，但赵老师嗓音清晰响亮，我听得清清楚楚，他根据我们学员的自身特点和文学创作中遇到的问题，结合自己的创作经验，讲小说创作技巧，讲如何在日常生活中，做个有心人，善于发现和积累创作素材。他精心准备的讲座深入浅出，通俗易懂，极有针对性，我们听后，都说过瘾解渴。

课间休息时，我走上讲台，特意向赵老师请教了一些困扰我写作的问题，还提到了当年在《春风》与赵老师同期发表小说时的惊喜。赵老师鼓励我说："你有基础，以后要多写、要坚持写。"老师的话，既是鼓励又是鞭策，如今想起，却深感惭愧，我与老师的希望相差甚远。

点滴往事，如今仍历历在目，但赵老师已永远离开了我们。初闻噩耗，我不敢相信，今年上半年，我还在《北京晚报》"五色土·知味"副刊上拜读过赵老师的作品呢。

我不禁感叹："生命莫测，愿逝者安息。"

2019年7月2日于北京

珍藏在手机里的新华书店

　　六年前开春的一天中午，在朝阳区劲松新华书店，我遇到一位三十岁出头的男青年，令我至今难忘。

　　那天，阳光明媚，走出家门，几分钟后，我来到位于东三环南路、劲松桥西南侧的劲松新华书店，在一排排书架前，或缓步移动，或驻足而立，目光在书架上游走，发现自己喜欢的书籍，便伸手取下来仔细翻阅。那天，在书店最里侧的书架前，我看到一位身穿灰色工作服、肤色略黑、身材偏瘦、看上去年龄三十多岁的男青年，他双手粗糙，左手腕上，一顶黄色安全帽的系带吊在上面，安全帽微微晃动着。他伸出右手，从书架上取下一本《安徒生童话》，随后，便小心翼翼、聚精会神地翻看起来。我知道，劲松桥东南，那片老旧住宅小区，正在实施外墙粉刷工程，他也许是在那里施工的农民工吧。而令我好奇的是，一个大男人，却捧着一本童话书看得那么入神。过了一会儿，他把书平放到书架下方的平台上，随后，从裤兜里掏出手机，拍下书的封面，翻开、拍下目录、拍下他选择的一篇、又一篇童话。我想，他是回去抽空再看吧。拍照后，他将书放回原位，便匆匆离去。

　　隔了两天，依然是中午，我在劲松新华书店，再次遇到那位男青年。这会儿，他站在摆放小学生教辅书的展柜前，挑选、翻看着。我佯装看书，站在离他稍远一点的地方，观察他的一举一动。他翻开一本《小学生作文辅导》，边看边拍照，拍照了几页后，将书合上，放回原位，许是时间到了，他又匆忙朝外走去。我想验证一下，他是否是在那片住宅小区施工的农民工，便紧随其后，走了出去。我站在书店门外，看着他从三环劲松桥下穿过，朝东南方那片老旧小区走去。

我返回书店，在服务台前，问营业员："刚才那个农民工，经常来拍照图书吗？"营业员说："记得是从春节后，就是东南边那片小区开始施工后不久，他隔三岔五地来一次，都是在中午，他不买书，却认真地看书，看半个小时左右，便匆匆离去。后来，他边看，边有选择地用手机拍照，多为少年读物。来书店的人，有买书的，也有只看不买的，拍照也是为了看书，我们都默许了，也许，他是给别人看。"

一周后，我又在书店里遇见他，他仍在翻阅书籍、而后拍照。这次，我主动和他搭话："你这么喜爱读书，拍照是为了回去再看吗？"听我这么一说，男青年憨厚地冲我笑笑，腼腆地说："我是为女儿拍照。"他见我有些疑惑，接着说道："我女儿在江西老家，上小学四年级，和奶奶一起生活，我们那里是山区，离县城五十多里山路，只有县城才有一座新华书店，女儿还没有去过县城，更没走进过新华书店，今年春节，我们两口子回家过年，正月初五那天晚上，我们俩陪着女儿看电视，因为明天就要返城务工了，我们俩想多陪陪女儿。电视正在播放某地迎新春、新华书店送书下乡的画面。画面上写着'新华书店'四个大字的条幅、展柜上摆放的各种图书，以及男女老幼围在展柜前翻阅图书，特别是看到一位父亲，带着和我女儿年龄相仿的女儿，在那里看书、购书的画面时，我女儿的目光被深深地吸引住了，她充满渴望地说：'爸爸，我身边要是也有一座新华书店那该多好啊，我就能像电视里那个小姐姐一样，看到许多许多喜欢的图书了。'女儿的话，深深地触动了我，我一时不知该对她说些什么。次日，坐在返城的列车上，我面前总是出现女儿的那双眼睛、那两道渴望的目光，心里总是回荡着女儿的声音：'我身边要是也有一座新华书店那该多好啊……'回到北京后，我随建筑工程队来到这里，不久，我就看到了这家新华书店，中午休息时，我来看书，有一次，见一位中年妇女用手机拍照图书，她的举动突然提醒了我，我也可以挑选女儿喜欢的图书拍照下来，再发送给她，这样就可以让女儿经常看到新书了，如同她身边有了一座新华书店。我把这个想法和老婆一说，她很支持，那个月，我们俩用了一半工资，买了一部新手机，寄回了老家，让上中学的侄子教女儿使用手机，平时手机由奶奶保管，晚上空闲时间，女儿打开手机，看我发送给她的图书照片。我第一次发给她的照片，第一张就是劲松新华书店的外景，大门上方墙面上红底白字，醒目地写着'新华书店'四个大字。第二张，是书店内一排排摆满图书的书架，后面几张才是图书内页。那天女儿看到我发送给她的照片后，激动地冲着手机对我大喊：'太好了、太好了！我身边也有新华书店啦，这是珍藏在手机里的新华书店。'听到女儿欢快的喊声，我和老婆激动得双眼涌满了泪水。我对老婆说，虽然买手机花了不少钱，但咱们实现了女儿的心愿，她能读到更多自己喜欢的图书，这钱花得值。"

此后，我依然常去劲松新华书店，直到秋天，却再也没有遇见那位男青年。而那片老旧小区外墙粉刷工程已完工，他一定是跟随施工队去了另外的工地，但我想，无论走到哪里，他依然会喜爱读书、依然会为女儿拍下她喜爱的图书，因为阅读，可以温暖人心，可以点亮孩子心中的梦想，可以为孩子插上飞向远方的翅膀。

如今，我依旧经常去劲松新华书店看书、购书，也时常会想起当年那位用手机为女儿拍照图书的男青年，我想，他的女儿该在县城上高中了吧，县城有新华书店，县城的高中，一定有图书馆，他不用再为女儿拍照了。他的家乡，或许也有了新华书店，他回家时，和女儿一同走进新华书店，翻阅图书，那该多么幸福啊。

爱在金秋

寒露刚过，这个上午，太阳只露了个头儿，算是打过招呼了，就躲到云里雾里再也没出来过，天色灰白，秋风瑟瑟，此刻的他，独坐红楼一隅，隔窗眺望远天，手机在播放"中国十八把小提琴演奏家"演奏的乐曲《爱在深秋》，他不由得便陷入了对往日的怀想之中。

不久前，她约他到她办公室，说有话对他说。他惊喜，他终于可以成为她的倾听者。

之前，在他们的交往中，多数时间，她都是倾听者，她说她喜欢做倾听者。

从他们相识起，他就喜欢上了这个喜欢倾听的倾听者。

而此刻，他就坐在她的斜对面，他们之间隔着一张办公桌，他痴情地望着她的面庞和一头剪得整整齐齐、乌黑浓密的短发，情不自禁地说："年轻真好，一头黑发。"

他话音未落，她则嫣然一笑，说："你也不老啊，同样一头黑发。"

他沉默着，目光痴迷、温柔地望着她，他觉得自己的目光是发自心底、有热度、像火焰一般，很快就能将她烤热、烤得面庞红润发烫。果然，在他的注视下，她白皙的面庞泛出红晕，又渐变成枣红，进而像秋末山野中的枫叶，红得通透、靓丽；红得好看、红得动人。他没有说她脸红了，更没有得意地笑，他依然默默地望着她，思绪却在悄然涌动，他首先想到了她那幅微信头像。

四年前的秋天，他手机微信里，新添加了一位朋友，微信名为"LILI"，这位朋友就是她。她在一家群众文化传媒机构工作，那里经常举办讲座及文娱活动，她是组织者之一。他是文学爱好者，时常参与活动，渐渐和她熟悉起来。

她的微信不像许多年轻人用稀奇古怪的图案、用英文字母简写出一个让人似懂非懂的词语，或者用花草树木、田园风光、精美建筑，用自己的宝贝儿女以及宠物狗、猫等……或是精心挑选一幅自己的照片作为头像。其实，这些都可以理解，选择使用什么样的微信头像、什么名称，是每个人的自由，从某种意义上讲，它表现的是一个人的性格、气质、特点、品味、身份、爱好、学识、修养、性别、地域等等，因此，用心设置无可厚非。然而，她不是，她的微信头像只是一张普普通通的彩照，她坐在一块磨盘般大小的黄褐色的石头上，周围是一片生机盎然、色彩鲜艳的郁金香，她面向远方微笑着，和往常一样，依然是一头乌黑的短发，依然穿一条深蓝色的长裤、一件蓝白横格的翻领T恤。他问过她关于这张照片的来源，她说，是她周日和朋友去郊区游玩，她坐在那儿休息时，朋友用手机随意拍的。春天，阳光灿烂，照片看上去色彩靓丽，将原本未做装扮、却天生端庄秀美的她，衬托得更加漂亮。唯一不足的是，拍照距离稍远，人显得小，看上去有些朦胧，这倒促使他每次都要将微信头像点开、拉近、放大，以便看得更清晰。没事的时候，他总是想她，他不轻易给她打电话，也不轻易发微信，怕打扰她，他知道她工作忙，整天都有处理不完的事情，像一只在檐下筑巢的春燕，轻盈地飞进飞出，整日不着闲。不便通电话，听不到她的声音，他只好拿出手机，点开微信，盯着她的头像看，仿佛她就站在他面前，看一会儿，关闭；过一会儿，再点开；拉近、放大，再盯着看，久久地看、痴痴地看；每天不知看多少次，看多了，夜里做梦也常梦见她。他从这幅微信头像上，看出了一种气质，一种用语言形容不出，却深深地、莫名地让他喜欢的一种气质,他说,这种气质是她身上独有的,或者说是独有的魅力,只有他内心才能感受到的那种魅力。

他把她当成心目中的好朋友。他对她说,工作时,我们是组织者与参与者的关系,工作之外,我们是好朋友。她听后一笑。他认为她是默认了。

他喜欢写作,时常有小说、散文、诗歌在报刊发表,他将这些作品或作品的某一章节,在微信朋友圈里分享,希望得到朋友们的点赞,更希望得到她的点赞。但是,他的期待,却迟迟没能如愿,她没有为他的作品点赞,更没有发表过评论,因此,他不知道她看了没有,更不知道她喜不喜欢那些作品,他们认识四年多了,他在微信朋友圈里发了那么多自己的作品,他至今不知道她是如何评价的,这关系到她对他的看法,不是说,文如其人吗,好与坏、是否认可,或者喜不喜欢,对作品的评价,某种意义上就是对作者的评价、就是对他的评价,他很在意她的评价。他们相识初期,她不发声、不点赞,他能理解,并未介意,毕竟还不十分熟悉,但时间久了,他就有些莫名地烦恼不安,他不清楚她对自己是怎么看的,他曾不止一次委婉地或者用玩笑的口吻,在适当的时间、场合,试探性地向她表示过对她的爱慕之情。他说,起初,他把她当成工作中的好朋友,后来,当成妹妹,他说他没有妹妹,他从小就想有一个妹妹。再后来,在他心里,既把她当妹妹爱着,又把她当朋友恋着,她成为他心目中最爱恋的人。他说这些话的时候,她就那么安静地、两眼一眨不眨地盯着他,听他把话说完,她不点头,不摇头,不说行,也不说不行,他再问,她就冲他微微一笑,仍是什么也不说,她只听不说。但他从她的微笑中,似乎看出了她的心思,她对他还是认可的。而过后,他又犹豫了,对自己那一刻的感觉产生了怀疑,毕竟她没有明确地回答过他的追问。有时候他也想,她不说,那是她矜持、羞涩、理智。但是,他终归还是感到困惑,相识这么久了,他依然不能准确地知道她心里到底是怎么想的,他能不困惑吗?

他依旧每天点开她的微信，看她有没有发信息、看她的头像，尽管他知道她平时很少发信息，却每天坚持这么做，从不间断，否则，他心里就不踏实，就像少了点什么。他有时也会给她发一条信息，咨询近期举办什么活动。其实，他可以通过她们单位的微信公众号了解，他是把咨询当借口，顺便和她说些心里想说的话。

那天，他刚点开微信，就发现她更换了头像，四年多来，她这是头一回。她说过，她不怎么照相，他没有问过她为什么，有时他就想，她太忙，顾不上这些，也许，她就不喜欢，也许……但他的手机图库里，收藏了几十张她的照片，这些照片，多数是这几年，在她们单位的微信公众号里截屏而来的，多是她工作时由同事拍照的，用于宣传报道，并配有文字，也有一些是他参加她组织的活动时，悄悄为她拍照的，她当时并不知情。他收存她的这些照片，没有让她看过，他觉得这是他的秘密，等到合适的时候，他会让她看的。这些照片，有全身的、有半身的，有正面的、有侧面的，还有背影的，甚至有与其他人的合影。工作照，各式各样，不同场合、环境，却都是经过他精心筛选的，都是他十分喜爱的，否则，以他的审美标准，不是什么照片都能入眼入心的。

出乎他意料的是，她更换的这幅微信头像，他此前从未见过，她不是说很少照相吗，而这张彩照，看上去和她现在没什么区别，一定是近照，背景有些暗，头像后面，是若明若暗的乡村夜景，而头像却清晰明亮。依然是一头乌黑浓密的短发，一副浅粉色的大框眼镜，上身着白色圆领衫，外套是红色运动休闲服，内衬为艳丽的黄色，衣领敞开着，露出一抹艳丽的黄，这红与黄的搭配，衬托着她端庄的面庞，更显美丽大方，气质不凡。这张照片是谁拍的？看似没有精心选择背景，没有特意选择角度，更看不出摆拍的痕迹，但拍照的效果极佳，比他收存的她的所有照片都好看。她发自内心地微笑着，肤色细腻白皙，淡淡的口红，恰到好处地彰显出温柔性感的美，神情恬淡、沉静、超脱。他注视着她这张新更换的照片，许久许久，而后，给她发了一条微信："焕然一新，优雅靓丽。"

很快，他就收到了回复："强大的美颜功能。"随后，又追加了一个羞涩的"笑脸"。

"女人，就要展现自身的美。"他回复道。

无疑，她对这张照片是满意的。她说"强大的美颜功能"，他不否认。但他相信，一个人的照片是否好看，与照片本人的形象气质相关，更与欣赏者对照片中的人，是否发自内心的喜爱相关，"情人眼里出西施"，只有倾心欣赏，真心喜爱，他眼里的她，就一定是最美的。

他再发一条微信："天生丽质，气质超凡。"

她再回复一个羞涩的"笑脸"。

他回复她："！！！"

三个感叹号，表示什么？是失落，是可望而不可即；还是深藏于心底、无尽的思念？他自己似乎也说不清楚。他知道，生命中，许多人和事，只能期盼、默默地喜爱，并把这种情感珍藏于心底，用生命去怀想。正因为如此，人生才平添了一份神秘的色彩，才更有意义。假如，一个人的一生，没有期盼、没有爱和对爱的追求，那他的生活将多么乏味枯燥啊！

他的这些想法，从未和她说过，不是不想说，是一直没有合适的机会说，他想，如果哪天她看到了他写的这些文字，会产生怎样的联想，她会说给他听吗？或者，发个微信，他期待着。

自从她更换了微信头像，他更是一天不落、一天数次地点开她的微信，看她的头像：拉近、放大、凝视，许久许久……无疑，他天天在想她、念她、祝福她，那一刻，他如痴如醉。她知道吗，他当然希望她知道，他所做的一切，能感动她吗，他当然希望感动她。但，他没有和她说过，他说不出口，他相信，他说了，她一定会相信，他相信自己内心的感觉。

现在，他就坐在她的斜对面，中间隔着一张办公桌，他在等她说话，她说她有话对他说。

她要对他说什么呢？

他知道她不善言说，她只喜欢倾听，他喜欢这种沉静的、喜欢倾听的倾听者，这何尝不是一种优美的生活姿态或方式呢，他甚至觉得，一切尽在不言中，这是智者的表现。

不知从何时起，他便期待和她互换角色，成为她的倾听者，倾听从倾听者内心发出的声音，他相信她的声音，一定会打动他！

小提琴乐曲《爱在深秋》还在反复地播放着，窗外，秋风依然，此刻，他眼里，每一片落叶，都是一句情话，温暖心田。由此，秋风不再萧瑟，心不再寂寞，人不再孤独，生活充满阳光，生命充满生机。爱在今秋。爱在微信里萌生。今秋如画，金秋如画。

伴随窗外阵阵秋风，你猜，她对他说了什么？

一部陪伴我四十余年的经典小说

我爱读书，我想上大学，少年时的我，心怀梦想。

1977 年 1 月，我高中毕业，回到北京西南郊区老家务农，面对贫穷的乡村、繁重枯燥的体力劳动，我的梦想破灭了。我曾一个人整晚坐在家乡东大洼的土岗上，面向千顷粮田，久久地凝视着、苦苦地思索着：我的青春，就这样在这块黄土地上默默地消磨掉吗？我心有不甘。

1977 年底，中断 11 年的全国高等院校招生考试恢复了，此前听到消息，我惊喜、激动、彻夜难眠，我想上大学的梦想终于有了希望，我毫不犹豫地报名参加了高考。

为迎接高考，那段日子，我白天在生产队参加劳动，中午、晚上在家复习文化知识。尤其是晚上，我每天都坐在老南屋的方桌前，借着房梁上垂下来的那盏 15 瓦灯泡发出的昏黄的灯光，读书做题到深夜。

我满怀信心地去参加高考，结果，令我大失所望，我落榜了，心中刚刚燃起的希望之火又被熄灭了。那段日子，我吃不香、睡不安，感觉前途渺茫，对未来不抱任何希望。

就在我心灰意冷、几乎绝望的时候，一天晚上，在我居住的老南屋内，在我和哥哥自制的小书架上，我突然发现了多年前父亲带回家、后来被我收藏的苏联小说《钢铁是怎样炼成的》，瞬间，眼前一亮，这部长篇小说，我上初中时就阅读过，至今，记不清已翻阅过多少遍，书中尼古拉·奥斯特洛夫斯基的名言依然记忆犹新：

人最宝贵的是生命。生命每个人只有一次。人的一生应该这样度过：当回忆往事的时候，他不会因为虚度年华而悔恨，也不会因为碌碌无为而羞愧；在临死的时候，他能够说：我的整个生命和全部精力，都已经献给了世界上最壮丽的事业——为人类的解放而斗争。

上初中时，我曾把这段话工工整整地抄写在所有作业本的第一页，以便随时翻看，激励自己向保尔·柯察金学习，他是我心目中的英雄。

此刻，我再次捧起这本书翻阅，我崇拜的英雄——保尔·柯察金，虽然，他生长的年代、历史背景、环境与我不同，但我们都是青年人，都有自己的人生理想和奋斗目标，保尔在贫困、饥饿、严寒、疾病、敌人的进攻等一系列艰难困苦、生死考验面前，始终以钢铁般的意志、忘我的牺牲精神，与苦难和命运抗争，向着心中的理想勇往直前，从未退缩。尤其是在他身负重伤，作为一名战士失去战斗能力后，坐在南克里木海滩的长椅上，面对大海和迎面吹来的海风，他内心充满痛苦与绝望，甚至掏出手枪想就此结束自己的生命。但是，他很快就抛弃了这种念头："这是最怯懦也是最容易的出路。""你有没有试着去战胜这种生活？"读到这里，我对保尔·柯察金更加崇敬了，和他比，我遇到的这点挫折算什么，是啊，"你有没有试着去战胜这种生活？"不怯懦、不做懦夫。

由此，我重新振作起精神，一边劳动，一边利用空闲时间读书、复习文化知识。

1978年底，原沈阳军区空军在家乡征兵，我积极响应号召，应征入伍，成为一名空军战士。

参军时，我把小说《钢铁是怎样炼成的》装入挎包，到部队后，时常拿出来翻看，尤其是在工作、学习中遇到困难、想念家乡和亲人时，是它陪伴我，是保尔·柯察金的革命英雄主义精神激励我克服困难、坚定理想目标。我依然一边努力工作、一边利用业余时间坚持学习文化知识，"功夫不负有心人"，1981年春，军队院校恢复招生，经过部队推荐，我参加全军统考，结果如愿以偿，考上了军校，毕业后成为一名空军航空机械师。

我在航校工作了十六年，航校地处东北，飞行训练不分季节，我不惧酷暑严寒，为确保飞行训练安全，培养合格的飞行员，自己带领机组人员，常年如一日，精心检修维护战机，连续多年安全飞行无事故，机组三次荣立集体三等功，我个人也多次受到嘉奖。

作为一名军人，面对自己的职责，再大再多的困难都必须克服。但面对情感，则需要一种牺牲精神。我结婚成家在北京，儿子出生在北京，多年与妻子、儿子两地生活，一年探亲一次，与家人团聚一个多月，对妻子、儿子及家中亲人照顾得实在太少，内心时常愧疚与伤感，但是，每当想到军人的职责，想到《钢铁是怎样炼成的》主人公保尔·柯察金的英雄事迹，我内心很快就释然了，是这部小说、是保尔钢铁般的意志和顽强的斗争精神给予了我在部队坚守的力量。

1994年秋，我转业回到北京，在一家国企做管理工作，面对新的工作环境、新的行业，转换身份、角色，更新知识结构和技能，一切都要从头开始。而我已三十多岁，上有老下有小，利用业余时间学习专业知识，精力、时间都不如从前，这让我着实困惑、徘徊了许久。最终，依然是陪伴我多年的小说《钢铁是怎样炼成的》主人翁保尔·柯察金的革命精神鼓舞了我，使我坚定了努力前行的动力与信心，并从转业第二年秋天开始，坚持六年，利用晚上及节假日时间，在职工大学及党校进行专业学习，为做好新的工作打下了坚实的基础。

2020年初夏，我退休后，作为一名转业军人、共产党员，我主动投身到社区建设之中，参加志愿服务工作，在防控新冠肺炎疫情期间，发挥自己的特长，以"艺"抗疫，用诗歌、小小说等文学艺术形式，讴歌奋战在抗疫一线的社区志愿者，为抗击疫情贡献了一份力量，受到社区及街道党委表彰，连续三年被评选为"朝阳区社会领域'十百千万'示范工程优秀志愿先锋"。

我自十四岁至今，四十多年的人生历程中，《钢铁是怎样炼成的》这部经典小说，一直陪伴、激励着我在人生的道路上努力前行，阅读文学经典使我的人生更有价值，生活更加美好。

我的入党故事

1978 年 12 月，我从北京郊区应征入伍，离开故乡那天上午，登上大卡车前，为我送行的大哥用温暖亲切的目光盯住我，动情地说："三弟，当兵光荣，入党更光荣，到部队好好干，争取早日入党。"

大卡车载着 23 名新兵向县城奔去，当晚，转乘"闷罐车"，驶向部队驻地东北某航校。

"闷罐车"走走停停，第二天夜晚才到达目的地。一路上，我心里始终想着大哥对我说的话："好好干，争取早日入党。"我暗暗下定决心，绝不辜负亲人们的希望与嘱托。

入伍一年，我就写了入党申请书，交给了中队党支部，作为空军航校机务大队的一名机械员，我努力学习航空机械专业理论和飞机维护检修技能，入伍两年多，我和机组人员所维护的战机，无任何飞行安全隐患及事故，为保障飞行员飞行训练安全做出了贡献，机组荣立三等功，我个人受到大队嘉奖，并被中队党支部列为入党培养考察对象。

1981 年 4 月，军队院校招生，经部队推荐，我参加全军统考，如愿考上了南方的一所空军军校，成为一名军校学员。军校学习训练时间紧、任务重、要求严，但我没有忘记心中的愿望，入校第三个月，我再次写了入党申请书，递交给学员队党支部，并在学习训练中处处争先，以党员的标准要求自己，成为党支部培养的党员发展对象。

两年的军校生活一晃而过，离开军校时，学员队党支部将我积极要求入党、在军校各方面的表现，以及党支部对我的培养教育情况，写成书面材料向我的原部队党组织做了介绍。

军校毕业回到原部队后不久，我又一次写了入党申请书，递交给中队党支部。

经过五年多的时间，我从一名战士，到一名军校学员，再到一名年轻的空军军官，几次变换工作单位，虽然没有加入党组织，但我心中一直没有忘记亲人的希望与嘱托，没有忘记自己暗暗下定的决心：争取早日入党，成为一名中国共产党党员。

1984年8月1日，我军校毕业一年半后，根据我的申请和一贯表现，中队党支部召开党员大会，讨论通过了我的入党申请，我终于实现了自己的心愿，加入了中国共产党。入党的那天晚上，我怀着激动和兴奋的心情，给家里写了一封信，第一时间把这一喜讯告诉了家人。

五年多的时间，三次申请入党的经历，使我更加坚定了为共产主义奋斗终身的理想和信念，并为自己成为一名共产党员感到由衷的光荣与自豪。

如今，我入党已经37年，转业回到地方工作多年后，现已退休，但作为一名共产党员的初心始终未变，我要为建设和谐美好社区贡献力量，为党旗增辉添色。

我与党旗合影的故事

中国共产党成立百年前夕，社区党委开展"我与党旗合影"主题党日活动，为党员拍摄与党旗的合影照。

接到通知后，我当即就报了名，那一刻，心中既兴奋又激动，我与党旗合影的往事，不由得涌入脑海。

1978年12月，我从北京郊区应征入伍，来到原沈阳军区空军某航校，成为一名空军战士。入伍一年，我就写了入党申请书，递交给中队党支部。入伍第三年春天，部队院校招生，经部队推荐，我参加了全军统考，并如愿考入南方的一所军校。入校后，我再次向学员队党支部递交了入党申请书。军校毕业后，回到原部队，我第三次向中队党支部递交了入党申请书。从一名新兵，到一名军校学员，再到一名空军军官，五年多的时间，我几次转换部队，但要求入党的愿望始终未变。

1984年"八一"建军节那天，中队党支部召开党员大会，讨论通过了我的入党申请，那一天，是我终生难忘的日子，我光荣地加入了中国共产党。

时至今日，我依然清晰地记得，那天上午，在我们中队那间面积约有二十平方米的俱乐部里，支部23名党员，列队站成三排，指导员作为中队党支部书记，引领我站在最前面，面对正前方白墙中央，端端正正悬挂的一面鲜红的党旗，我跟随指导员，举起握紧拳头的右手，一字一句庄严宣誓："我志愿加入中国共产党……随时准备为党和人民牺牲一切，永不叛党。"铮铮誓言、铿锵有力，至今依然清晰地在我耳畔回荡，仿佛自己又回到了火热的军营，回到了青春岁月，那年，我24岁。

宣誓完毕，俱乐部里响起一片热烈的掌声，瞬间，我内心感到无比自豪与激动，我向全体党员敬了一个军礼，随后，对指导员说："我想请你为我在党旗前照张相行吗？"我知道指导员有一台"海鸥"牌照相机，此前，在节假日，我曾看到他在营区为战友拍照，也曾看到他在中队部摆弄过那台照相机。他说过，这台照相机是他结婚时爱人送给他的，希望他在部队多拍些照片寄回家。指导员突然听到我的请求，先是一愣，随后笑着连声说："行啊、行啊。你这个想法挺好，以后，咱们支部发展新党员，都要给他们拍一张与党旗的合影照，把这庄严而又美好的时刻永远定格在胶片上，永远留存在心中。"

我重新整理着装，双腿并拢，收腹挺胸，目视前方，以最严整的军容、最美的军姿，伫立在党旗旁，指导员双手捧着"海鸥"牌照相机，选择好角度，为我连拍了两张照片，我兴奋得脸都红了。

1984年8月1日，我光荣地加入了中国共产党，并和党旗合影。

当年，"海鸥"牌照相机，一卷胶卷，可以拍一寸黑白照片36张，而那个年代，个人很少拥有照相机，就是有照相机也舍不得随意照，买一卷胶卷也不少钱呢，而且，拍照后的胶卷还要拿到城里的照相馆去冲洗，至少要等三五天才能取回来，军人外出一般是在休息日或节假日，事先需请假，因名额受限，不是谁想外出都能成行，因此，个人能用照相机照一张相，再冲洗出来，绝对是件奢侈的事。

我之所以请指导员为我与党旗合影，一是要为这一庄严而又神圣的时刻留下影像，作为永生的纪念。二是我要把这张照片寄给母亲，让家里的亲人、家乡的父老乡亲们知道，我进步了、我入党了，我是共产党员了。参军光荣、入党更光荣，我为父母争光、为家乡的父老乡亲争光了。

那天照完相，指导员对我说："等我把这卷胶卷用完了，把照片冲洗出来，你那张我一定送给你，耐心等待吧。"我嘴里说着："不急、不急。"心里却盼着照片立刻就能冲洗出来，呈现在我面前。

一晃，一个月过去了，又一个月过去了，我问过指导员，他说那卷胶卷还没有拍照完，冲洗就更不可能了。我内心焦急却也无奈，我不可能拿着党旗去城里的照相馆再照一张相，那样时间地点也对不上，也不真实啊，我只好等待、耐心地等待。

第三个月，指导员被借调到航校直属机关工作，此后，我和指导员见面的机会就很少了，更没机会询问照片的事，我心里十分失落。又过了两个月，听中队长说，指导员被调到军区空军机关任职了，军区机关与我们航校不在一个省，相隔几百公里，我明白，这往后想见到指导员就更难了，我为他履新而高兴，也为我那张与党旗合影的照片还能不能得到而心存疑虑，我真担心指导员把这事给忘了，对我来说，那将是一件终生遗憾的事。

就在我心灰意冷的时候，次年二月的一天下午，中队长把我叫到队部，他手里举着一个牛皮纸大信封，在我面前来回晃动着，我一眼就看出那是一封来自部队的信，因为在牛皮纸信封的正面下方，印有一行红色的数字，十分醒目，它代表的是部队番号，我们在部队经常使用这样的信封，因此我很熟悉。我问中队长："是战友寄来的信？"中队长说："是，但你能猜出是哪位战友吗？"我思考着，迟疑着，半天没有猜出来。中队长见我实在猜不出，便说："是指导员从军区寄来的信，一同寄来的还有你和党旗的合影照，指导员说，调动到新的工作单位后，工作忙，没空拍照，最近才把在中队时的那卷胶卷用完。他还说这张照片让你久等了，请你原谅呢。"中队长话音未落，我竟激动而又兴奋地喊出了声："太好了、太好了！我看看、我看看。"说着，连忙跨前一步，从中队长手里接过牛皮纸信封，取出照片，果然，这张经放大后的二寸黑白照片，正是我和党旗的合影照，照片的背景是洁白的墙壁，墙壁正中是一面鲜红的党旗，我军容严整地伫立在党旗一侧，照片的下方右侧，印有一行数字：1984年8月1日。

期待了半年之久，我与党旗合影的照片终于呈现在我眼前了，我双手捧起这张照片，久久地、久久地凝视，激动得眼里涌满了泪水。

当天晚上，我给母亲写了一封信，次日早晨，连同我与党旗合影的照片，一同寄回了故乡，寄给了母亲。

后来，母亲去世，我从她存放在衣柜里的相册中，取出当年寄给她的那张我与党旗合影的黑白照片，并把它珍藏在身边，至今，37年过去了，这张珍贵的照片依然存放在我的相册里。

如今，在中国共产党成立100周年这一历史时刻，社区党委组织党员开展"我与党旗合影"的主题党日活动，庆祝党的生日，回顾党的历史，坚定理想信念，这充分表达了党员们的心声。

拍照那天，我换上一身新衣服，头发也梳理得整整齐齐，精神饱满地来到社区会议室，会议室被鲜红的党旗和"我与党旗合影"的红色条幅装饰得喜庆、热烈而又庄严，我走上前，站在党旗旁，怀着喜悦与自豪的心情，由工作人员为我拍下了一张与党旗合影的彩色照片。

岁月匆匆，时隔37年，我再次与党旗合影，凝视着我与党旗前后两次合影的照片，回望中国共产党走过的百年历程，我心中感慨万千，不由得喊道："中国共产党万岁！"

五彩饺子

　　今年除夕包五彩饺子，和饺子面要有彩色汁液，制作汁液的方法是：挑选几种颜色鲜艳的蔬菜水果分别搅碎榨汁，如红色，用草莓、红菜头、西红柿；绿色，用黄瓜皮、菠菜；紫色，用蒸熟的紫薯；黄色，用蒸熟的南瓜、胡萝卜。若想省时省力，也可选择食用蔬菜粉，色彩颇多。但过年包饺子，包的是一种自家特有的年味和喜好、图的是一种喜庆的氛围，因此，下点功夫、用点心思、费点力气是满值得、满有意义的事。将不同颜色的蔬菜汁分别适量添加到面粉中，在面盆中搅拌均匀，再反复地揉，直到揉成劲道、手感稍硬、颜色各异的面团后，在上面盖一块湿棉布"醒着"待用。

　　饺子馅儿，我家喜欢用新鲜嫩绿的茴香、肥瘦相间的猪肉调制，方法是先将茴香切碎、肥瘦相间的猪肉用绞肉机绞碎待用。而后炸葱油：即将大葱葱白儿、香菜根洗净切段儿，待锅里的食用油加热后放入锅内炸一会儿，至清香味儿溢出即可。随后，取生鸡蛋一两枚去壳加入肉馅中，搅拌均匀，使其更加嫩滑。再适量加入生抽、蚝油，撒入白胡椒、食盐、重心搅拌均匀，这时，再将切碎的茴香与肉馅混合，并倒入炸好的葱油及少许香油一同搅拌至菜、肉、佐料充分融合为止。制作馅料所用各种佐料，可根据自家人喜欢的口味、馅料的用量而确定，总之，无论是佐料、还是主料蔬菜和肉，均应"适量"，由此制成的馅料干湿、咸淡适中、香味浓郁、回味无穷。

童年时，年三十或是偶尔某一天，我和母亲包饺子，起初，我的角色是帮助母亲将一个个面剂子揉圆，再按压成薄饼状，方便母亲擀成饺子皮儿。母亲既要包饺子又要擀饺子皮儿，在二者交替过程中，我会模仿母亲的动作用擀面杖尝试着擀饺子皮儿，母亲边包饺子，边看着我，时不时地还会腾出手来纠正我的错误。我擀的饺子皮儿，起初不是厚得像一块小面饼，就是薄得装上馅便撑破了，形状或方或长方抑或不规则，总也擀不圆。母亲指导我，甚至手把手教我，从未制止我以玩儿为主的帮忙。就是在这种玩儿的过程中，渐渐地，我学会了擀饺子皮儿、包饺子，和面、制作馅料。

其间，使我至今记忆犹新的一个细节，是我6岁那年初秋的某一天，我跟着母亲包饺子。那个年代，非年非节家里很少包饺子，母亲为何包饺子我记不得了，却清晰地记得，我和母亲坐在方桌旁包饺子时，邻居家的二大爷来串门儿，他坐在不远处的炕沿上，手里握着烟袋锅，不时地抽一口，吐出一缕淡淡的烟雾。有时，烟袋锅里的烟丝早已燃尽，他依旧时不时地嘬一口，脸上露出微笑，很享受的样子，他无论走到哪儿手里都离不开烟袋锅，这嗜好跟了他一辈子，如年画般从小就印在我的脑海里。听母亲说过，二大爷年少时读过几年私塾，算是村子里为数不多的"读书人"，年轻时还在乡里的小学教过几年书。因是本家，二大爷常来我家串门，那天包饺子时用于切面剂子的菜刀，母亲用后随手放在面板上，锋利的刀刃冲着我，我的手在面板上按压面剂子，伸开的手指与那把菜刀近在咫尺，二大爷冲我说："把刀放到桌子上，别刺着手。"我想，放桌子上，母亲用着不顺手，便随手将菜刀翻转了一下，刀刃朝外了。二大爷见状，笑着夸我："这孩子聪明啊。"这是我第一次听到有人夸我聪明，此前，母亲夸过我，邻居大叔、大婶也夸过我，却没一个人用"聪明"这个词，直到上小学后，才听到老师说："你挺'聪明'，就是不爱用功。"我当时也没仔细想老师的话是批评我还是表扬我。而二大爷随口说出的那句话，在我幼小的心田中激荡起一朵"自豪、自信"的浪花，使我终身受益。

过年包饺子，饺子面色彩缤纷，充满喜气，我把它擀成花朵般的饺子皮儿，在面板上摆成一片，我顾自欣赏着，如欣赏一幅开满鲜花、艳丽夺目的水彩画。欣喜中，却突然感到一丝怅然，细看面前这些五彩缤纷的饺子皮儿，形状有圆有不很圆的，有厚一点的也有薄的，不一而足。时至今日，饺子皮擀了几十年，仍有时擀得圆有时擀得不圆，有时满意有时不满意，一如走过的人生之路。

包好的饺子，依次摆放在由细高粱秸秆制成的圆形"锅拍儿"上，一圈一圈，由小到大、由里到外，如色彩各异、花瓣饱满、层层叠叠绽放的牡丹花，它们仍然是一幅画，一幅立体的画。

大年初一早晨，将煮熟的五彩饺子端上桌，热气腾腾、成熟饱满，俨然一幅栩栩如生的艺术品。

吃着五彩缤纷的饺子，品味着它的滋味，我的脑海里便不由得映出一幅画：故乡、老屋、除夕夜、方桌旁，母亲教我包饺子……

我在心中自问自答："世间谁包的饺子最有味——母亲！"而今，我却再也吃不到母亲包的饺子了。

军人情怀与《首都公共文化》

　　我与《首都公共文化》相识已有7年时间，至今我依然清晰地记得，《首都公共文化》（试）2016年10—12月（总第40期）"文学园地"栏目，发表了我的散文《仰望天空，愿鸟儿自由飞翔》，这是我第一次在贵刊发表散文，当我捧起编辑老师寄来的样刊一页一页翻阅时，我内心充满欣喜，这不仅仅源于期刊发表了我的作品，还源于期刊制作精美、大气、内容丰富、贴近群众文化生活，政策性、思想性、艺术性、群众文化引领等诸多方面都具有鲜明特色，顿时令我眼前一亮。那天，我不仅一口气重读了自己的那篇散文，还阅读了其他栏目中的文章，我再次深刻地感受到：一本好的期刊，一定会在瞬间便能吸引读者仔细阅读，且从中获益、爱不释手。

　　自此，我与《首都公共文化》相识相知并结缘，每一期新刊编印后，我都会尽可能找来阅读，或者登录北京数字文化馆官网，查看《首都公共文化》的相关信息，并在其"读好书"栏目中，阅读过往期刊内容。随着我与《首都公共文化》日益熟悉，我主动向期刊投稿文学作品，还积极参与期刊举办的征文活动，我有幸先后在贵刊发表四篇散文，其中《我是北京兵》在2019年首都市民文化活动"我爱北京"庆祝中华人民共和国成立70周年征文中获一等奖；2021年在"筑梦北京展望未来"征文活动中，《军博，点燃梦想的地方》再次获奖。发表作品后收到的每一本样刊，至今我都完好无损地珍藏在书柜中，并时常取出来翻阅，回味我与《首都公共文化》相识相知的那份情谊。

我是一名转业军人，上个世纪七十年代末由北京西南郊区应征入伍，成为一名人民解放军空军战士，在地处吉林的空军某航校工作、学习、生活了整整十六年，其间，考入空军军校，毕业后成为一名空军军官，九十年代中期转业回到北京，十多年的军旅生活，我和我的战友，为培训一批又一批人民空军飞行员做出了应有的贡献，军人的使命、担当、责任、荣誉，伴随着我在人生的征途上历练、成长，使我懂得了生命的意义，更加热爱人民军队，并对自己曾经是一名军人感到无比自豪。如今，我虽已年过花甲，离开部队将近三十年，但我依然保存着当年在部队时穿过的军装，戴过的帽徽、领章、肩章，军人情怀始终珍藏心中、有增无减。

今天，在《首都公共文化》创刊三十周年之际，在夏日的北京，在安静的夜晚，在我的书桌旁，在柔和的灯光下，我再次将自己珍藏的《首都公共文化》捧在手中，重温当年发表的文章，许多与《首都公共文化》相关的往事又一次浮现于眼前。

作为《首都公共文化》征文获奖作品，我创作的散文《我是北京兵》发表在该刊 2019 年第四期，收到样刊后的那天上午，我便用手机将样刊的封面、目录以及刊载我那篇散文的页面拍照下来，转发到我们在航校当兵时的老战友微信群中，很快，许多身在天南地北的老战友纷纷留言，说读了我的散文，仿佛又回到了四十多年前的新兵连，当年的军旅生活片段一幕幕又重新展现于眼前；说这辈子都不会忘记在部队时的峥嵘岁月，这辈子都为自己曾经当过兵、是一名军人感到无比自豪与荣光。还有不少老战友发送表情包，那一个个竖起的大拇指、一个个标准的军礼、一朵朵红玫瑰、一束束大红花，无不深情地表达着作为一名老兵的炽热情怀。与此同时，他们都发自内心地说，感谢《首都公共文化》，感谢她发表了我的散文，让身处祖国各地、远隔千里百里的老战友能在期刊中，重温当年在部队时的生活情景，这实在是太难得了。微信群中老战友发出的每一条信息、每一个表情包，我都仔细阅读、查看、回复，自始至终心中激动不已，《首都公共文化》为我和老战友打通了一条穿越时空的隧道，使我们这些多年未见面的老兵，得以在此又一次抒发珍藏在心中的军人情怀，犹如战友欢聚一堂。为此，我由衷地感谢《首都公共文化》及各位编辑老师。

就在 2023 年春天，我的老战友携老伴儿从老家黑龙江齐齐哈尔来北京旅游，出发前给我发来微信，告知我到京时间。将要见到多年未见的老战友，我兴奋不已，老战友到京那天，我去北京火车站接站，并协助老战友办理好酒店入住手续后，我请老战友一家人在饭店吃晚饭，从家出来前，我把此前刊载我的获奖散文《军博，点燃梦想的地方》那期《首都公共文化》装进挎包，我要与老战友分享四十多年前，是什么激励我实现军人梦想的故事。更重要的是，那期发表在《首都公共文化》的散文配发了用我的手机拍下的照片，照片是我和一架战机的合影，战机机身前部侧面喷涂有"67973"五个鲜红耀眼的数字，照片中的战机，是一架由米格—15 改型而成的双座喷气式教练机，上个世纪七十年代初服役于我们航校，八十年代中期退役，我和我的战友曾亲手维护检修过这架战机，"79"是战机的编号。如今，这架战机就停放在中国人民革命军事博物馆一层大厅内，前些年，我去军博参观，当我意外发现这架军机时，竟情不自禁地喊道："79 号机！"我围着这架战机走了好几圈，边走边看，心中倍感亲切，随后便请现场的工作人员帮我用手机拍下一张与战机的合影。

那天傍晚，在饭店餐桌旁，当我把《首都公共文化》从挎包里取出，翻到刊发我那篇散文的那一页递给老战友时，当他看到我和那张战机的合影照时，他用手指着那张照片，同样情不自禁地高声说道："79 号机！"我会心一笑，那一刻，我被老战友的情绪感染了，内心无比激动。老战友放下手中的筷子，在餐桌旁埋头阅读我那篇散文，而后，合上期刊，望着期刊封面动情地说道："《首都公共文化》《首都公共文化》。"像是自言自语，又像是说给我听。饭后，在送他回酒店的车上，他对我说："军博有我们当年在航校时亲手维护过的战机，战机承载着我们航校老兵的奋斗故事和情怀。"他沉默了一会儿，又对我说：《首都公共文化》上面有 79 号机的照片，你把这本期刊送给我吧，我要带回去给家乡的战友们看看，看看他们曾维护过的战机。"老战友的话情真意切，我懂他的心情，没有任何理由不答应。同时我也想到，这不仅能使更多的战友重见已分别几十年的战机，与此同时，还能使《首都公共文化》这本内容丰富、质量上乘的期刊，在数千里之外被更多的人阅读收存，可谓一举两得的好事。再说，我家书柜里还有一本样刊保留着，于是，我毫不犹豫地将那本期刊送给了我的老战友。

如今想到此事，我心中依然十分欣慰，更有几分自得，因为,《首都公共文化》她不仅是我多年来一直喜爱的文化期刊，更是曾经作为一名老兵的我，抒发军人情怀、传递战友情谊的载体和桥梁。

记得早些年某个周日下午，上小学五年级的儿子，见我翻看影集中我在部队时的照片，便好奇地问我："爸爸，您为什么总爱看这些穿军装的老照片？"我笑着答道："这叫军人情怀。""什么叫军人情怀？"儿子喜欢刨根问底，我想了想说："爸爸曾经是一名军人，军人情怀就是永远不会忘记自己穿过军装、为保卫祖国奉献过青春，并为此感到光荣与自豪。"我不知道儿子能不能听懂这些话，只见他点点头，睁大双眼望着我，半天不再说话。

《首都公共文化》已创刊三十周年，我与她虽然相识相知只有短暂的七年，但我将一如既往地热爱她、陪伴她，成为她的知心朋友，并衷心祝福她越办越好。

园子

我居住的小区已建成二十四年，13座28层的住宅楼及配套建筑环形分布，中部形成2万余平方米的绿化地，其间分散建有休闲广场、喷水池、儿童游乐场、篮球场、羽毛球场等，业主自豪而又亲切地称它为"园子"。

园子的环形路周长约五百多米，宽阔平坦，每间隔几十米，路旁的草地里就伫立着一座乳白色石制微缩雕像，主角儿多是儿童，他们三三两两或嬉笑打闹，或牵手同行，或独自一人手指远方仰头呼唤着什么，姿态各异、表情丰富、栩栩如生，观之，令人情不自禁会心一笑。

园子里那片开阔的绿化地，地势高低起伏、立体感强烈，让人联想到涌动的波涛、绵延远去的山峦。

绿化地里的冷型草经过人工修剪，齐刷刷地约10公分高，疏密有致，碧绿如毯。蜿蜒曲折的甬路上，镶嵌着由形状、大小各异的彩色石子拼成的多种花朵，尽显温馨浪漫。大叶黄杨、紫叶小檗、迎春、连翘，修剪得高矮适中、疏密有度、形状或如一堵矮墙向远端逶迤延展；或如球状、蘑菇状有序排列。作为观赏植物，它们有共性，又各具特色、因而各尽其用、各显其美。大叶黄杨、紫叶小檗枝叶粗壮、易于密植，便于修剪，二者错落种植，色彩变化醒目分明。用于园林绿化区块分割、景观隔离、甬路两侧围挡，既有"篱笆墙"的防护作用，更有赏心悦目的观赏效果。连翘、迎春，修剪成球状，无论是明黄色花朵盛开的早春，还是夏秋季密集生长的嫩绿色的枝叶，都是一道靓丽的景色。

园子里的乔木高大茂盛，是人们瞩目的主角。二十余年前只有两三米高、直径仅有小孩手腕粗的小树，如今，像雪松、针叶松这类材质坚硬、生长缓慢的树种，胸径也都超过碗口粗，身高超过四层楼房。银杏、国槐、垂柳、梧桐、杨树、椿树、玉兰更是高达五六层楼。它们高低错落、枝叶茂盛、树冠硕大，相邻两棵树的枝杈交错相接，如一对对儿牵手的恋人。倘若站在住宅楼高层往下眺望，一棵棵墨绿色的树冠连成一体，如浮在园子上空一片硕大的云海，微风拂过，枝条摇曳、树冠摇荡，像大海中一排排起伏的波涛，既温柔妩媚，又激情奔放。刮大风时，那一个个茂盛的树冠、犹如一朵朵浓密的云团，在半空中涌动、跳荡，气势磅礴。

园子里多种灌木及小灌木型乔木，不仅形状、姿态优美，盛花期花色也丰富多彩。迎春、连翘绽放在早春三月。白色、粉红色的玉兰炫耀于三月底和四月初，清香悠悠。北京的市花月季在公园、社区、街道、胡同旁、居民小院内随处可见，或三棵五棵，或成群结队，或绵延数里，或浩荡一片，当仁不让地成为这座城市花卉的魁首。园子里的月季也不例外，四月初花蕾怒放、红、黄、粉红色花朵争芳斗艳，景色壮观，一直延续到深秋。

分布在园子东西南北中的植物还有海棠、丁香、凌霄、石榴、野菊、二月兰……其花色五彩缤纷，清香四溢，花草与灌木、乔木，形成平面与立体组合的绿化地，园子四季有绿、三季有花，温馨浪漫、生机勃勃。

园子里的居民，绝大多数是看着这些花草树木一年又一年成长起来的，像看着自家孩子一年年地长大，他们对园子中的一草一木、一花一叶感情至深，疼爱有加，并以此为荣为傲，把养护当己任，谁"沾花惹草"、践踏草坪，他们定会坚决制止，毫不留情。

园子里有大面积花草树木、喷水池，不愁引不来鸟儿、小动物到此栖息、筑巢、安家。不说随处可见的麻雀、花喜鹊在园子里俨然已成为主人，就连鸳鸯、野鸭、啄木鸟、灰喜鹊、斑鸠、乌鸦、八哥也是常客。还有身材小巧、毛色灰、黑相间，头顶、脖颈、尾巴上间或有白色、黄色、暗红色的羽毛，叫声清脆响亮，却不知其名的鸟儿。春至秋的清晨，它们常在园子里的树林间飞来飞去，发出清脆、响亮、悠扬的啼鸣。我从沉睡中醒来，起初是惊讶，多么美妙动听如琴声似流水般的声音啊！渐渐地听得多了，便习以为常，每每闭着眼睛，似睡非睡中聆听那天籁般的鸟鸣，心生无限美好，随后一整天内心都丰盈愉悦，妙不可言。如果哪天风雨大作、听不到鸟鸣，我会早早醒来，一整天内心都会有怅然若失的感觉。

园子位于北京市朝阳区南部，"园子大了什么鸟儿都有"，这里说的"鸟儿"没有好坏优劣之分，只表示鸟儿数量、种类多。

园子里的喷水池椭圆形、二百多平方米，水深近一米，物业放养约两寸长的红黄色锦鲤，用于观赏。有喜欢养鱼的业主，也将鱼苗投放其中。许是有鱼，每年开春，天一亮，便有一两对鸳鸯飞落水池中，引来业主，尤其是小孩子围观。这鸳鸯无疑是见过大场面的，它们坦然自若、旁若无人地或游弋于池水中、或站在水池中央由石块堆积起来的小山上晒太阳。傍晚它们飞走了，次日再来。有业主看到它们清晨从西南方向飞来、傍晚朝西南方向飞去，说鸳鸯是从那边龙潭湖公园飞来的，我相信他们的判断，因为方圆十里内没有比龙潭湖面积大的水域，也没有那里的鸳鸯、野鸭多，但龙潭湖与园子足有四五公里距离，鸳鸯是怎么知道园子里有池水、有鱼？野鸭也时有光顾，想必它们也来自龙潭湖吧！

啄木鸟，我小时候在画册里、动物园禽鸟馆里看到过，它羽毛花哨、嘴瘦长，像一把尖嘴钳子，大人说用它可以啄到藏在树皮下的小虫子。长大后、我无暇再关注啄木鸟，直到住进这座园子，特别是近些年，漫步其间，我不止一次在树上或草地中看到它的身影，还在一棵高大粗壮的柳树枝干上发现了它的窝，一个圆圆的、小小的洞口，我多次仔细观察，有一天早晨竟看到一只啄木鸟从树洞里露出头，左右观望一会，便迅速钻出洞口，飞向远方。

说到鸟窝，不能不说说羽毛黑白相间的花喜鹊。它喜欢"喳喳喳"地叫，有"喜鹊叫、好事到"的说法，人们对它高亢、响亮、张扬的鸣叫声，便不再挑剔、抱怨、反而觉得悦耳动听。许是花喜鹊天性热烈、欢快、豪放吧，它不拘小节，连筑巢养育后代这样重大的事情，也毫不隐蔽，相反，却高调出击。它把窝建在高大树木枝杈的最上端，尽管上面的枝叶稀疏，难以遮挡巢穴，喜鹊并不在意，还常常站在窝边的枝杈上"喳喳喳"仰头欢快地高歌，生怕人们或同类不知道。用小树枝搭建的黑褐色的喜鹊窝，高耸在挺拔的大树顶端，远远望去，别具特色，我瞬间想到国家体育场鸟巢。

由园子向北遥望，北京中轴线北端延长线，"水立方"、"鸟巢"、奥林匹克森林公园依次排开，气势宏伟壮观，尽显中国实力、北京风采。园子与奥森公园相比，虽小，却精美、别致。与之相似的"园子"在北京不止这一座，园子环境美离不开园林绿化美，绿色发展理念在北京已深入人心。

再说回来，院子里的小动物也已成为这里的主人，白天极少见到，晚间，我沿着园子里的甬路散步，身边花草树木宁静而又温馨，走着走着，突然从草坪中或是黄杨下窜出一只一尺多长、毛色如金的黄鼠狼，它奔跑迅速，灵动狡黠，一转眼便从我眼前消失了，来无声去无踪。刺猬则稳重得多，却同样机警、极具防范性，它步幅小，行走慢，遇到危险，便缩作一团，身上锋利的尖刺支棱起来，形成自我保护，那姿态颇有几分滑稽。我还见到像一个馒头大小的刺猬，该是刚独立生活不久的幼崽，它碎步慢行，悄无声息，头低得将要挨到地面，像在搜寻着什么，模样招人喜爱。

蝴蝶，颜色各异、常见的有白、黄、灰白相间的，它们在花草间或独往独来，或成双结对地飞舞，抑或于花瓣、草尖上逗留，再相互追逐着飞向远方。轻盈、欢快、自由、美丽的画面呈现眼前，令人心旷神怡。

雨后，园子里的挡土墙、树干上，平时难得一见的蜗牛不声不响地现身了，它们扛着重重的壳，或缓缓地向前蠕动，或默默地原地守候，悄无声息，前路茫茫，看到此景，我心里顿时沉静下来，仿佛世间原本就是静寂的、时间也静止了。此刻，此起彼伏的蛙鸣却在耳边回荡，吸引我走向水池，寻找蛙藏身的确切位置，看看它们的模样，我蹑手蹑脚地刚走到水池旁，蛙鸣便戛然而止，我茫然无措、失望至极。

园子里还有其他小动物吗？我相信一定有。不仅有我看到却没有在此描述的，也会有我暂时没有发现、以后终会与之相遇的。

二十多年间，这片社区、这块园子及花草树木、各种小动物，陪伴着居住在此的老幼几代人，见证了从老旧工业厂区的腾退，到拔地而起的新型城区的落成，进而成为北京向现代化国际化大都市转变的缩影。

四十年与四千里

　　一本新书面世前，作者常会请业内名人、领导、老师为之作序，推荐评介作品，引导读者关注。

　　我也不例外，我的长篇小说《柳河之子》出版前，请谁作序，心中早有人选，只是三十多年未见面、未联系，贸然邀请，不知他能否接受。

　　他是我的文学启蒙老师，与其相识在上世纪七十年代中期，那年我16岁半，他在我故乡房山县文化馆文学组工作，"文革"前北京大学历史系毕业，当过中学语文老师，后调入文化馆。我和二哥都喜爱文学，二哥写小说，请他看，后来我也写。那年初秋，他下乡在我家老南屋住过两天，和我们哥儿俩睡土炕。他是客人，母亲中午用"细粮"（小麦粉）饹白面饼招待。母亲饹的白面饼薄厚适当、香软、柔韧有嚼头，也扛饿，我们一家人都爱吃。只是那年月，细粮少，吃白面饼的时候不多，只有家里来了亲戚、客人，或是过年过节才能吃到。他是闽南人，平时爱吃米饭、面食吃得少，在北京工作后，食堂的主食多为米饭、馒头，烙饼极少，偶尔有，味道也不如农家用柴锅猛火烙出的饼好吃，母亲烙的白面饼，他赞不绝口。晚饭，粗粮细粮搭配：烙饼、白薯粥。母亲用柴锅熬白薯粥，火力不强不弱，耗时四五十分钟，"中火"熬熟的白薯粥又香又甜，黏稠可口，他爱喝，喝两碗。

　　1977年秋，文化馆举办小说创作培训班，我有幸参加，负责培训的老师就是他。学员吃住在文化馆，很快都和他熟了。

他就是当今著名作家许谋清老师。

请许老为我的新书作序，因为许老了解书中主人公青少年时期的生活学习状况，是我和书中主人公共同的文学启蒙老师。1978年12月，我当兵离开故乡后，许老调入东城区文化馆，后来，又先后调入中国美术出版社、《中国作家》编辑部任编审。我当兵期间每次探家，都去位于交道口的东城区文化馆、总布胡同的中国美术出版社看望许老。他的房间，靠墙摆放着一张当年在机关办公室里常见的那种棕灰色、宽大、带多个抽屉的办公桌。桌子两侧，摞着文学书籍、报纸、杂志及信件，中间铺开一摞16开的方格稿纸，上面的蓝色钢笔字，苍劲有力，动感十足。在他书桌铺开的稿纸上，有正在创作的小说，每次他都会微笑着为我讲述小说中的某个情节、某段故事，我听得入神，不仅因为故事新颖、有深意，还源于他讲故事声情并茂，脸上始终带着微笑，特别亲切。他的口音，普通话中透着闽南音，清澈而有磁性。我在部队工作时，身边有不少天南地北的战友，乡音各异，像许老这种具有穿透性的声音极少，这声音让我难忘，如同难忘他给予我的文学启蒙。

上世纪八十年代，许老的文学创作进入旺盛期，国内多家重要文学期刊都发表过他的中短篇小说。那时我在吉林长春空军某部任职，吉林有两家在全国具有影响力的文学月刊——《作家》《春风》，许老在这两家期刊发表过多篇小说。我每次看望许老和他道别时，他总会拿出事先写好的信，让我回长春后转交给《春风》编辑部责任编辑建新、执行主编荫家坪,《作家》编辑部孙里、袁庆望老师。由此，我便有机会去编辑部见编辑老师，去得最多的是《春风》编辑部，渐渐地和《春风》编辑部的老师熟悉了，特别是建新老师，这其中有为他捎来许老的信件、传递信息的原因，还有同乡的缘故。建新老师是北京老三届毕业生，下乡到吉林白城，后来在东北师范大学学习，毕业后做编辑。当年，通讯以书信为主，打长途电话费用高，也不方便。我所在的空军某部距离《春风》编辑部只有十几里，那些年，因工作原因，我常去城区办事，顺路去一趟很方便。建新责编过许老多篇小说，发表在《春风》文学月刊头条，之后被《小说月报》《小说选刊》等期刊转载，并有作品获奖。我的"信史"身份，使我在异乡再次与文学结缘，上世纪九十年代初，还有幸在《春风》连续发表了两篇短篇小说，在长春其他报刊发表小小说、散文等作品，这都得益于为许老充当"信史"。

1994年秋，我由部队转业回到北京，环境变了，工作变了，一切从头开始，生活改变着我，我与文学创作渐行渐远。许老此时早已是中国著名作家。我却未能坚持业余创作，工作之余，精力投入到家庭和孩子身上，再就是接受继续教育，学习进入新行业所需的专业知识，整日忙碌着。此后多年，同在北京，甚至同在朝阳区居住，我没有再去看望许老，不是不想，常常想，除去忙，再就是心里虚、有愧，因为我没有坚持文学创作，哪好意思去见老师！时间如流水，十余年转瞬即逝，已过知天命年纪的我，生活工作归于平静，珍藏于心的文学种子再次发芽，我想着许老，想着文学，业余时间再次拾笔，试着写小小说、短篇、中篇小说、散文，却不敢去找许老指教，尽管心里渴望，是虚荣心作梗吧。

大约在1990年，许老回故乡晋江市挂职市长助理，在北京的时间少了，我想拜望他更难了。

2023年8月初，我终于鼓足勇气再次联系到许老，电话里他的声音依然如故，亲切、清亮，绝不像年近八旬的人。此时，他身在福建晋江，与我相距两千公里，分别已近四十载。我与许老相约，他回北京时，我去拜望，以了却多年的心愿，并表达我的敬意及感谢。

感谢许老对我文学的启蒙，使我的生活更加充实，生命更有意义；感谢许老为我的长篇小说《柳河之子》作序，文笔独特、情感真挚、中肯务实、字里行间蕴含师者文采、人格魅力。

青少年时期我有幸与许老结缘，点点滴滴往事难忘，由此，我才有勇气请许老为我的新书作序，尽管电话联系时，我内心依然忐忑不安，许老则毫不犹豫地答应下来，瞬间，我欣喜若狂，许老您不仅作品高洁、人品也高尚！

按常理，请老师作序，应付"润笔"费。许老为我的新书作序，没有得到我的丝毫回报，甚至连面儿都未见（用手机微信转发文稿），我惭愧，也自豪，更感动，其中之意，相信读者自会领悟。

相识许老四十余年，其间，从故乡北京房山到异乡吉林长春，从南方军校到北方军营，再回到北京城。此时，许老常驻福建晋江，我与许老相见越来越少，相距越来越远，心越来越近，思念越来越重。我至今珍藏着许老几十年前写给我的信，连同信封、签名的赠书，数十年间，我南北奔波、城乡迁徙、千里百里、数次搬家，清理掉许多物品，但许老写给我的信和赠送的书始终珍藏于身边，完整无损、完好如初。

这些信件、书籍记载并见证了我与许老几十年间的师生情，因此，请许老为我的新书作序，真是再好不过了。

我与长篇小说《柳河之子》

2019年6月某某日，二哥病逝三周年。

我坐在电脑前，心里思念着二哥，回想他将近六十年的人生历程，不禁感慨万千。

三年来，我一直想为二哥写点什么，写什么呢，千头万绪、千言万语，始终不知如何下笔。

这样的想法，一直藏在心中，直到今天，在二哥病逝三周年的时点上，积蓄许久的愿望，终于像火山一样喷发出来，我情不自禁地在电脑上敲出"柳河之子"四个黑体大字，并决定由此为题，写一篇关于二哥的文字。

房山区琉璃河，古称刘李河，是我的故乡。故乡人把刘李河俗称为"刘河"。"柳河"与"刘河"谐音。"刘河"的黄土地、"刘河"的水养育、锤炼、成就了二哥，他是"刘河"之子、"柳河之子"。

初写这篇文字，我没计划写成长篇，写之前也没有列提纲，更没有特意去设计文章的结构、人物、故事、情节，我就是按照自己心中的二哥形象，按照我所认知的二哥的往事、感触去写，写着写着，那些此前想到和没想到的，几十年间关于二哥、关于家、关于与家与二哥相关联的人和事，便一股脑地涌现在我的脑海里，跳动于我的指尖，并转换成文字输入电脑，这篇文字，从几千字、到几万字，再到十几万字、二十余万字，不知不觉，我完成了一部长篇小说。

这是我坚持业余创作以来第一次写长篇，这部长篇在我心目中既是小说、又是纪实文学或非虚构文学作品。

这部书稿，在以二哥为原型的基础上，又添加了不少故事、情节、细节，既文学的"虚构"和"想象"，因此，"核"是他，"型"又似乎不是他。

"柳河之子"写的是"二哥——柳疆远"自上世纪六十年代中期至二十一世纪初，四十多年间，从一个身患小儿麻痹后遗症的残疾少年到青年、壮年；从一个中学生、高中生，到一名乡村赤脚医生、社办工厂的工人，公社（乡镇）、区残联干部；从柳河村到柳河公社（乡镇），再到县城；从"文革"初期父亲被打成"走资派"，致使他不能加入红卫兵、共青团组织，到成为一名共青团员、优秀共产党员、乡镇干部、区残疾人工作者；从1977年全国恢复高考，他连续三年参加高考，三年高考成绩均超过录取分数线，又均因为小儿麻痹后遗症而未被录取，到自学获得大学本科学历；从上初中时喜爱文学，创作了十多万字的长篇小说，到参加工作后成为市、区优秀宣传干部、优秀通讯报道员等一系列曲折、艰难、困苦，以及从小树立人生理想、奋斗目标、不向命运低头、顽强拼搏、身残志坚，努力实现人生价值，为家乡人民、为残疾人服务的成长奋斗故事。

我写二哥的爱情故事。

写二哥面对生死、荣辱、理想与命运的挑战和碰撞时的精神世界。

写二哥的老师、同学、朋友、同事，以及村里的老乡亲与他的友情、对他的关爱和帮助。

写我对二哥的认知。

书中还写了母亲，写她一生为家庭、为儿女的辛勤付出，写她的善良、淳朴、聪慧、善解人意、吃苦耐劳。写母亲对家和家人的爱。

写大姐，聪明、懂事、能干，能说会写，被我们比喻为部队的"指导员"。

写我心中的故乡。故乡的"柳河"、四百多年的"大石桥"、"万亩粮田东大洼"。以及我家的老宅老院。而所有这些都围绕着主人公"柳疆远——我的二哥"。

《柳河之子》不仅讲述一名残疾青年人发奋学习、励志成才、坚定人生理想目标，最终向人生理想、目标迈进的奋斗故事，更是对残疾人如何面对事业、亲情、友情、爱情、家庭、生与死、荣与辱等人生课题的一份诠释，对当代青年人世界观、人生观、价值观的培养和确立具有启发、教育意义，令人感慨、发人深思，是充满正能量的一部小说。

小时候，母亲常说，人，要长"志气"。如今，很少听到有人说这两个字了，许是表达激励、鞭策的词汇还有很多，但"志气"二字，我一直觉得它最给力，每每听到，我都会感慨万千。二哥的生命历程，心中不正是始终装着"志气"二字吗！

我用了整整一年时间，在二哥去世四周年纪念日前夕，完成了这部书的初稿。这期间，我每天抽出两个小时左右的时间，有时写两三千字、有时只写五六百字，多数时间写一千多字，偶有间断。数次阅读修改，我均情不自禁热泪盈眶。此前，写作过程中，写到动情处，也曾不止一次泪流满面，为我的二哥、为在他身上展现出的拼搏奋斗精神！

书稿完成后，受新冠肺炎疫情等因素影响，我将其封存三年。2023年4月，我再次审读修改，并最终定稿。

这部书稿共32章，23万余字。开篇：从梦中开始；中篇：共30章；结尾：在梦中结束。

在二哥去世四周年之际，我完成了"为二哥写点什么"的心愿。

今天，我和我的亲人、朋友怀念二哥，怀念他什么呢？我想，应该是：勤学、向上、奋斗、拼搏、不服输、不认命、身残志坚、自强不息。也就是母亲说的"志气"！

写作过程中，我时常在想，二哥的人生奋斗经历，仿佛与苏联小说《钢铁是怎样炼成的》主人公保尔·柯察金的形象相似，二哥虽然不是修筑铁路的工人、不是剿匪的战士，更不是英雄，但他崇敬保尔，在平凡的生活、学习、工作中以他为榜样，激励自己为实现人生的理想和目标而努力奋斗。我还在想，如今，我们的年轻人还需不需要保尔精神？

不虚度年华、不碌碌无为、不屈从于命运。答案是肯定的：需要！

后记

    《情话》源自亲情、友情、故乡情；源自身边、源自内心、源自生活。

    "情"驻我心、"情"伴人生。"情话"常说常新、常写常新，绵延不绝。

    《情话》说的是"小我"。每个人都有想说的情话，情话交汇互通、通联世界，则成"大我"。

    《情话》面世，衷心感谢鼓励关爱我的至亲、老师、朋友们。

2024年5月5日于华腾园